JN323868

中公文庫

楢山節考／東北の神武たち

深沢七郎初期短篇集

深 沢 七 郎

中央公論新社

目次

II

楢山節考／東北の神武たち

深沢七郎初期短篇集

I

楢山節考

山と山が連っていて、どこまでも山ばかりである。この信州の山々の間にある村――向う村のはずれにおりんの家はあった。家の前に大きい欅《けやき》の根の切株があって、切口が板のように平たいので子供達や通る人達が腰をかけては重宝がっていた。だから村の人はおりんの家のことを「根っこ」と呼んでいた。嫁に来たのは五十年も前のことだった。この村ではおりんの実家の村を向う村と呼んでいた。村には名がないので両方で向う村と呼びあっていたのである。向う村と云っても山一つ越えた所だった。おりんは今年六十九だが亭主は二十年も前に死んで、一人息子の辰平の嫁は去年栗拾いに行った時、谷底へ転げ落ちて死んでしまった。後に残された四人の孫の面倒を見るより寡夫になった辰平の後妻を探すことの方が頭が痛いことだった。村にも向う村にも恰好の後家などなかったからである。

その日、おりんは待っていた二つの声をきいたのである。今朝裏山へ行く人が通りながら唄ったあの祭の歌であった。

楢山《ならやま》祭りが三度来りゃよ
　栗の種から花が咲く

もう誰か唄い出さないものかと思っていた村の盆踊り唄である。今年はなかなか唄い出されなかったのでおりんは気にしていたのであった。この歌は三年たてば三つ年をとるという意味で、村では七十になれば楢山まいりに行くので年寄りにはその年の近づくのを知らせる歌でもあった。

おりんは歌の過ぎて行く方へ耳を傾けた。そばにいた辰平の顔をぬすみ見ると、辰平も歌声を追っているように顎をつき出して聞いていた。だがその目をギロッと光らせているのを見て、辰平もおりんの供で楢山まいりに行くのだが今の目つきの様子ではやっぱり気にしていてくれたかと思うと

「倅《せがれ》はやさしい奴だ！」

と胸がこみあげてきた。

おりんが待っていたもう一つの声は、実家から飛脚が来て向う村に後家が一人出来たことを知らせに来てくれたのである。その後家は辰平と同じ年の四十五で、三日前に亭主の葬式がすんだばかりだそうである。年恰好さえ合えばそれできまってしまったと同じようなものだった。飛脚は後家になったものがあることを知らせに来たのだが、嫁に来る日までをきめて帰って行った。辰平は山へ行って留守だったが、おりんが一人できめてしまっ

たというより飛脚の云うことを聞いていただけで万事がきまってしまったのである。これで辰平が帰ってくればそのことを話しさえすればよいのである。どこの家でも結婚問題などは簡単に片づいてしまうことで、好きな者同士が勝手に話し合ってきめてしまったり、結婚式などという改まったこともなく、ただ当人がその家に移ってゆくだけである。仲人が世話をすると云っても年齢が合えばそれで話がきまって、当人がその家へ遊びになど行っているうちに泊りきりになって、いつからともなくその家の人になってしまうのであった。盆も正月もあるけれども遊びに行く所もないので、ただ仕事をしないだけである。御馳走をこしらえるのは楢山祭りの時だけで何事も簡単にすんでしまうのである。

おりんは飛脚が帰った方を眺めて、あの飛脚は実家からの使だといっていたが、嫁に来る人の近い身の者だろうと思った。亭主が死んで三日しかたたぬのに、すぐとんできて話をきめたいという様子は後家の後始末がよくよく心配だったのだろう。うちの方でも急いで来てくれて有難いことだと思った。来年は七十で楢山まいりに行く年なのだから、この年になっても嫁がきまらなかったらどうしようと焦っていたところに、丁度年恰好のうまい話があったものだ、もう少したてば嫁が父親か誰かと向うの方から来るだろうと、肩の荷が降りたように安心したのである。向うの方から嫁が来るというより女が一人来ると想像しただけで一番難しいことが片づいてしまったのだった。孫は総領のけさ吉が十六で男三人、末が女でまだ三つである。辰平も後添がなかなかきまらなかったので此の頃は諦めたらしく、ぼんやりしてしまい、何かにつけて元気がない様子はおりんも村の人も気づいていたが、これでまた元気をとりもどすだろうとおりんまでが活気づいてきた。

夕方、辰平が山から帰ってきて根っこに腰をかけたとき、おりんは家の中から大声で辰平のうしろへあびせかけるように云った。

「おい、向う村から嫁が来るぞ！　おととい後家になったばかりだけんど、四十九日がすんだら来るっちゅうぞ」

おりんは嫁がきまったことを話すことは手柄話でも知らせるように得意満々だった。

辰平はふり向いて

「そうけえ、向う村からけえ、いくつだと？」

おりんは辰平のそばに飛んで行った。

「玉やんと云ってなあ、おまんと同じ四十五だぞ」

辰平は笑いながら

「いまさら、色気はねえだから、あっはっは」

辰平はてれ臭いのか、おりんに相槌《あいづち》をうって喜んでるらしかった。辰平は後妻を貰うことより何か外のことで思いつめていることがあるのじゃァないかと、年寄りの勘でそんなことも思ったが、おりんは夢中になって嬉しがっていた。

楢山には神が住んでいるのであった。楢山へ行った人は皆、神を見てきたのであるから誰も疑う者などなかった。現実に神が存在するというのであるから、他の行事より特別に力をいれる祭りをしたのである。祭りと云えば楢山祭りしかないようになってしまった程である。それに盆と続いているので盆踊りの歌も楢山祭りの歌も一緒になってしまった。盆は陰暦七月十三日から十六日までだが楢山祭りは盆の前夜、七月十二日の夜祭りであった。初秋の山の産物、山栗、山ぶどう、椎《しい》や榧《かや》の実《み》、きのこの出あきの外に最も貴重な存在である白米を炊いて食べ、どぶろくを作って夜中御馳走をたべる祭りであった。白米は「白萩様」と呼ばれてこの寒村では作っても収穫が少く、山地で平地がないので収穫の多い粟《あわ》、稗《ひえ》、玉蜀黍《とうもろこし》等が常食で白米は楢山祭りの時か、よくよくの重病人でもなければ食べられないものであった。

盆踊り歌にも

　おらんの父っちゃん身持の悪さ
　　三日病んだらまんま炊いた

これは贅沢を戒めた歌である。一寸した病気になったら、うちの親父はすぐ白米を食べるということで、極道者とか馬鹿者だと嘲られるのである。この歌はいろいろなことにも格言のように使われて、息子が怠けているときなど、親とか兄弟が

　おらんの兄ちゃん身持の悪さ
　　三日病んだらまんま炊いた

と唄って、遊びぐせがついているけど、あんな御苦労なしの奴は、白萩様を炊いて食べたいなどと云い出しはしないだろうかと警告代りにも使われたり、親の命令をきかないときとか、子が親に意見をするときにも使われるのである。

楢山祭りの歌は、栗の種から花が咲くというのが一つだけであるが、村の人達が諧謔な替歌を作っていろいろな歌があった。

おりんの家は村のはずれにあったので裏山へ行く人の通り道のようになっていた。もう一と月もたてば楢山祭りであった。歌が一つ出ると次から次へと唄い出されて、おりんの耳にきこえてきた。

塩屋のおとりさん運がよい
山へ行く日にゃ雪が降る

村では山へ行くという言葉に二つの全く違った意味があるのであった。どちらも同じ発音で同じアクセントだが、誰でもどの方の意味だかを知りわけることが出来るのである。仕事で山へ登って薪とりや炭焼きなどに行くことが山へ行くのであって、もう一つの意味は楢山へ行くという意味なのである。楢山へ行く日に雪が降ればその人は運がよい人であると云い伝えられていた。塩屋にはおとりさんという人はいないのであるが、何代か前には実在した人であって、その人が山へ行く日に雪が降ったということは運がよい人であるという代表人物で、歌になって伝えられているのである。この村では雪など珍らしいものではなかった。冬になれば村にもときどき雪が降り、山の頂は冬は雪で白くなっているのだが、おとりさんという人は楢山へ到着したときに雪が降り出したのである。雪の中を行くのだったら運の悪いことであるが、おとりさんの場合は理想的だったのである。そしてこの歌はもっと別の意味をも含んでいたのである。それは楢山へ行くには夏は行かないでなるべく冬行くように暗示を与えているのであった。だから楢山まいりに行く人は雪の降りそうな時を選んで行ったのである。雪が降り積れば行けない山であった。神の住んでいる楢山は七つの谷と三つの池を越えて行く遠い所にある山であった。雪のない道を行って到着した時に雪が降らなければ、運がよいとは云われないのである。この歌は雪の降る前に行けという、かなり限られた時の指定もしているのである。

おりんはずっと前から楢山まいりに行く気構えをしていたのであった。行くときの振舞酒も準備しなければならないし、山へ行って坐る筵《むしろ》などは三年も前から作っておいたのである。やもめになった辰平の後妻のこともきめてしまわなければならないその支度だったが、振舞酒も、筵も、嫁のことも片づいてしまったが、もう一つすませなければならないことがあった。

おりんは誰も見ていないのを見すますと火打石を握った。口を開いて上下の前歯を火打石でガッガッと叩いた。丈夫な歯を叩いてこわそうとするのだった。ガンガンと脳天に響いて嫌な痛さである。だが我慢してつづけて叩けばいつかは歯が欠けるだろうと思った。

欠けるのが楽しみにもなっていたので、此の頃は叩いた痛さも気持がよいぐらいにさえ思えるのだった。

おりんは年をとっても歯が達者であった。若い時から歯が自慢で、とうもろこしの乾したのでもバリバリ嚙《か》み砕いて食べられるぐらいの良い歯だった。年をとっても一本も抜けなかったので、これはおりんに恥ずかしいことになってしまったのである。息子の辰平の方はかなり欠けてしまったのに、おりんのぎっしり揃っている歯はいかにも食うことには退《ひ》けをとらないようであり、何んでも食べられるというように思われるので、食料の乏しいこの村では恥ずかしいことであった。

村の人はおりんに向って
「その歯じゃァ、どんなものでも困らんなあ、松っかさでも屁っぴり豆でも、あますものはねえら」

これは冗談で云うのではないのである。たしかに馬鹿にして云っているのである。屁っぴり豆というのは雪割り豆のことで、石のように堅い豆で食べると屁ばかり出るので、それを食べて放屁したときには、屁っぴり豆を食ったから、と云ったりして、堅い、まずい豆という意味で云うので、普通は雪割りとか堅豆と云うのである。おりんは人の前で屁をひったこともないのに、わざわざ屁っぴり豆と云う言葉を使うのは確かにあざけって云っているので、おりんもよくわかっていた。それと同じような云い方を何人からも云われたことがあるからだった。年をとってから、しかも楢山まいりに行くような年になってもこんなに歯が達者では馬鹿にされても仕方がないと思っていた。

孫のけさ吉なども

「おばあの歯は三十三本あるら」

と云ってからかうのである。孫までかまいづらで云うのである。おりんは指でさわって歯のかずを勘定しても上下で二十八本しかないのである。

「バカこけえ、二十八ぽんしかねえぞ」

と云いかえしても

「へえー、二十八よりさきの勘定は出来んずら、まっとあるら」

と憎まれ口をたたくのである。けさ吉は三十三本あると云いたいのである。去年唄った盆踊り歌で

「おらんのおばあやん納戸《なんど》の隅で

　鬼の歯を三十三本揃えた」

と唄ったらみんなが笑いころげたのである。この歌は村の一番ふざけた歌をけさ吉が更に作り替えたのであった。うちの女親は納戸の隅で秘密のところの毛を三十三本そろえたという歌があって、これは母親を侮辱する歌であった。けさ吉はそれを鬼の歯と替えて唄って大喝采を博したのだった。だからけさ吉としては三十三本あることにしなければつま

らないのである。それにおりんの歯は三十三本あるのだとみんなに云いふらしてしまったのである。

おりんはこの村に嫁に来て、村一番の良い器量の女だと云われ、亭主が死んでからもほかの後家のように嫌なうわさも立てられなく、人にとやかく云われたこともなかったのに、歯のことなんぞで恥ずかしいめにあうとは思わなかった。楢山まいりに行くまでには、この歯だけは何んとかして欠けてくれなければ困ると思うのであった。楢山まいりに行くときは辰平のしょう背板に乗って、歯も抜けたきれいな年寄りになって行きたかった。それで、こっそりと歯の欠けるように火打石で叩いてこわそうとしていたのである。

おりんの隣りは銭屋という家だった。村では銭など使い道もなく、どの家にもないのだが、銭屋では越後に行った時、天保銭を一枚持って帰ったのである。それから銭屋と呼ばれるようになったのである。銭屋の老父は又《また》やんと云って今年七十である。おりんとは隣り同士の上、同じ年頃だったので長い間の話し相手だったが、おりんの方は山へ行く日を幾年も前から心がけているのに、銭屋は村一番のけちんぼで山へ行く日の振舞支度も惜しいらしく、山へ行く支度など全然しないのである。だからこの春になる前に行くだろうと噂されていたが夏になってしまい、この冬には行くらしいのだが行く時はこっそり行ってしまうだろうと、陰では云われていた。だがおりんは又やん自身が因果な奴で山へ行く気がないのだと見ぬいていたので、馬鹿な奴だ！　といつも思っていた。おりんは七十になった正月にはすぐに行くつもりだった。

銭屋の隣りは焼松《やけまつ》という家であった。家の裏に枯れた松の大木の幹が岩のような形になって残っていて、これはずっと前、松の大木に雷が落ちてから焼松と呼ばれていた。

その隣りは雨屋という家であった。村から巽《たつみ》の方角に巽山という山があった。この家の人がその山に行くと必ず雨が降ると云われ、昔この家の人が巽山で二つの頭のある蛇を見つけて殺してしまってから、この家の人が巽山に行くと雨が降るというので雨屋と呼ばれていた。

その隣りが歌で有名な榧の木という家である。村はみんなで二十二軒であるが、村で一番大きい木がこの榧の木である。

かやの木ぎんやんひきずり女
　せがれ孫からねずみっ子抱いた

おりんが嫁に来た頃はぎんやんという老婆はまだ生きていた。ぎんやんはひきずり女という悪名を歌に残した馬鹿な女だった。ねずみっ子というのは孫の子、曽孫《ひこ》のことである。ねずみのように沢山子供を産むということで、極度に食生活の不足しているこの村では曽孫を見るということは、多産や早熟の者が三代続いたことになって嘲笑されるのであった。ぎんやんは子を産み、孫を育て、ひこを抱いたので、好色な子孫ばかりを産んだ女であると辱しめられたのである。ひきずり女というのは、だらしのない女とか、淫乱な女という意味である。

七月になると誰もが落ちついていなかった。祭りはたった一日だけだが年に一度しかないので、その月にはいるともう祭りと同じ気分である。そして、いよいよ明日になったのである。辰平はなにかと忙しかった。みんな有頂天になってしまって、けさ吉など何処《どこ》へ行ったか少しも役に立たないので、辰平が一人でとびまわっていた。

辰平は雨屋の前を通ったときに、家の中でそこの亭主が鬼の歯の歌を唄っているのをきいたのである。

ねっこのおりんやん納戸の隅で
　鬼の歯を三十三本揃えた

辰平は

「この野郎！」

と思った。こんな歌は初めてきいたのだった。去年けさ吉が唄いだしたのであるが、去年はおりんと辰平の耳にはいらなかったのである。今年は堂々と根っこのおりんやんと名ざしになって歌われたのである。

辰平は雨屋の家の中にすーっと入って行った。そして雨屋の亭主が土間にいたので土間の土の上にぴったりと坐り込んでしまった。

「さあ、うちへ来てもらいやしょう、おらんのおばあやんの歯が何本あるか勘定をしてもらいやしょう」

　ふだん無口の辰平が口を尖らせて坐り込んだのであるから凄い剣幕である。雨屋の亭主はすっかりあわててしまった。

「あれ、そんなつもりじゃァねえよ、おめえのとこのけさやんが唄った真似をしただけだに、そんなことを云われても困るらに」

辰平は、この歌を唄い出したのはけさ吉であることも今はじめて知ったのであった。そう云われればけさ吉が
「おばあの歯は三十三本あるら」

といやにからみついていたけど、これでよくわかったのだった。けさ吉でさえ辰平やおりんの前では唄わなかったのである。

辰平は雨屋を黙ってとび出した。道のはじに転がっていた丸太ん棒を持って、けさ吉の奴はどこにいやァがると探しまわった。

けさ吉は池の前《めえ》の家の横で四五人の子供と歌を唄っていた。

　　年に一度のお山のまつり
　　　ねじりはちまきでまんま食べろ
杉の木立が垣根のように生えているので姿はわからないが、その中にけさ吉の声がまじっているのですぐわかった。

辰平は丸太ん棒をふり上げて

「けさ！　おばあやんの歯が鬼の歯か！　てめえは、おばあやんに、あんねん可愛がってもらって、でかくしたのに、てめえは、てめえは！」

辰平は躍り上って丸太ん棒をふりおろした。だがけさ吉は、ひょいと身をかわしてしまったので、そばの石を叩いてしまったのである。あんまり力を入れたので痛い程、手がしびれてしまった。

けさ吉は向うの方に逃げて行って平気の顔でこっちを眺めていた。

辰平はけさ吉の方に向って

「バカ野郎！　めしを食わせねえぞ！」

と怒鳴った。

村では「めしを食わせねえぞ」とか「めしを食うな」という言葉をよく使ったのである。めしを食わせないという懲罰もあったけれども悪態《あくたい》のように使われる言葉である。

その晩のめし時になった。みんなが膳のまわりに坐った頃になると、けさ吉は外から入ってきてみんなと一緒に膳の前にすわったのである。辰平の顔をちらっと見ると、さっきの怒った形勢は全然なく、しおれているぐらいな顔つきである。

辰平の方は、あの鬼の歯の歌のことをおりんの前でふれることは実に嫌なことだった。あんな歌があることをおりんにだけは知らせたくなかったのである。腹の中で、けさ吉はさっきのことを云い出さないでいればよいと思っていたのだ。

けさ吉は腹の中で
「あの鬼の歯の歌のことを、あんなに怒ったが、あのくらいのことを怒る方がどうかしているぞ、そんなに嫌なことなのか、こんど何かあったら何度でも唄ってやるぞ！」

と気が強くなった。これにかぎるぞと勢が出て来た。けさ吉は父親が近いうちに後添を貰うことになっているが大反対であった。そのうちにみんな飯をよそって食べ始めた。めしと云っても汁の中に玉蜀黍のだんごと野菜が入っているもので、食べるというよりすするのである。

おりんは別のことを考えていた。

「向う村から来る嫁は、少し早いが祭りには来るかも知れない」

という予感がしていたのである。今日来るかとも思ったが来なかったので明日は来るかも知れないが、これはみんなにあらかじめ知らせておいた方がよいと思った。

「あしたは向う村からおっ母あが来るかも知れんぞ」

とうれしいことでも知らせるように孫達に宣言するように云い放った。

辰平が
「まだ一と月しかたたんが、早く来れば、おばあもめしの支度がらくになるら」

と相槌をうつように喜んだ。するとけさ吉が

「一寸待ってくれ」

と手を上げた。辰平の云うことを制するような恰好をしておりんに顔を向けて

「向う村からおっ母あなん来なくてもいいぞ！」

と怒鳴った。つづけて辰平に顔を向けて

「俺が嫁を貰うから後釜なんいらんぞ」

と喧嘩腰である。又、おりんの方を向いて

「めしのことがめんどうなら俺の嫁にさせるから黙っていろ」

おりんは驚いた。持っていた二本の箸をけさ吉の顔のまん中に投げつけた。そして

「バカヤロー、めしを食うな！」

と大声を出した。そうすると十三になる孫がおりんに加勢するように

「けさあんやんは池の前《めえ》の松やんを貰うのだぞ」

とけさ吉に恥をかかせてやれという気でみんなの前で発表したのである。けさ吉が池の前の松やんと仲がよいことを次男は知っていたのである。

けさ吉は次男の顔のまん中を平手でぴしゃっとなぐった。

「バカー、黙ってろ！」

と怒って睨《にら》みつけた。

辰平も驚いた。だが何も云えなくなってしまったのである。けさ吉の嫁などということ

は考えたこともなかった。この村では晩婚で二十歳前では嫁など貰う人はないくらいだった。それにけさ吉の度胸のよい反対にあって圧倒されてしまったのである。

歌にも

　三十すぎてもおそくはねえぞ
　　一人ふえれば倍になる

この唄は晩婚を奨励した歌であった。倍になるということはそれだけ食料が不足するということである。だからおりんも辰平もけさ吉の嫁などとは夢にも考えてはいなかった。村を流れているチョロ〳〵川も途中で池のようにたまりになっている所があって、その前にある家を池の前《めえ》と呼んでいた。その家の松やんという女の子はおりんもよく知っていた。おりんは一旦けさ吉をあんな風に怒鳴ったけれども、これこそ物わかりの悪い年寄りのあさましいことにちがいないのだと勢がぬけてしまったのである。あの松やんも一人前の女になったのだし、けさ吉も大人になっているのだと気がついた。あんまり突然にあんな風な云い方をされたのでびっくりして怒ってしまったが、そこまで察していなかったことに申しわけないとさえ思いはじめてきたのである。

けさ吉はもう膳の所から立ってどこかへ行ってしまった。

そのあした、祭りの日である。子供達は白萩様を腹一杯たべて祭り場へ行ってしまった。村の真中に平坦な所があって、そこが祭り場であった。夜祭りであるが子供達は朝から集っていた。祭り場で盆踊りを踊るのである。踊ると云っても杓子を両手に持ってたたきながら輪になってまわり歩くだけであった。踊るより歌を唄って歩きまわるのである。辰平もどこかの家へ遊びに行ってしまったのでおりんが一人で家にいた。

昼頃、家の前の根っこに、向うをむいて腰をかけている女があった。そばにはふくらんだ信玄袋を置いて誰かを待っているらしい様子である。

おりんはさっきからあそこにいる女は向う村から来た嫁じゃァないか？　とも思ったが、それなら家の中へ入ってきそうなものだと思ったので、まさかそれが嫁だとは気がつかなかった。祭りなので向う村からどこかの家へ来た客だとも思われるように休んでいる風であった。だが、ふくらんだ信玄袋はやっぱり普通の客ではないと気になったのでおりんはたまりかねて出ていった。

「どこのひとだか知らんがお祭りに来たのけえ？」

女は慣れなれしい口のきき方で

「辰平やんのうちはここずら」

おりんはやっぱり嫁だと思った。

「あんたは向う村から来たずら、玉やんじゃァねえけ？」

「ええ、そうでよ、うちの方もお祭りだけんど、こっちへきてお祭りをするようにって、みんなが云うもんだけん、今日きやした」

おりんは玉やんの袖をひっぱりながら
「そうけえ、さあさあ早く入らんけえ」

おりんは天にのぼったように走りまわってお膳を持ち出して祭りの御馳走を並べた。

「さあ食べておくれ、いま辰平をむかえに行ってくるから」

そう云うと玉やんは
「うちの方のごっそうを食うより、こっちへ来て食った方がいいとみんなが云うもんだから、今朝めし前に来たでよ」

「さあさあ食べねえよ、えんりょなんいらんから」

そんなことを云わなくても昨日来るかと思っていたのだから、朝めしなんぞ食って来たからと云ってもよいものを、こっちの方では食って来たと云ってもすぐめしを出すものをと思った。

玉やんは食べながら話し始めた。

「おばあやんがいい人だから、早く行け、早く行けとみんなが云うもんだから」

うまそうに食べている玉やんを、おりんはうれしそうに眺めていた。

「こないだ来たのがわしの兄貴でねえ、おばあやんはいい人だと云うもんだから、わしも早く来てえと思ってねえ」

おりんは玉やんの方へすり寄った。この嫁は正直だから、おせじじゃねえと思った。

「まっと早く来りゃいいに、昨日来るかと思っていたに」

そう云ってまたのり出したが、あんまりそばに行って達者の歯を見られると気がついたので、手で口を押えてあごをひっこめた。

「なんだから、あんな根っこのとこにいたでえ？　早くうちの中にへえってくればよかったに」

玉やんはにっこりした。

「ひとりで来ただもん、何んだか困ったよ、兄やんがつれてきてくれると云ったけん、昨夜《ゆうべ》っからお祭りのどぶろくで酔っぱらっちゃって、おばあやんがいい人だから早く行けって、ゆうべっから、そんなことばっかり云ってねえ」

こうほめられるとおりんの身体は浮き上ってゆくようにうれしくなった。そして
「これは、死んだ嫁よりいい嫁が来たものだ」

と思った。

「あれ、それじゃァ、わしがつれに行ってやるだったに」

玉やんは
「来りゃよかったに、そうすりゃァわしがおぶってきてやったに」

この女じゃ、向う村からわしをおぶって山を越して来ただろうと思った。むかえに行かなかったこと、そこまで気がまわらなかったことをおりんは悔んだぐらいであった。おぶ

ってもらわなくてもまだ山一つぐらい越せると思った、がおぶって山を越すという玉やんのやさしい気持が拝みたいぐらいうれしかった。おりんは玉やんに早く云いたいことがあった。それは来年になったらすぐ楢山まいりに行くことだった。飛脚の兄貴が来たときも一番さきにそのことを話したのである。

ひょいと見ると玉やんは手を背なかに廻してさすっていた。食った物が胸につかえたらしいのである。おりんは玉やんのうしろにまわってやった。

「ゆっくりたべねえよ」

と云ってよいものか、云ってはけちんぼのように思われはしないかと迷ってしまったが、云わないで辰平を探しにゆけば後でゆっくり一人で食べるだろうと思った。おりんは玉やんの背中をさすりながらうしろから

「わしも正月になったらすぐ山へ行くからなあ」

そう云ってさするのを止めた。玉やんは一寸黙っていたが

「あれ、兄やんもそんなことを云ってたけんど、ゆっくり行くように、そう云っていたでよ」

「とんでもねえ、早く行くだけ山の神さんにほめられるさ」

おりんはもう一つ玉やんにすぐ話したいことがあった。お膳の真中にある皿を玉やんのすぐ前においた。やまべの煮たのが一杯盛《も》ってある皿である。このやまべのことを話さな

ければと思った。

「このやまべはなァ、みんなわしがとってきただから」

川魚の王であるやまべの乾したものは山の貴重なさかなである。玉やんは信じられないと云う風な顔つきで
「あれ、おばあやんはやまべがとれるのけえ？」

「ああ、辰平なんかも、けさ吉なんかも、まるっきり下手《へた》でなあ、村の誰だってわし程とってくるものはいんだから」

おりんは自分の唯一つの取り得である、やまべをとる秘伝を山へ行く前に玉やんに教えておこうと思ったのである。

おりんは目を光らせて
「おれはなあ、やまべのいるとこを知っているのだぞ、誰にも云うじゃねえぞ、あとで教えてやるから、夜行ってなあ、そこの穴へ手を突っこめばきっと摑《つか》めるのだぞ、誰にも云うじゃァねえぞ」

おりんはやまべの皿を玉やんにつきつけるように出して
「こんなものは、みんな食っていいから、さあ食べてくりょう、まだ乾したのがうんとあるから」

それから立ち上って

「辰平を呼んでくるから、食べていておくれ」

そう云って裏口から出て行った。そして物置の中に入って行った。いい人だと云われてうれしくなってしまったおりんは、ここで一世一代の勇気と力を出したのである。目をつむって石臼のかどにがーんと歯をぶっつけた。口が飛んでいってしまったと思ったほどしびれた。そうしたら口の中があたたかくなったような甘い味がしてきた。歯が口の中一ぱい転がっているような気がした。おりんは口から血がこぼれるのを手で押えてチョロ〳〵川へ行って口を洗った。歯が二本欠けて口の中から出てきた。

「なーんだ二本だけか」

とがっかりしたが、上の前の歯が揃って二本欠けたので口の中が空っぽになったようになったので、うまくいったと思った。その頃けさ吉は白萩様のどぶろくですっかり酔っぱらって、祭り場で鬼の歯の歌を唄っていたのである。おりんは歯も欠けたが口の中のどこかに、けがをしてしまったのであった。甘いような味がして血が口の中で湧いてくるように出てくるのである。

「止まれ、止まれ」

と思いながら手で川の水をすくって口の中を洗った。血はなかなか止まらなかった。それでも前歯が二本欠けたのは、しめたものだとうれしくなった。ふだん火打石で叩いていたから、やっぱりうまく欠けたのだ、火打石で叩いたことは無駄なことじゃなかったと思った。おりんは川に顔を突っこむようにして水を含んだり吐いたりしているうちに血も止まったのである。口の中が少しピリピリと痛むだけであるが、そんなことはなんとも思わなかった。玉やんに歯並びの悪いところを見せたくなったので家の中にまたひきかえしていった。玉やんはまだ食べていた。おりんは玉やんの前に坐って

「ゆっくり、うんと食べねえよ、すぐ辰平を呼んでくるから」

それから

「わしは山へ行く年だから、歯がだめだから」

おりんは下の唇を上側の歯でかんで、上側だけを見てくれとばかりに突き出した。これで何もかも片づいてしまったと踊り上らんばかりだった。辰平を探しに行きながら村の人達にも見せてやろうと家を出て祭り場の方へ歩いて行ったが、実に肩身が広くなったものだと歩いて行った。

祭り場ではけさ吉が音頭をとっておりんの鬼の歯の歌を唄っていたのであるが、そこへおりんが口を開いて現れたのである。しかも止まった血がまたこぼれ始めていたのである。おりんは唄など耳に入らなかったのだった。辰平を探すということは欠けた歯並びを見せるには丁度うまい口実だったのである。そのことばかりを考えていたのであるから歌なんか全然耳に入らなかった。

祭り場に集っていた大人も子供も、おりんの口を見ると、わーっと逃げ出した。おりん

はみんなの顔を見ると開いた口をまた閉《ふさ》いで、下の唇を上側の歯でかみしめて上側だけを見せようとしたばかりでなく、見てくれとあごを突き出した上に血が流れているのだから、凄い顔になってしまったのである。おりんは自分を見るとみんなが逃げてゆくので、何のことだかわからないが

「あははは」

と愛嬌笑いをしたつもりであった。

おりんは歯を欠いて逆効果になってしまったのである。祭りがすんでも話題の人であった。

「根っこの鬼ばばあ」

と陰で云われているうちに、小さい子などには本当の鬼婆だと思われてしまったのである。

「食いついたら放さんぞ」

「食い殺されるぞ」

などとも云われてしまったり、泣いている子に

「おりんやんのうちにつれて行くぞ」

と云えば泣きやんでしまうようにも利用されたりした。夕方おりんに道などで出逢《であ》うと

「キャーッ」

と泣き出して逃げ出す子などもあった。おりんはあの歌も知ってしまったし、鬼ばばあと云われていることもよく承知していた。

楢山祭りが過ぎると、すぐ木の葉が風に舞った。寒い時は冬のような日もあった。嫁が来ても辰平のぼんやりは相変らずであった。

玉やんが来て一と月もたたないのに、又、女が一人ふえた。その日、池の前の松やんは根っこに腰をかけていて、昼めしのときにはおりん達の膳の前に坐り込んでめしを食べたのである。松やんがめしを食べている様子は実にたのしそうで、此の世の極楽であるというような顔つきをして、食べることに無上の喜びを持っているのである。そしてよく食べた。けさ吉と並んで坐って黙々として食っていた。夕めしの時も二人は並んで坐った。夕めしの時は松やんはけさ吉の頬っぺを箸でつついたりして二人はふざけていた。おりんも辰平夫婦も別に嫌な気もしなかった。おりんはけさ吉がこれ程に大人ではないと思っていたことが恥ずかしくてたまらなかった。夜になると松やんはけさ吉のふとんの中にもぐり込んでいた。おりんは昼めしの時に松やんの腹のあたりが普通ではないと睨んでいた。五ヵ月以上だと見ぬいたので正月か？　それとも早ければ今年中かも知れないと、おりんだけが一人で気をもんでいた。松やんが子を生めばおりんはねずみっ子を見ることになるのであった。

そのあしたも松やんは朝めしを食うと根っこの所に腰をかけていた。昼めしの時だけ家

の中に入ってきて、食べ終るとまた根っこに腰をかけているのである。夕方近くになると玉やんが
「松やん、かまどの火を焚いてくりょ」
と云いつけた。松やんは火を燃すことは下手で忽ち家の中が煙だらけになってしまった。末の女の子など煙がって泣き出してしまった程である。玉やんもおりんも根っこの所へとび出してしまい、燃していた当人の松やんまでも目をこすりながら出て来てしまった程けむりで一杯になったのである。
玉やんが
「あっちの方だけは一人前だが、火もしの方は半人足だなあ」
と云って笑った。おりんは苦しいのを我慢しながらかまどの所へ行って水をかけて消した。それからあらためて燃しなおすとすぐによく燃え始めた。おりんは水をかけた松やんの燃えなかった残りの薪を外にほうり出して云った。
「こんなものを、こんな欅《けやき》のもしきを、どうして突っ込んだずら？　松やん、こんなものを燃しちゃァだめだぞ、欅をもせば三年も目を病むと云うぐれえだから」
それから小さい声で
「おれなんぞ年をとってるから目が悪くなってもかまわんけんど、おまん達は目を病んじゃァ困るらに」

とつぶやいた。玉やんが

「松やんは火もしが出来んから、お子守りでもしてくりょー」

そう云って末の子を松やんにおぶせたのである。末の子は煙たがってまだ泣いていた。松やんは末の子をおぶったが肩を荒くゆすって

「ろっこん〳〵ろっこんナ」

と唄い出した。おりんも玉やんも呆《あき》れ返ってしまったのである。この歌は特別の時しか唄わないのである。楢山まいりのお供の時か、子守りの時に唄うのである。だが子守りの時に「ろっこん〳〵」と唄えば「つんぼゆすり」とか「鬼ゆすり」と云われるのである。

ろっこん〳〵ろっこんナ
お子守りゃ楽《らく》のようでらくじゃない
肩は重いし背中じゃ泣くし
アろっこん〳〵ろっこんナ

と松やんは唄い出した。この「ろっこん」と云うたびに肩をゆするのであるが荒くゆすって泣き声を閉じさせるようにするのであるし、泣き声よりも大きい声で囃《はや》したてて泣き声を消してしまうのである。ゆすり方も背中の子が口をあけていられないように荒くゆするのであるから、ゆするというよりいじめるようなものである。右の肩から左の肩にどーんとぶっつけるようにゆするのである。このつんぼゆすりをされる人は楢山まいりに行く

時に、修養の出来ていない者とか、因果な者は行くことを嫌がって泣く者があるので、その時にお供の者が唄うのである。松やんは知らないので「ろっこん〳〵」とばかり唄っているが歌のあとの方の囃しは「六根清浄《ろっこんしょうじょう》」と二度くりかえすのが本当である。身も心も清めて悪い因果をふるい落すというわけなのである。盆踊り唄とつんぼゆすりの歌とは元来は節も違うのであったが同じ節でも唄われた。どちらも楢山の歌である。

松やんがゆすりながら唄うと背中の子は火のつくように、ますます泣き方がひどくなってしまったのだった。松やんはもっと荒くゆすりながら次の歌を唄いだした。

ろっこん〳〵ろっこんナ
ぼ泣けぼんくら餓鬼《がき》にゃいいもんやるぞ
　耳は氷ってるじゃん聞えんぞ
　　アろっこん〳〵ろっこんナ

ぼ泣けというのは泣けということで、さあいくらでも泣け、ぼんくらなこの子にはいいものをやるという意味であるが、このつんぼゆすりでいいものをやるということは背中の子をつねることをいう意味である。いくら泣いても困らないぞ、このわしの耳は氷っているから聞えないぞという歌である。

おりんはまだ、この年になるまで子供をおぶってつんぼゆすりを唄ったことは一度もなかった。松やんは昨日からこの家に来たのだが、もう今日はこんな歌を唄う程の情知らずの女であることがわかってしまった。だからおりんも玉やんも呆れ返ってしまったのである。

背中の子はますます泣き叫んだ。見かねた玉やんが走っていって抱いてやったけれども火のつくような泣きかたは止まないのである。玉やんは、若しや？ と思っておりんの前に抱いてきて尻をまくって見た。尻にはつねった跡が青痣《あおあざ》のように四ヵ所もあったのである。おりんと玉やんは顔を見合せて舌をまいてしまった。

松やんが来てからけさ吉はおとなしくなって、おりんに悪たれ口を云わなくなった。云うことが変ってきたのである。

「おばあやんは、いつ山へ行くでえ？」

とめしの時にはよく云った。

「来年になったらすぐ行くさ」

何度も同じことをきかれるとおりんは苦笑いをするようになった。

けさ吉は早口で

「早い方がいいよ、早い方が」

そのたびに玉やんが

「おそい方がいいよ、おそい方が」

とけさ吉と同じような云い方をして笑いころげた。玉やんの云い方が、けさ吉の云うすぐあとを同じような早口で云うのでおかしくて、おりんも一緒になって笑った。

女が二人ふえたのでおりんは手持ちぶさたになってしまい、気丈夫の働き者のおりんがひまになったことは物足りない、淋しいくらいなものだった。松やんも何かと役にたつ時もあった。おりんは暇で困ると思う時もあった。だがおりんには楢山まいりに行くという目標があったのである。その日のことばかりを胸の中で画いていた。鬼ばばあだなんて云われたけど、山へ行くときのわしは、銭屋の又やんなんぞとは違うぞと思った。わしが山へ行く時は祭りのときと同じぐらいの振舞いが出来るぞ、白萩様も、椎茸《しいたけ》も、やまべの乾したのも家中の者が腹一杯たべられるだけ別に用意してあるのだ。村の人に出す白萩様のどぶろくも薄めては作ったが一斗近くもこしらえておいたのを、今は誰も知らないだろう、わしが山へ行ったそのあした、家中のものが、きっと、とびついてうまがって食うことだろう。その時になって「おばあやんがこんなに！」ってびっくりするだろう。その時はわしは山へ行って、新らしい筵の上に、きれいな根性で坐っているのだ。

おりんは楢山まいりのことばかりを考えていた。

強風が一日中吹いて、夜も夜どおし吹きまくった夜明け、不意に、あの奇妙な叫び声が起った。

「楢山さんに謝るぞ！」

そう叫びながら村の人達が方々で騒ぎ出した。おりんはその声をきくと蒲団《ふとん》の中からすばやく這い出して、転がるように表に出た。年はとっていても棒を摑んだ。横から玉やんが末の子を背中にしばりつけるようにおぶって出て来た。もう手に太い棒を握っていた。

おりんは

「どこだ？」

と叫んだ。

玉やんは物を云うひまもないというように返事もしないで真っ青になって馳けて行った。もう家中の者がみんな飛び出してしまった後であった。

盗人は雨屋の亭主であった。隣りの焼松《やけまつ》の家に忍びこんで豆のかますを盗み出したところを、焼松の家中の者に袋だたきにされたのであった。

食料を盗むことは村では極悪人であった。最も重い制裁である「楢山さんに謝る」ということをされるのである。その家の食料を奪い取って、みんなで分け合ってしまう制裁である。分配を貰う人は必ず喧嘩支度で馳けつけなければ貰うことが出来ないのである。若し賊が抵抗していれば戦わなければならないので一刻も早く馳けつけることになっていた。戦うつもりで早く馳けつけるのであるから必ず跣《はだし》で行くことになっていたのである。履物をはいて行けばその人もまた袋叩きにされることになっていて、馳けつける方でも死にもの狂いである。これは食料を奪いとられるということが、どれだけ重大な事であるかが誰もの神経にきざみつけられているからである。

雨屋の亭主は足も腰も動けない程弱っていた。焼松の家で捕えられたのであるが担ぎ出されて祭り場の所へ運ばれた。雨屋の家族もそのそばに坐っていなければならないのである。わあわあと泣いているだけでどうすることも出来ないのである。それから「家探し《やさが》」ということをされるのである。屈強な男達が雨屋の家の中を荒らして食べられるという食べ物を表に投げ出してしまったのである。投げ出されたものを見て、みんな目を丸くして驚いてしまった。芋が縁の下からぞくぞくと出て来て一坪ぐらいの山となったのである。こんなに雨屋では芋がとれたわけがないのである。芋を作るには種芋を埋めなければならないのである。種芋は食べられるものであるから冬を越せば、どこの家でも僅かしか残らないのである。冬を越すにはどこの家でも足りなくなるくらいである。また、どこの家ではどれだけ芋を作ったか村の人は皆知っていることで、雨屋ではこの十分の一もとれなかったはずである。この芋の山は、畑にあったときから村中の家の芋を掘り出したのに違いないのであった。

雨屋では二代つづいて楢山さんに謝ったのであった。先代の時は山の根を掘って食べて冬を越したというが、冬をうまく越せたのはどこかへ、山のどこかへ、食い物を隠しておいたかも知れないと、その当時は云われたのである。

「雨屋は血統だから、泥棒の血統だから、うち中の奴を根だやしにしなけりゃ、夜もおちおち寝られんぞ」

と小声で云い合っていた。雨屋の家族は十二人である。

その日は一日中誰も仕事が手につかないのである。村中の人達は興奮してしまって落ちつくことが出来なかったのである。

おりんの家でも、みんなポカンとしていた。辰平は足を投げ出して頭をかかえていた。

「この冬はうちでも越せるかどうか？」

と思っていた。雨屋のことは他人《ひと》ごとではなく、辰平の家でも切実に迫っていることなのである。雨屋の事件はそれを目の前に見せつけられたのである。食料は足りないし、そうかといって盗むことも出来ないし、雨屋は十二人で辰平の家族は八人であるが、食い盛りの者が多いので困り方は雨屋と同じである。

おりんは辰平の側に坐っていた。やっぱり冬のことが心配であった。冬を越す悩みは毎年のことであるが、今年は人数が多くなった上に子供達が大きくなっているので、いつもの冬をすごすよりえらいことだと思った。それに松やんが特別ひどいのである。おりんは松やんのことを

「けさ吉の嫁に来たのじゃねえ、あのめしの食い方の様子じゃあ、自分の家を追い出されて来たようなものだ」

それに違いないと気がついていた。松やんは女ではあるが食い量が多いのである。その上、食料の心配などと云うことは気にもとめていない風である。いつかも豆を煮ていた時

に松やんは
「豆ァ煮るときにゃァ食えば食うだけふえるっちゅうぞ」
と云いながら、どんどん食べてしまうのである。その時はおりんも玉やんも、はらはらと気をもんだけど、あれは水をうんといれて煮ろということで、あの時は辰平も
「松やん、食うだけふえるなら、食わなきゃ無えようになるら」
と嫌みを云ったが松やんは何のことだかわからなくて
「あれ、ほんとけえ」
と真顔になって云った。辰平が
「けさ吉！　松やんの横っ面《つら》をひっぱたけ」
と云ったら松やんは豆を食うのを止めたのだった。
辰平もおりんも冬のことを考えていたが、玉やんも同じようなことを考えていた。
「おらんのうちじゃ、めしの食い方が乱暴だ、なんとか割りつけてでも食べるようにしなけりゃ」
けさ吉は
「今日は大仕事をしたのだ」
と得意顔であった。実際今朝の働きは大したもので、騒ぎにも家の者では一番早く飛び出したし、家探しの中の人数の一人だったので分配の芋も多めに貰ってきたのである。

松やんもそこに坐っていた。大きい腹を前かがみにしているので蛙みたいな恰好だが、今日は顔つきも緊張していた。

玉やんは思い出したように物置へ行って石臼を抱えてきた。それから豆をひきはじめた。ごろごろと音を立てて黄色い粉になって臼のまわりから落ち始めた。それを見ながらけさ吉は唄い出した。

豆を食うなら　ひやかして
　お父っちゃんは盲《めくら》で目が見えぬ

「冷《ひや》かして」ということは水につけておくことである。豆を食う時は焼いたり、生のままではぼりぼりと音がするので盲の親に食べていることを知られてしまうから、水につけてやわらかくして食べればこっそりと一人だけで食べることが出来るという歌である。盲の親というのは必ずしも盲目の親というのではなく、年寄りは目が悪いから、年寄りには知られぬように若い者は年寄りより腹がへるので、こっそりと余分に食べろという意味である。

そこへ銭屋の倅《せがれ》が

「えらいもんだ！」

と云いながら入ってきた。えらいもんだということは、えらいひどいことをしたものだということである。雨屋の亭主は大変なひどいことをしたと今更仰天しているのであった。

「見ろ、あの芋は小さいのばかりだぞ」

芋は明らかに土の中から掘り出されたというのである。

「おらんの作ったのが、どうも少ししかとれないと思ったけんど、掘られたんだからなァ、わけて貰ったのじゃねえぞ、返《けえ》してもらったのだぞ、それも掘られたのはまっとだぞ」

辰平もそう思っていた。どこの家でも分配された量は、自分の家では掘られた量の方が多いのだと思っていた。

銭屋の伜は
「この仇は、きっと、とらなきゃー、おい、夜になれば雨屋の奴等は盗みに来ることはたしかだぞ！　早いとこ、何んとかしてしまわにゃー枕を高くして寝られんぞ、早いとこ根だやしにしなけりゃー」

辰平が
「根だやしにするにしても十二人じゃ」

というとけさ吉が冗談に云った。

「コバカー、でかい穴を掘って、みんな埋《い》けてしまえば……」

玉やんが石臼をひくのを止めて、やっぱり冗談に
「いやでよう、そんねんかたまって、どこへいけるでえ？」

銭屋の伜が

した。

「笑いごとじゃァねえぞ、どこのうちでも仕事もしなんで考えてるだから」

銭屋の倅はいらだったように云い放って外へ出た時、外でカァカァとからすの啼《な》く声がした。

「あれ、そんなことばっか云うもんだから、からす啼きがするじゃァねえけ」

おりんがそう云うと銭屋の倅は振り返って

「今夜あたり、葬式《おとむれえ》が出るかも知れんぞ」

そう云いながら出て行った。裏山には村の墓場があった。こんな食料不足の村でも若い者が死ぬと葬式の時には一膳のめしを供えるのであった。そのめしはからすがすぐ食べてしまうのである。だからからすは葬式があることを喜ぶと云われていた。そして葬式があることをその前に知る神秘な予感を持っていて、喜んで啼くとも云われ、からす啼きと云って葬式の前ぶれのように思われていたのである。銭屋の倅が帰ったあと、みんな黙ってしまった。村の人達が殺気だっている様子では今夜あたりから雨屋の誰かが一人ずつ減ってゆくじゃァないかと思うと、何んとなく身がひきしまってしまった。玉やんのひく石臼の音までが妙にごろごろと鳴っていた。

寝ころんでいた辰平が突然云った。

「おばあやん、来年は山へ行くかなあ」

おりんはそれをきくとほっとした。辰平はやっとその気になってくれたのだと安心したのである。
おりんはすぐ云った。
「向う村のわしのおばあやんも山へ行ったのだぞ、このうちのお姑《しゅうと》も山へ行ったのだぞ、わしだって行かなきゃァ」
玉やんが石臼をひくのを止めて
「いいよ、ねずみっ子が生れたら、わしが裏山の谷へ行って捨ててくるから、おばあやんはかやの木のうちみたように歌にゃならんから、大丈夫だよ」
そう云うとけさ吉が負けん気で
「コバカー、俺が捨《ぶ》ちゃってくらァ、わきゃァねえ」
わきゃァねえということは、何んでもないという意味である。
そして松やんに向って
「なあ、俺が捨《ぶ》ちゃると云ったなあ」
と云うと松やんが
「ああ、ふんとに、たのんだぞ」
みんなが同時に松やんの大きい腹のあたりに目をやった。
玉やんの石臼の音がごろごろと鳴って、遠くで雷が鳴ってるように響いていた。みんながまた黙ってしまったのでけさ吉は大声で唄い出したのである。尻《けつ》をまくって、あぐらをかいて、筒袖を肩までまくり上げて唄うのである。

　お父《と》っちゃん出て見ろ枯木ゃ茂る

　　行かざなるまい、しょこしょって

　此の頃けさ吉は歌の節まわしが上手になった。おりんはけさ吉の節まわしは実にうまいものだと思った。だが今、けさ吉が唄った歌は、あれはでたらめの歌で昔から唄われてきた歌が、だんだん乱れてしまうが困ったものだと思った。

「けさー、そんな歌はねえぞ、山が焼けるぞ枯木ゃ茂るだぞ」

　と教えてやった。

「あれ、銭屋のおっちゃんはそう唄ったぞ！」

「バカー、昔、山火事があってなあ、その時ゃ、みんな山へ行ったそうだ、その唄だぞなあ辰平」

　そう云って辰平を見ると、辰平は顔をあお向きにねころんで額に雑巾を当てていた。目のところまで雑巾がさわっているのである。

　おりんは辰平の顔を流し目で眺めた。そうすると急に辰平が可哀相に思えてきた。冬を越すことも苦しい事だし、楢山まいりの供もえらいことなのである。「来年は山へ行くかなァ」とさっき云ってくれたけど、いままでずっと気にしていてくれたのだ、そう思うと可哀相になってきたのだった。

おりんは辰平のそばにすり寄って、雑巾をそっと、とった。辰平の目が光っているように見えたので、すぐ後ずさりをして又はなれたが

「目のあたりが光っているけど、涙でも出しているじゃァねえらか？　そんな気の弱いことじゃァ困ったものだ」

と思ったが

「わしの目の黒いうちに、よく見ておこう」

と横目で辰平の目のあたりをじっと睨みつけた。

石臼の音が止まって、玉やんが飛び出して、前の川へ行って顔を洗っていた。さっきも玉やんはひくのを止めて顔を洗いに行ったのである。

「あいつも、まさか泣いてでもいるじゃァねえらか？　困ったものだ、そんな気の弱いことじゃ、辰平の奴も、まっと、しっかりしてくれなきゃー、気の弱い奴等ばかりで困ったものだ」

けさ吉はまた唄い出した。

　山が焼けるぞ　枯木ャ茂る

　　行かざなるまい、しょこしょって

こんどはちゃんとした唄い方である。節まわしが実にうまく、枯木ャしげるというところは御詠歌のような節で唄うのだが、そこが浪花節のように、泣けるような申し分のない

節まわしである。

「しょこしょって」

と唄い終るとおりんは
「ヨイショ！　うまいぞ！」

と大声でかけ声をかけた。

それから三日目の夜おそく大勢の足音が乱れ勝ちにおりんの家の前を裏山の方へ通っていった。雨屋の一家が村から居なくなってしまったのが村中へ知れわたったのは、その翌日のことだった。

「もう雨屋のことを云うではねえぞ」

という村中の申し合せがあって、誰も噂をしなくなった。

十二月になると厳冬である。陰暦なので月のなかばには寒に入った。子供達が
「雪ばんばァが舞ってきた」

と騒いだときがあったのでおりんは
「おれが山へ行くときゃァきっと雪が降るぞ！」

と力んで云った。雪ばんばァというのは白い小さい虫が舞うことをいうのである。雪の降る前にはこの白い虫が舞いあるくと云われていたのである。

松やんの腹は臨月になったことは疑いない程で、動作も息切れも目につくようになって

きた。

あと四日で正月になるという日、おりんは朝早く辰平の起きるのを待って外に連れだした。辰平の耳に口をつけて
「山へ行った人達を今夜呼ぶから、みんなにそう云ってきてくりょー」

おりんは明日楢山まいりに行くことにきめたのである。だから今夜山へ行った人達を呼んで振舞酒を出そうとしたのだった。

「まだ早いらに、来年になってからでなきゃー」

辰平は明日行くのだと云われると面食らってしまったのだった。来年になったら行くつもりでいたのである。

おりんは
「バカー、ちっとばかし早くたって、早い方がいいぞ、どうせならねずみっ子の生れんうちに」

辰平は気が進まなかったので返事をしなかった。おりんは
「早くみんなに云って来い、みんな山へ行って留守になってしまうぞ」

その云い方は辰平を絶対服従させる力強さを持っていた。辰平のうしろから追いかぶせるように云った。

「いいか、云って来なきゃー、明日おれ一人で山へ行くぞ」

その夜、呼ばれた人達は集ったのである。山へ行く前の夜、振舞酒を出すのであるが、招待される人は山へ行って来た人達だけに限られていた。その人達は酒を御馳走になりながら山へ行くのに必要な事を教示するのである。それは説明するのであるが誓いをさせられるのであった。教示をするにも仁義のような作法があって、一人が一つずつ教示するのである。集った人は男が七人で女が一人であった。この中の女は去年供で行ったのであるが女で供に行くことはめずらしいことである。よくよく供のない家では他人に頼んでも供になってもらって、たいがい男が行くのであった。振舞酒に招待された八人の中でも一番先に山へ行った者が古参といって一番発言権が強いのであり、その人が頭《かしら》のような存在でみんなの世話人であった。酒をのむのも一番先であって、すべてが山へ行った順できまるのである。今夜の一番先輩格は「短気の照《てる》やん」と云う人だった。照やんは短気ではなく落ちついた五十年輩の人であるが、何代か前に照やんの家に短気の人があったので今でも短気と呼ばれていて、それは綽名《あだな》ではなく家号のようになっていた。

おりんと辰平は自分の家ではあるが正面に坐っていて、その前へ客達が下手《しもて》に並ぶのである。おりんと辰平の前には大きい甕《かめ》が置いてあった。これはおりんが今夜のために用意した白萩様のどぶろくが一斗近くも入っている甕である。

照やんはおりんと辰平に向って先ず改まってお辞儀をすると、つづいて客達も揃って頭を下げた。

照やんは辰平に向って
「お山まいりはつろうござんすが御苦労さんでござんす」
おりんと辰平は此の席では物を云ってはならないことになっていた。
照やんは云い終ると甕を持って口を当ててがぶがぶと飲めるだけのんだ。そして次の人に甕を廻すと、その人が飲めるだけ飲んで順に廻すのである。終りまでくるとまた照やんの前に持ってくるのである。
照やんはおりんに向って本を読むような口ぶりで
「お山へ行く作法は必ず守ってもらいやしょう
一つ、お山へ行ったら物を云わぬこと」
云い終るとまた甕に口をあててがぶがぶと飲んで次の人に廻した。
おりんも辰平も今夜客達が教示することは皆知っていた。ふだん話に聞いて知っていることではあるが、こうして改まってきくことが慣わしであるし、客達を前にして誓いをたてるようなことになるのであるから一生懸命になって聞いていた。
甕がまた廻り終ると、照やんの次の人の前に置かれた。その人がこんどは照やんと同じような口ぶりで
「お山へ行く作法は必ず守ってもらいやしょう
一つ、家を出るときは誰にも見られないように出ること」

云い終ると甕に口を当ててがぶがぶと飲んだ。甕が一廻りすると三人目の人の前に置かれた。その人も照やんと同じような口ぶりで

「お山へ行く作法は必ず守ってもらいやしょう

一つ、山から帰る時は必ずうしろをふり向かぬこと」

云い終るとまた甕に口を当ててがぶがぶと飲んだ。甕が一廻りすると四人目の人の前に置かれた。三人目までで終ったのであるが、四人目の人は楢山へ行く道順を教えるのである。

「お山へ行く道は裏山の裾を廻って次の山の柊《ひいらぎ》の木の下を通って裾を廻り、三つ目の山を登って行けば池がある。池を三度廻って石段から四つ目の山へ登ること。頂上に登れば谷のま向うが楢山さま。谷を右に見て次の山を左に見て進むこと。谷は廻れば二里半。途中七曲りの道があって、そこが七谷《ななたに》というところ。七谷を越せばそこから先は楢山さまの道になる。楢山さまは道はあっても道がなく楢の木の間を上へ上へと登れば神様が待っている」

云い終ると甕が廻って、これで終ったのである。この教示が終れば誰も物を云ってはならないのである。だから教示を云った四人の以外は誰も物を云うことが出来ないのであった。それから無言のまま甕が廻って酒を飲み終るのであるが、飲めるだけ飲むとその人は黙って消えるように去って行くことになっていた。照やんだけは最後に帰るのである。み

んな帰ってしまって照やんも席を立ったのであるが、立つ時に辰平を手で招いて戸外に連れ出した。

小声で
「おい、嫌ならお山まで行かんでも、七谷の所から帰《けえ》ってもいいのだぞ」

そう云って、誰もいないのに暗い方を見廻しておどおどしている様子である。

「変なことを云うな？」

と辰平は思ったが、おりんはあれ程一心に行こうとしていることだから、そんな馬鹿なことには用はないのだと気にもとめなかった。照やんはすぐ
「まあ、これも、誰にも聞かれないように教えることになっているのだから、云うだけは云っておくぜ」

そう云って帰って行った。

みんなが帰ってしまった後、おりんも辰平も床の中に入った。だが明日の晩は山へ行くのであるからおりんは眠ろうなどとは思っていなかった。

夜も更けて丑三《うしみ》つ刻《どき》だろう、おりんは外の方で誰かが泣いている声を聞いたのである。

わあわあと男の声であった。その声はだんだん近づいてきておりんの家の前に来たのであるが、その泣き声を消すように、あのつんぼゆすりの唄も聞えたのである。

六根〳〵ナ

お供ァらくのようでらくじゃない
肩の重さに荷のつらさ
ア六根清浄、六根清浄

おりんは床の中で頭をもち上げて耳をすませた。あの声は銭屋の又やんの泣き声だと感づいた。そして
「馬鹿な奴だ！」

と今更に思った。

少したって、人の足音がしてきたようだった。そしておりんの家の戸をがりがりと爪でかじる音がした。

「何んだろう？」

と起き上って縁側に出て、かじられているあたりの戸をはずした。外は月の光で明るいが、顔をかくして身体をふるわせながら又やんが蹲《うずくま》っていたのである。

そこへ、ばたばたと飛んで来た男があった。又やんの倅だった。倅は手に荒縄を持って又やんを睨みつけて立っていた。

おりんは
「辰平、辰平」

と呼んだ。辰平も眠れなかったらしくすぐ出て来た。辰平は銭屋の倅と顔を合わせ、手

に持っている荒縄を見て
「どうしたんだ？」
ときいた。
「縄ァ食い切って逃げ出しゃァがった」
倅はまだいまいましそうに又やんを睨んでいた。辰平は
「馬鹿な奴だ！」
と銭屋の倅の無謀さに驚いた。おりんは又やんを
「馬鹿な奴だ！」
と呆れて眺めた。昔からの歌に
　つんぼゆすりでゆすられて
　　縄も切れるし縁も切れる
そう云う歌があるけど、このざまは、縄が切れる程ゆすられて、食い切ったなどと云われて、これじゃァ歌の文句以上だと思った。おりんは叱るように又やんに云い聞かせた。
「又やん、つんぼゆすりをされるようじゃァ申しわけねえぞ、山の神さんにも、息子にも、生きているうちに縁が切れちゃァ困るらに」
おりんは自分の正しいと思うことを、親切な気持で教えてやったのである。
「今夜は止めなせえ」

辰平はそう云って又やんをおぶって銭屋まで送りとどけてやった。

その次の夜、おりんはにぶりがちの辰平を責めたてるように励まして楢山まいりの途についたのである。宵のうちに明日《あした》みんなが食べる白萩様もといでおいたし、椎茸のことも、やまべのことも玉やんによく云っておいた。家の者達が寝静まるのを窺って裏の縁側の戸をそっとはずした。そこで辰平のしょっている背板に乗ったのである。その夜は風はないが特別に寒い晩で、空は曇っているので月あかりもなく真っ暗の道を辰平は盲人の歩みのように歩いて行った。おりんと辰平が出た後で玉やんは蒲団の中から起き上った。そして戸をあけて外に出た。根っこのところに手をかけて暗闇の中を目をすえて見送ったのである。

辰平は裏山の裾を廻って柊の木の下に来た。枝が笠のように茂っていてその下を通って行くのは、どこかの家の中へでも入ってゆくように無気味な暗さだった。ここまでは辰平も来たことのある所だが、ここから先は楢山まいりでなければ行ってはならないと云い伝えられている道であった。ふだんは柊の木の下を通らないで右か左に廻る道をゆくのであるが、今は真っすぐに行くのである。二つ目の山も裾を廻り、三つ目の山の裾をまわると池があった。空がかすかに白んできて池をまわり終った時はかなり明るくなってきた。石段が三段あってそこから急な坂である。四つ目の山は上に登って行くのである。かなり高い山で頂上に近づく程、嶮しくなってきた。

　頂上について辰平は目を見張らせたのである。向うに楢山が待っているかのように見えたのである。この山と楢山の間は地獄へ落ちるかと思われるような谷で隔てられていた。楢山へ行くには頂上から少し降りて尾根づたいのような道を進むのであるが、右は絶壁で左はそそりたつ山の坂である。谷は四つの山に囲まれた奈落の底のような深い谷なので辰平はしっかりと足許をふみしめて進んだ。谷を廻るには二里半と教えられたが、楢山に近づくにつれて辰平の足はただ一歩ずつ進んでいることを知っているだけだった。楢山が見えた時から、そこに住んでいる神の召使いのようになってしまい、神の命令で歩いているのだと思って歩いていた。そうして七谷の所まで来たのである。見上げれば楢山は目の前に坐っているようである。七谷を通り越すと、ここからは道はあれども道はないと云われたので上へ上へと登って行った。木は楢の木ばかりしかなかった。辰平はいよいよ楢山に来てしまったのだと思ったので、もう口をきくことは出来ないぞと決心した。おりんは家を出てから何も云わなかったのである。歩きながら話しかけても返事をしないのであった。登っても、登っても楢の木ばかり続いていた。そして到頭《とうとう》、頂上らしい所まで来たのである。大きい岩があってそこを通りすぎた途端、岩のかげに誰か人がいたのである。辰平はぎょっとして思わず後ずさりをしてしまった。岩のかげに寄り掛って身を丸くしているその人は死人だった。両手を握って、まるで合掌しているようである。辰平は立止まったまま動けなくなってしまった。おりんが背の方から手を出して前へ振った。前へ進めという手ぶりである。辰平は進んで行った。また岩があってそのかげには白骨があった。足は二本揃っているが首はさかさになってそばに転がっていた。あばら骨だけはさっきの死人のように岩によりかかったままである。手は遠くの方に一本ずつ離れて転がっていて、誰かがこんな風にいたずらをして置いたのではないかと思われるようにバラバラになっていた。おりんは手を出して前へ前へと振った。岩があると必ず死骸があった。進んで行くと木の根元にも死骸があった。まだ生きているように新らしい死人である。そこで辰平はまたぎょっとして立止まってしまった。目の前の死人が動いたのである。その顔をよくよく見たがやっぱり生きている人ではなかった。だが「たしかに今、動いたぞ」と思ったので足が堅くなってしまった。すると又、その死人が動いたのである。その死人の胸のあたりが動いたのである。そこにはからすがいたのであった。着物が黒っぽいのでからすがいたのがわからなかったのだった。辰平は足でばたっと地を蹴った。だが、からすは逃げもしないのである。辰平はその横を通って進んだ。するとそのからすが舞い上った。静かに羽を拡げて舞い上って憎らしい程落ちついているからすである。何げなしに死人の方をふり向くと胸のところにはまだ一ぴきからすがいた。「二ひきいたのか」と思ったらその下からもう一ぴきの頭が動いていた。死人は足を投げだしているのだが腹の中をからすが食べて巣を作っていたのだ！　と思った。もっと中にいるかも知れないと思うと、憎いような怖ろしいようになってきた。ここは頂上らしいのだが道はまだ上りである。進んで行くとからすはますます多くいた。辰平が歩き出すと、あたりが動くようにからすがのろのろと歩くのである。枯葉の上をがさがさと人間が歩くような音まで立てて歩くのである。

「からすの多い山だなあ」

と、その数の多さに驚いた。からすがとりのようには思えないのである。黒猫のような目つきで、動作がのろいので気味が悪いようである。ここからは死骸もますます多く転がっていた。少し行くと禿げ山のような所があって岩ばかりである。そこには白骨が雪のふったように、あたりが白くなるほど転がっていて、下ばかり見て歩いている辰平は白骨をよけて歩こうとしても目がちらちらしてしまい、つまずき転びそうになってしまった。辰平は「この白骨の中には生前、知っていた人もあるはずだ」と思った。ふと木のお椀がころがっているのが目についた。それを見て呆然と立止まってしまった。

「偉いものだなァ！」

とつくづく感心してしまった。ここへ来るにもお椀を持ってきた人もあったのだ。前に来た人のうちにはそんな心掛けの人もあったのだと思うと、持って来なかった自分が淋しいような気にもなってしまった。からすは岩の上で、きょろ〳〵目を動かしていた。辰平は石を拾ってぽーんと投げつけると、ぱっと舞い上った。あたりのからすも一せいに舞い立った。

「逃げるところを見ると、生きてる人間は突つきゃァしないだろう」

そうわかると一寸安心も出来た。道はまだ上りぎみであった。進んで行くと死骸のない岩かげがあった。そこへ来るとおりんは辰平の肩をたたいて足をバタバタさせたのである。背板から降ろせと催促をしているのだ。辰平は背板を降ろした。おりんは背板から降りて腰にあてていた筵を岩かげに敷いた。それから自分の腰に結びつけてあった包を辰平の背板に結びつけようとした。辰平は目を剝いて怒るような顔をしながらその包を筵の上に置いた。おりんは包の中から白萩様のむすびを一つとり出して筵の上に置いた。それからまた包を背板に結びつけようとするのである。辰平は背板を奪い取るようにして引き寄せて包を筵の上に置いた。

おりんは筵の上にすっくと立った。両手を握って胸にあてて、両手の肘を左右に開いて、じっと下を見つめていた。口を結んで不動の形である。帯の代りに縄をしめていた。辰平は身動きもしないでいるおりんの顔を眺めた。おりんの顔は家にいる時とは違った顔つきになっているのに気がついた。その顔には死人の相が現れていたのである。

おりんは手を延して辰平の手を握った。そして辰平の身体を今来た方に向かせた。辰平は身体中が熱くなって湯の中に入っているようにあぶら汗でびっしょりだった。頭の上からは湯気が立っていた。

おりんの手は辰平の手を堅く握りしめた。それから辰平の背をどーんと押した。

辰平は歩み出したのである。うしろを振り向いてはならない山の誓いに従って歩き出したのである。

十歩ばかり行って辰平はおりんの乗っていないうしろの背板を天に突き出して大粒の涙をぽろぽろと落した。酔っぱらいのようによろよろと下って行った。少し下って行って辰平は死骸につまずいて転んだ。その横の死人の、もう肉も落ちて灰色の骨がのぞいている顔のところに手をついてしまった。起きようとしてその死人の顔を見ると細い首に縄が巻きつけてあるのを見たのだった。それを見ると辰平は首をうなだれた。「俺にはそんな勇気はない」とつぶやいた。そして又、山を下って行った。楢山の中程まで降りて来た時だった。辰平の目の前に白いものが映ったのである。立止まって目の前を見つめた。楢の木の間に白い粉が舞っているのだ。

雪だった。辰平は

「あっ！」

と声を上げた。そして雪を見つめた。雪は乱れて濃くなって降ってきた。ふだんおりんが、「わしが山へ行く時ァきっと雪が降るぞ」と力んでいたその通りになったのである。辰平は猛然と足を返して山を登り出した。山の掟《おきて》を守らなければならない誓いも吹きとんでしまったのである。雪が降ってきたことをおりんに知らせようとしたのである。知らせようというより雪が降って来た！　と話し合いたかったのである。本当に雪が降ったなあ！　と、せめて一言だけ云いたかったのである。辰平はましらのように禁断の山道を登って行った。

おりんのいる岩のところまで行った時には雪は地面をすっかり白くかくしていた。岩のかげにかくれておりんの様子を窺った。お山まいりの誓いを破って後をふり向いたばかりでなく、こんなところまで引き返してしまい、物を云ってはならない誓いまで破ろうとするのである。罪悪を犯しているのと同じことである。だが「きっと雪が降るぞ」と云った通りに雪が降ってきたのだ。これだけは一言《ひとこと》でいいから云いたかった。

辰平はそっと岩かげから顔を出した。そこには目の前におりんが坐っていた。背から頭に筵を負うようにして雪を防いでいるが、前髪にも、胸にも、膝にも雪が積っていて、白狐のように一点を見つめながら念仏を称えていた。辰平は大きな声で
「おっかあ、雪が降ってきたよう」

おりんは静かに手を出して辰平の方に振った。それは帰れ帰れと云っているようである。

「おっかあ、寒いだろうなあ」

おりんは頭を何回も横に振った。その時、辰平はあたりにからすが一ぴきもいなくなっているのに気がついた。雪が降ってきたから里の方へでも飛んで行ったか、巣の中にでも入ってしまったのだろうと思った。雪が降ってきてよかった。それに寒い山の風に吹かれているより雪の中に閉ざされている方が寒くないかも知れない、そしてこのまま、おっかあは眠ってしまうだろうと思った。

「おっかあ、雪が降って運がいいなあ」

そのあとから
「山へ行く日に」

と歌の文句をつけ加えた。

おりんは頭を上下に動かして頷《うなず》きながら、辰平の声のする方に手を出して帰れ帰れと振った。辰平は
「おっかあ、ふんとに雪が降ったなァ」

と叫び終ると脱兎のように馳けて山を降《くだ》った。山の掟を破ったことを誰かに知られやァしないかと飛び通《どお》しで山を降った。誰もいないはずの七谷の上のところまで降って来たとき、銭屋の倅が雪の中で背板を肩から降ろそうとしているのが目に入った。背板には又やんが乗っていた。荒縄で罪人のように縛られている。辰平は
「やッ！」

と思わず云って立止まった。銭屋の倅は又やんを七谷から落そうとしたからだった。四つの山に囲まれて、どのくらい深いかわからないような地獄の谷に又やんを落そうとするのを辰平は目の下に見ているのである。

「ころがして落すのだ」

と知った時、昨夜照やんが「嫌なら七谷の所から帰ってもいいのだぞ」と云ったのを思

い出した。

「あれは、このことを教えたのだな」

と初めて気がついた。又やんは昨夜は逃げたのだが今日は雁字《がんじ》搦《がら》みに縛られていた。芋俵のように、生きている者ではないように、ごろっと転がされた。倅はそれを手で押して転げ落そうとしたのである。だが又やんは縄の間から僅に自由になる指で倅の襟を必死に摑んですがりついていた。倅はその指を払いのけようとした。が又やんのもう一方の手の指は倅の肩のところを摑んでしまった。又やんの足の先の方は危く谷に落ちかかっていた。又やんと倅は辰平の方から見ていると無言で戯れているかのように争っていた。そのうちに倅が足をあげて又やんの腹をぽーんと蹴とばすと、又やんの頭は谷に向ってあおむきにひっくり返って毬のように二回転するとすぐ横倒しになってごろごろと急な傾斜を転がり落ちていった。

辰平は谷の底の方を覗《のぞ》こうとしたその時、谷底から竜巻《たつまき》のように、むくむくと黒煙りが上ってくるようにからすの大群が舞い上ってきた。湧き上るように舞い上ってきたのである。

「からすだ!」

と辰平は身をちぢめるように気味悪くなった。舞い上って、かあかあと騒ぎながら辰平の頭上高くとび廻っていた。この谷のどこかに巣があって、雪が降ったのでそこに集っていたのだと思った。きっと又やんはそこに落ちたのだと思った。舞い乱れていたからすはだんだんまた谷底の方へ降り始めたのである。

「からすの餌食か！」

あんな大変のからすじゃァと身ぶるいをしたが、落ちた時は死んでしまっているだろうと思った。伜の方を見ると、やっぱりからすを見て気味が悪くなったのであろう、空《から》の背板をしょって宙を飛ぶように馳け出していた。辰平は

「あんなことをするのだから振舞酒も出さないわけだ」

と思いながら、狼が走って行くように背を丸めて逃げてゆく伜を眺めていた。

雪は牡丹雪《ぼたんゆき》のように大きくなってきた。辰平が村に帰り着いた時は日が暮れて暗くなってしまった。

「うちへ帰ったら、末の女の子はおりんがいなくなったので淋しがっているにちがいない」

と思った。

「おばあはいつ帰って来る？」

などときかれたら、なんと答えようかと困ってしまった。家の前まで来たが戸口の外に立って中の様子をみた。

家の中では次男が末の子に歌を唄って遊ばせていた。

ばかりをくり返して唄っているのである。

留守に子供達はおりんのことを話していたのだ、もう知っているのだと思った。蟹の唄

お姥《んば》捨てるか裏山へ
裏じゃ蟹《かに》でも這って来る
這って来たとて戸で入れぬ
蟹は夜泣くとりじゃない

この歌は、村では昔は年寄りを裏山に捨てたものだった。或る時、老婆を捨てたところが這って帰ってきてしまったのである。その家の者だちは「這って来た、這って来た、蟹のようだ」と騒いで戸をぴったりと締めて中へ入れなかったのである。家の中では小さい子が蟹が本当に這って来たのだと思い込んでしまったのである。老婆は一晩中、戸の外で泣いていた。その泣き声を聞いて子供が「蟹が泣いている」と云ったのである。家の者が「蟹じゃないよ、蟹は夜泣いたりしないよ、あれはとりが啼いているのだ」と子供などに話してもわけがわからないので、そう云ってごまかしてしまったのである。蟹の歌はそれを唄ったのである。

辰平は戸口に立って蟹の歌をきいていた。こんな歌ばかりを唄っているのだから、おりんがもう帰って来ないことを承知しているのだと思うと気がらくになった。辰平は肩から背板を降ろして雪を払った。戸を開けようとした時、松やんが納戸の方から出てきた。大

きい腹にしめているその帯は、昨日までおりんがしめていた縞の細帯であった。松やんが開けて出て来た納戸の奥では、昨夜おりんが丁寧に畳んでおいた綿入れを、もうけさ吉はどてらのように背中にかけてあぐらをかいて坐っていた。そばには甕が置いてあった。昨夜の残りを飲んで酔っているらしく、うっとりとした目で首をかしげながら
「運がいいや、雪が降って、おばあやんはまあ、運がいいや、ふんとに雪が降ったなあ」

と悦に入っているように感心していた。

辰平は戸口に立ったまま玉やんの姿を探したがどこにも見えなかった。

辰平はふっと大きな息をした。あの岩かげでおりんはまだ生きていたら、雪をかぶって綿入れの歌を、きっと考えてると思った。

　なんぼ寒いとって綿入れを
　　山へ行くにゃ着せられぬ

檜山節

おとっちゃん　出て見ろ
かれきゃしげる
行かざあなるまい
しょこしょって

夏はいやだよ
道が悪い
むかで長虫
やまかがし

かやの木ぎんやん
ひきずり女
あねさんかぶりで
ねずみっ子抱いた

つんぼゆすりの歌

ろっこん〳〵な
ろっこん〳〵な
お供ァ　らくのよで
らくじゃない
かたのおもさに
荷のつらさ
六根清浄
六根清浄

東北の神武《ずんむ》たち

村の東のはずれに明神様があって、そのまわりの林は明神ばやしと呼ばれて、その枯枝でも家の中へ持ち込めば腫れ物が出来るとか、しものやまいをするとか、と云われていたのである。明神様の前から西のはずれまで真直ぐに道があって、その道に付き従うようにどの家もあった。西のはずれにも林があって、その林の真ん中の利口坊地蔵の前まで続いていた。

明神様は荒ら神で怒ると祟るのだが、利口坊地蔵は利口坊というきのこを探し当てるために願を掛けるお地蔵さんであった。利口坊を食べれば誰でも利口になることが出来るのである。また、どんな病気でもすぐに直ってしまい、臨終の病人でさえ三年は生き延びることが出来るとも云い伝えられていた。だが、誰も見たことはないし、どんな形で、どんな色のきのこなのかも知っている人はなかった。

唯、村一番の長生き婆ァ――堅次の家の婆あさんは

「あんなに長生きをするのは、利口坊を食べたのだ！　利口坊のある場所を知っているのだが、それを云わねえのだ」

と、怪しがられていた。その婆ァも総領の倅《せがれ》夫婦にも先立たれたり、姫ッこ孫を二人も死なせてしまったので、やっぱり本人が云ってるように、生える場所などは知らなかったのだ、と、此の頃になって、やっと疑いがとけはじめたぐらいだった。それまでは秘密の場所を知っていても教えない業突《ごうつ》く婆《ばば》ァだ、と、嫉まれたり、憎まれたりしていたのだった。

利助の家は田が五枚、畑が四枚もあって村では大百姓の方だった。一枚というのは必ずしも一段歩のことではなく、土地の勾配や小川の境などのために仕切られて、五畝でも一枚と数えられる処もあった。利助と同じ年の東隣りの仁作の家は畑だけが五枚しかなく、五枚畑《ごめえばたけ》と云えば仁作の家のことで、田のない家は仁作の家だけだった。

仁作の家は、元は十三枚もあって村一番の地所持ちだったが、先々代の時、二軒に分れて、その時に地所も二つに分けてしまったのである。その時は随分、村の笑いものにされたものだった。父っさんが倅の嫁ッことくっついてしまって、嫁ッこを連れて家を出てしまったのであった。その時に、十三枚のうちから畑だけ五枚を自分の分としてしまったのである。後に残った嬶《かかあ》や倅達は、畑で仕事をしている父っさんに向って

「盗られた、盗られた」

と、悪口を浴びせたり、嫁ッこが川で洗いものなどをしていると、わざと川の上の方で肥桶を洗ったりして嫌がらせまでしたぐらいだった。

父っさんの方では平気なもので

「八めえもやったじゃねえか」

と、云い返して、反って恩に着せてるような口ぶりだった。

村では誰もが

「あいつら二人が死ねば取り返せるから」

と、宥《なだ》めていたが、やっぱり父っさんや嫁ッこの後姿に指をさして盗人呼ばりをしていた。

この嫁ッこが妊《はら》んだ時は、嗅や倅達が坐り込んで悪態を云ったり、頼んだりしたが

「大きなお世話だ」

と、云って相手にしなかった。

それでも、嗅や倅達は坐り込んで

「父っさんだけは、いつでも家へ帰《けえ》ってくればいいだ、水ッこだけは埋《い》けてしめえ」

と、頼んだが父っさんは

「女は跡取りがなけりゃ」

と、嫁ッこの末の心配ばかりしているのである。

村の人達も

「まあ、珍しいことだ、こんな馬鹿な話は、どこのいずくへ行っても、見たことも聞いたこともねえ」

と云って、呆れ返っていた。

男が生れて、それが仁作の父っさんである。

村の人達は

「五めえじゃ、もう分けられめえ」

と、面と向ってまで馬鹿にしたぐらいだった。三代たった今でも、五めえ畑のそばを通るたびに

「この畑は、俺のうちの畑だんとも」

と、口ぐせのように云っていた。

利助も仁作も村ではヤッコとかズンムと呼ばれていて一人前の人間扱いにはされていなかった。ヤッコというのは総領以外の次男や三男のことを云うのであった。嫁を貰うのは総領だけで、次男や三男は家を持つことが出来なかった。ヤッコというのは「野良男」とか「飼い殺しの奴ッコ」という意味であった。村には百六十枚の田や畑があっても、それは二十二軒の家がめいめいで持っている地所だった。これ以上、家がふえるということは

一つの飼い葉桶に二匹の馬の首を突ッ込んで餌を食べると同じことになるのである。

昔は次男や三男も嫁を貰って、みんな同じ家に住んでいたこともあったが、子供が大勢になって、「屋根棟から赤ん坊がこぼれた」と云い伝えられているのである。その時に、今でも云い伝えられている「明神ばやしの鬼囃し」ということが起ったのである。明神様のまわりにある林が夜どおし唸ったのである。ひィひィと、女が泣き叫ぶような唸り声を立てながら林が明神様を抱いたまま動き出して、それまでは村のまん中にあったのだが、一晩のうちに東のはずれの、今のところへ動いてしまったのである。その年は大飢饉になって、田や畑に青いものが無くなってしまったと云い伝えられていた。それからは次男や三男が嫁を貰えば明神林が唸り出すといわれて、嫁を貰えないことになってしまったのだった。

総領が生れた家へは

「跡取りを見せてくなんしょう」

と云って挨拶にも行くのだが、次男や三男のときは

「ヤッコじゃァ」

と、挨拶には行かなくてもよいのである。

女が生れれば

「姫ッこで目出てえがんす」

と、祝いの挨拶に行くことにきまっていた。姫ッこは総領のところへしか嫁に行かないし、余れば遠くへ売れるのである。だから、女が生れることは有難いことだった。

ヤッコ達は自分の家の戸主を「父っさん」と呼ぶことになっていた。兄貴でも跡を継げば父っさんと呼ぶのであった。兄貴である父っさんが早死して総領が跡を継げば甥《おい》であるが、それでも父っさんと呼ぶのだった。だから子供でも父っさんになることもあった。父っさんになれば早く跡取りが生れなければ困るのである。その家の者ばかりでなく、村中の人達が心配をするのである。跡取りがないうちに父っさんが死んでしまえば次男であるヤッコが父っさんになるのだが、それでは今まで野良男のように扱っていた者を、急に父っさんと崇《あが》めなければならないので、その家の者でも気まずいことがあるし、村の人達も急に扱い方を変えるのはいろいろなことで面倒が起るのだった。

ヤッコは総領と違って身なりも粗末に育てられた。父っさんや総領とは遠くからでも、一目みてもすぐ見分けることが出来なければ困るのである。ヤッコと総領では言葉の使い方から、応対の仕方までも違ったからであった。父っさんとヤッコが兄弟だった場合などには、年恰好や、顔つきやそぶりも似ているので困ることがあった。だから、ヤッコは髭《ひげ》も剃らないでいた。頭髪は茫々《ぼうぼう》と伸び放題で、ヤッコがズンムとも呼ばれるのは絵にある神武天皇のように特異な風采でいたからだった。

ヤッコの中でも利助は村で一番、馬鹿にされていたり、嫌われていた。利助の口が悪臭を放って、まともに話でもしたものなら、息をされるたびにへどを吐いてしまいそうになる程、臭いいきをするのである。だから誰でも利助と口をきく時は横を向きながら話をしたり、手のひらで鼻をふさぎながらものを云ったりするのだった。

村では

「あのくされ」

と云っていた。くされと云うのは癩病のことだったが、利助はただ、口が臭いだけでくされと同じように嫌われていた。

三角屋敷の父っさん――久吉が死んだということは、村のヤッコ達には、えらいことになったのである。久吉父っさんは、ヤッコ達に出来なかったこと、総領でなければ出来なかったことを、させてくれるという遺言をしたからであった。

三角屋敷の父っさんは、この春先から顔色がだんだん悪くなってきて、夏になったら寝たっきりになってしまい、食べるものはなんにも喉を通らなくなって、骸骨のように痩せてしまったのだった。秋の彼岸の中日に死んだのだが、彼岸の入りの日に、嗅のおえいは死んでゆく亭主から、恐ろしい荷をしょわせる遺言を聞かされたのである。

「この三角屋敷は、えらい祟りのある屋敷だぞ、いま、松の木の植わっているところは、あそこが、あのお倉の跡だぞ、俺が息をひき取れないのは、あのお倉の祟りで、こんなになんぼでも息が苦しいのだぞ、ずっとめえに、俺があのでかいめす犬を殺したのは、あれは、雪の朝、犬小屋のところまで人間の足跡が続いていたからだぞ、毎晩犬が吠えたのは、ヤッコが犬を慰みものにしていたのだぞ、ヤッコも可哀相だが犬も可哀相じゃねえか。それだから、犬を殺してしまったのだぞ、あの犬小屋は、お倉の跡だったとは、その時に気がついたのだ。あのお倉へ、姫ッこを妊ませに、俺の妹を妊ませに、毎晩忍び込んできたヤッコを、俺の父っさんが丸太で叩き殺すとき、ヤッコは宙を舞って、お倉じゅうを逃げ廻ったそうだ、その謝まる奴を、父っさんが叩き殺して、そのお倉をつぶしたその後へ、俺が知らなんで立てた犬小屋へ、ヤッコが忍びこんだのは、殺されたヤッコの怨霊《おんりょう》が乗移ったのだぞ、俺は罪亡ぼしをするのだ、俺がこんなに息が苦しくなっても死ねえのは、父っさんも、こんな風に息が引きとれなかったのは、その祟りだぞ、罪亡ぼしをするのだ、俺が死んだら、村のヤッコ達に、おめえがヤッコ達を一晩ずつでも花聟《はなむこ》にならせてやるのだ、ヤッコ達に功徳を施して、死んだ父っさんの罪亡ぼしをするのだぞ、そうでもしなけりゃ、このうちは代々あのヤッコの怨霊が祟るのだ、一晩でいいから、ヤッコ達を花聟にさせてやるのだぞ、死んだ父っさんも浮ばれるぞ、施しをするのだぞ」

彼岸の中日に死んだのだが、息を引きとるときまで

「頼むぞ、頼んだぞ」

と云い続けた。

嗅のおえいは
「心配するごたねえ」

と、返事をしたのだった。

最後の息を引きとって、さっと顔色が変ってからも
「きっと、罪亡ぼしをするから」

と、死顔のあぶら汗をふきながら、泣きながら、冥途までとどくように大声で死顔を安心させようとするのだった。

おとぶれえがすんで七日目に、村の西のはずれのヤッコ――今年六十一になる文平ズンムが、おえいの迎いを受けて泊りに行ったのである。

文平ズンムはあしたの朝、村中のヤッコ達にそっと知らせたのである。

「三角屋敷の父っさんの遺言で、一晩だけ花聟にしてくれるぞ」

ヤッコ達は鬼の首でも取ったように、走り廻って知らせあった。

利助は東隣りの仁作が来て耳うちしてくれたのだが、動悸《どうき》がしてきて、喉のところが早鐘を撞くようで、箸のようなものがぴくぴくと喉を突き刺すように痛くなってきた。

「そうか、そうか」

と、首をがくがくうえ下に振って頷いた。利助も仁作も同じ年で今年は三十五だった。

利助はすぐ

「文平ズンムのところへ行くべ」

そう云って仁作と二人で馳け出した。文平ズンムの家の野良へ行けばいると思って飛んで行ったら、やっぱり野良にいた。

上の畑の壁のように高い畦に腰かけて、足をぶらぶら振っていた。その下の畑にヤッコ達が十人ばかり、わいわい騒いでいた。

利助は文平ズンムに向って
「なんじょなようだった?」

と聞いたが、文平ズンムはもう何回も話した後だったので、笑いながら足をぶらぶら振っているだけだった。

横から
「黙ってきいてろ!」

と怒鳴るので、顔を見ると常の奴である。

(嫌な奴が来ているなァ)

と思ったから黙ってしまった。

常の奴とは昨日云い争いをしたばかりだった。昨日、利助は自分の家の稲の中で腐った水ッ子を見つけたのだった。

(誰がこんな処へ捨てた?)

と、癪《しゃく》にさわったので考えて見ると、こないだまで腹が大きかったのは、常の奴の家のあねさんと、敬次の家のあねさんの二人だけだった。
（常の奴が捨てたのだ）
と思ったが、敬次の家へ行って聞いてみた。
おかね婆あさんだけしかいなかったが
「水ッ子を、おらの田ンぼへ、あんなとこへ捨てて、困るじゃねえか」
と、文句を云ったら、おかね婆あさんが
「そんなことねえじェ、お墓へ埋《い》けてきたじェ」
利助が
「いつ頃だ」
と聞いたら、おかね婆あさんは首を上下にゆすりながら
「十日ばかしめえに、わしが持って行って埋けてきたじェ」
利助は黙って帰ってきた。おかね婆あさんの目つきの様子では嘘じゃないことが解ったのであるから、やっぱり常の奴に違いないときめたのである。
それから常の奴の家へ行って
「水ッ子を、おらの田ンぼへ、あんなとこへ捨てて、困るじゃねえか」
と、文句を云ったら、父っさんが

「常の奴はそんなことをしたか、馬鹿の奴だなァ、お墓へ埋けに行けと云ったのに」
横からあねさんが
「馬鹿だなァ、てめえの弟を、いやだよお」
父っさんが
「常の奴が帰《けえ》ったら、片づけさせるから」
そう謝まるので帰ってきたが、夕方、常の奴は利助のところへあべこべに文句を云いに来たのだった。
「くされの田ンぼじゃ、てめえの匂いで早くくされると思ったから、わざわざ、てめえの田ンぼへ持って行ってやっただぞ、有難てえと思え」
利助が
「いらなァ、そんな肥《こや》しは、おらじゃいらなァ」
と云い返したが、でかい声で
「てめえの弟だんとも」
と云ってやった。
常の奴が口惜しがって
「俺がこさえたじゃねえぞ」
利助も負けん気で

「姫ッこだと思ったら、ヤッコの卵で、ざまあみろ」

憎まれ口をたたいた。

常の奴が
「この次も、ヤッコだったら、くされ田ンぼへ捨ててやるぞ」

利助が
「欲しかねえや、そんな肥やしは」

昨日、そんな喧嘩をして、今、ここで顔を見たのだから、向うじゃ口惜しくてあんな喧嘩腰で怒鳴るけど、今は文平ズンムの話をききたいから利助は黙っていた。

文平ズンムは上の畑の高い畦に腰をかけて、足をぶらぶらさせながら、皺だらけの顔で、でかい口を開いて笑いながら、

「まあ、ホッペタが落ッこちるなんてもんじゃねえぞ、こっちのホッペタがなァ」

そう云いながら右の手で右の頬を摑んで
「向うの山へ飛んでくべェ」

そう云って右の手を握って東の山の方へぶッつける真似をした。

それから左の手で左の頬を摑んで
「こっちのホッペタがなァ、あっちの山へ飛んでくべェ」

そう云って左の手を握って西の山の方へぶッつける真似をした。

利助は話を途中から聞いたので、よくわからなかった。聞きかえそうと思ったが、常の奴が、いやな目つきをしているので黙ったままでいた。

その晩は、文平ズンムの隣りの家の四郎ズンムがおえいの迎いをうけたのである。利助はそれをちゃんと見とどけたのだった。利助の家の前を通らなければ三角屋敷へは行けないのである。利助の寝部屋はハルマツの隣りだった。ハルマツと云うのは利助の家で飼っている馬のことであった。馬小屋も家の中にあって、利助の寝部屋とハルマツの小屋とは土間をへだてた東側に板壁で仕切って背なか合わせになっていた。父っさん達は土間の向うにいるのだった。利助の寝部屋は表側で、ハルマツの小屋は裏側であった。

その晩はハルマツにも早く泊り餌をやった。表の戸を少し開けて、杉の小枝の間をとおして、誰が三角屋敷へ行くかと、日が暮れるときから一所懸命見ていた。

日が暮れて、おそくなってから、それもかなり夜中だった、三角屋敷のおえいが東の方から西へ歩いて行ったのである。利助は動悸がしてきて、喉のところが早鐘を撞くようで、箸のようなものがぴくぴくと喉を突き刺すように痛くなってきた。

それから、バタバタと足音がして、おえいが飛ぶように東の方へ帰って行ったのだ。少したつと四郎ズンムが東の方へ飛んで行ったのである。

利助は

「そうか、そうか」

と、大きく頷いた。西のはずれから東の方へ順に進んでくることがわかったのである。利助は、きっとそういう順番になると昼間から予想していたのである。西のはずれの文平ズンムが一番先だったということは、そういう順番になる筈だろうと思っていたら、やっぱりその通りだったのである。そうすれば利助は九番目になるのである。西のはずれから利助の家までは八軒しかないのだが、どの家にも皆ヤッコがいるのである。三軒目には一軒に兄弟のヤッコがいるのであるから九番目に当るわけである。

三晩目も夜おそく、おえいが西の方へ通って行った。利助は動悸がしてきて、喉がぴくぴくと突き刺されるように痛くなってきた。

間もなくバタバタと足音がして、おえいが飛ぶように東の方へ帰って行ったのだ。少したつと西の方から三軒目の駒吉ズンムが東の方へ飛んで行ったのである。

利助は

「そうか、そうか」

と、大きく頷いた。あれは兄弟ズンムのうちの兄貴の方である。利助の予想はぴったりと当ったのである。九番目は自分の番になることは間違いないことにきまったのだ。

だが、夜どおし待っていてもヤッコが西へ帰るのを見とどけることが出来ないのである。

（いつ帰るのか？）

と、いくら考えてもわからないのである。利助は心配になってきて、動悸がしてきて、喉のところが突き刺されるようになってきた。

四番目は、やっぱり三軒目の弟の方の貞《さだ》の奴が飛んで行ったのである。それも帰って来ないのである。

朝になって、利助は貞の奴が野良にいる頃を見計って飛んで行った。動悸がしてきてたまらないので、でかい声を出してきいた。

「ゆうべ、行ったな」

「おゝ、行ったぞ」

貞の奴もでかい声で返事をした。

「いつけえってくるだ?」

ときいたが、貞の奴は別のことを云い出したのである。

「穴というものは、えらい下の方にあるものだなァ」

びっくりして、目を丸くしているのである。

利助は

「そうか、そうか」

と、大きく頷いた。これでよくわかったのである。自分の番の時には貞の奴のように困ることはないぞ、と安心した。

貞の奴はまた別のことを云うのである。

「一つから、千まで勘定をするのだぞ」

利助は何のことだかわからなかったが
「そうか、そうか」

と、大きく頷いた。貞の奴はその後で、それをよく説明したのである。

「おえいのおばさんが迎えに来ても、一緒に行ってはいけないのだぞ」

利助は
「そうか、そうか」

と、また頷いた。これでよくわかったのである。だが、聞きにきたこと、いつ帰ってくるのか、そのことを聞くのを忘れてしまったのだった。それでも、何もかもよくわかったような気がして、気持がらくになった。

その晩も表の戸を少し開けて、杉の小枝の間から、おえいが西の方へ通るのを見ていたのである。間もなくバタバタと足音がして、おえいが飛ぶように東の方へ帰って行ったのだ。髪をふり乱して、パッパッと裾がめくり上って、砂埃《すなぼこ》りの中を荒っぽく飛んで行った。風がひどい晩で、少ししか開いてない戸の隙間から利助の目の中へ砂が刺すようにとびこんできた。

（それッ！）

と、利助は勘定をはじめだした。一つから早口に数えはじめて百まで数えた。そこで、右指を一つ折って、また早口に一つから数えはじめた。百まで十回数えたが四軒目の邦平ズンムは飛んで来ないのである。利助はすぐまた一つから数えはじめた。百まで数えたときに、バタバタと足音がして邦平ズンムが東の方へ飛んで行ったのである。

利助は

「そうか、そうか」

と、首をがくがくさせた。もう少し、ゆっくり勘定をするものだとわかったのである。その晩も邦平ズンムの帰るのは見とどけることが出来なかったのだった。

朝、邦平ズンムが野良にいる頃を見計ってききに行った。

「おい、行ったな」

と、念を押した。

邦平ズンムは

「おお」

と、小さい声で云ったが

「駄目だ、駄目だ、ぶるぶるふるえて、駄目だぞ、駄目だぞ」

利助はびっくりして

「そんねに、おっかねえか」

ときいた。

邦平ズンムは
「胆ッ玉がでんぐりけえらんように、太くしなきゃァ、ふれえてだめだぞ、気をつけろ」
利助は、
(腰と足をすえて、ぶるぶるふるえないようにするぞッ)
と思った。それから
「いつけえってくるだ？」
ときいた。邦平ズンムは、なんでもないような顔をして
「すぐけえって来るのだぞ、花聟のことが終れば、すぐ追い出されるのだぞ」
利助は
「そうか、そうか」
と頷いた。追い出されるのだと思ったが帰ってくるところを見たことがないのである。
また
「いつけえってくるだ？」
ときいたが、
「すぐだ、すぐ追い出されるのだぞ」
それだけしか云わないのである。自分でばかりわかっているらしいのだが、とにかく、
追い出されるのだと思った。

利助は
「そうか、そうか」

と頷いて帰ってきてしまった。

野良でよく考えたが
(すぐに追い出されるというのに、帰ってくるのを見とどけることが出来ないのは、どういうわけだろう?)

と、いくら考えてもわからなかった。とにかく花聟になってしまってからの、終ってからのことだから、そんなに心配しなくてもよいと思いかえして、安心をした。

その晩も利助はおえいが西の方へ通って行くのを見ていた。間もなく、バタバタと足音がして、おえいが飛ぶように東の方へ帰って行ったのだ。

利助はすぐに勘定をはじめた。一つから八百まで数えないうちに六番目の春永ズンムが東の方へ飛んで行った。

利助は
「そうか、そうか」

と、大きく頷いた。もう少し早めに勘定をしてもよいのだとわかったのである。

朝、春永ズンムが野良にいる頃を見計ってききに行った。そうしたら、利助のくるのがわかると、春永ズンムの方が、とんできて、向うの方から大きい声で騒ぐのである。

「わかったぞ、わかったぞ」

そう騒ぎながらとんで来るのである。利助は動悸がしてきた。

(よくよく、教えてくれたいのだ)

と、春永ズンムもきっと、わからなくて困っていたのだろうと思った。

春永ズンムは利助のそばへくると両手を大きく拡げて
「仁作のうちの姫ッこを妊ませた奴がわかったぞ」

と、騒いでいるのである。利助は足許がひっくりかえるようにびっくりした。

「誰だ、誰だ？」

と、せき込んだ。

「奥の屋敷の父っさんだ！」

利助は
「えッ！」

と、また驚いた。

仁作の妹の姫ッこが妊んだのは三年も前のことだが、今になっても相手がわからなかったので、それは村のヤッコの中の誰かに違いないと云われていたのである。その相手が奥の屋敷の父っさんであるとわかれば、ヤッコ達は誰でも開いた口がふさがらない程、意外なことであった。

北の山の向うから、三年に一度は必ず来ることになっている商人《あきんど》があって、何でも相談になってくれるし、姫ッこを売るには、このあきんどがなければ困るぐらいな人だった。

三年前に、仁作の妹の姫ッこを売るときに

「この姫ッこは半値でも困るぞ」

と、あきんどが云い出したのである。

「そんなことがあるもんか、そんなわけはねえ」

と、家中の者が怒り出したのである。だが姫ッこの身体を調べたら、やっぱり腹が、なんぼかふくれていたのである。

「半値で、ぜひ、連れてってくなんしょう」

と頼んだら、半値で連れてってくれた恩のある人なのである。このあきんどには、煎じ薬や塩のことで、外の家より五めえ畑の仁作の家では特別世話になっていた。仁作の妹の姫ッこは相手の男の口を割らないで連れられて行ったが、こんど、あきんどが村へ来るときに、仁作の家へ言づけを頼んだのである。それが相手の男の名で、奥の屋敷の父っさんのことだった。今年は春永ズンムの家の姫ッこを買う年なので、あきんどは仁作の家へ言づけをする前に、ゆうべは春永ズンムの家に泊って、そのことをみんなしゃべってしまったのだった。あきんどは今朝早く仁作の家へ行って知らせたのだが、ズンム達は三年もの間、怪しい怪しいと疑られていたのに、その真相を春永ズンムは一番先に知ったのだから、有頂天になって騒いでいたのだった。

奥の屋敷というのは道より南の方にある屋敷で、道から長い細道が真直ぐに屋敷の入口まで続いていて、奥の屋敷の父っさんと云えば、葬式の時にはお経をあげる人だったし、村でもめごとなどがあれば片をつける人だった。ふだん、しもの話をしたこともない人で、あねさんがあるのに、姫ッこまでを妊ませたのだから、利助はひっくりかえるぐらい驚いたのである。

野良で、利助はとにかく仁作にきけばよくわかると思ったから、仁作の野良へ様子をききに行った。

「わかって、よかったなァ」

と云うと、仁作が

「いま、父っさんとあきんどさんと二人で奥の屋敷へかけあいに行ってるぞ」

利助はまた

「よかったなァ」

と、云った。仁作は

「俺が妹を妊ませたなんて云われもしたのだから、うちの父っさんだって、俺が妊ませたと思ってたのだから、うちうちのことだから、父っさんも泣き寝入りだと思ってたのだから」

利助は
(よかった、よかった)
と、思った。
利助も隣りだったので、利助が妊ませたなんて身に覚えのない罪を着せられはしないかと心配だったのである。思いもよらない罪をかぶせられて、云いわけが出来なかったら、それこそ、首をくッても云いわけが出来ないと思っていたのである。
利助は安心して
「奥のやしきの姫ッこはまだ十だぞ、代りになるまでにゃ五、六年待たなきゃならんが、おめえのうちで勝手に売れるのだから」
仁作が
「ああ、うちの押入れの中へ、しまっておくと同じだ」
仁作が急に飛び出して行った。畑の向うの方から仁作の父っさんとあきんどが奥の屋敷から帰ってきたらしかった。
仁作は飛んで行って何か話している様子だったが、すぐ飛んで帰ってきて
「白状も何もあったもんじゃねえ、何んとも申しわけねえ、としか云えねえそうだ」
利助が
「それじゃァ、奥の屋敷の姫ッこは、おめえの家の押入れにしまっておくと同じだ」

と、相槌をうって云った。

その晩、七番目の家は利助の家より西だったが、南によっている方にある家だったので、利助の家の前を通らないでも別の近道があった。

朝、とんで行ってきいた。

「おい、ゆうべ行ったな」

と、念を押した。

「おお、くそ面白くもねえことだぞ」

そんなことを云ってるのである。

利助は
「そうか、そうか」

と頷いた。すぐにうしろを向いて歩き出しながら
(あんな奴の云うことは、当になるものか！)

と、思った。

(あいつは、あいつの家中の奴は、みんな嘘つきばかりだッ！)

利助は手を握りしめた。

(あいつは作太という名だが、ホラ作と云われているぐれえの奴だから、あんな奴の云うことは当になるものかッ！)

利助は馬鹿にされてるようで、いじめられてるようで、頭がぐらぐらしてきた。今夜の奴がすめば、あしたの晩は利助の番である。近づいてきたというより

（俺の番になったのだ）

そんなくらいにまで思っていたのに、ホラ作の奴があんなつまらぬことを云ったので、頭がぐらぐらしてきて、誰とも物を云うことなど嫌になってしまった。

利助はおえいがヤッコを迎いに行くのを覗いたときから家では全然物を云わなくなってしまったのである。

利助の父っさん——兄貴だったが、利助がこの頃、物を云わなくなったことに、とっくに気がついていて、変に思っていたのである。

その日の昼めしの時に

「おめえ、此の頃どこか悪いじゃねえか？」

と聞いた。利助はそう聞かれたことを耳にはちゃんと聞いていたが

（どこも悪くねえ）

そう思っていて、それで返事をしたと思っていたが、口を動かさなかっただけで、自分では返事をしていたつもりでいた。

昼めしの後で、東隣りの仁作が云った。

「いよいよあしただぞ、卵をのんでおけ」

利助は返事もしないで鶏小屋へ行った。巣の中を覗いたら卵が三つ生んであった。三つとも摑み出して、一つを鶏小屋の屋根にぶッつけて割った。上を向いて口の中へ流し込んだが、口のまわりへだらだらとこぼれてきた。手で口の中へなでながらのんでしまった。二つ目も鶏小屋の屋根にぶッつけて呑んだ。三つ目は潰れてしまったから、手のひらの上に口を当てて殻をよけながらすすって呑んだ。

その晩になって、あの村一番の長生き婆ァ、堅次の家の婆ァがむずかしくなったのを聞かされた。仁作の父っさんが知らせてくれたのだった。婆ァは夕方から真っ青になって、身体中にふるえがきて、今にも死にそうな様子らしいのだ。

「棺桶は、あわてることたねえぞ」

と、利助の父っさんが云った。こんど村におとぶれえが出来たら、仁作の家と利助の家の二軒で棺桶を作る番だった。村では墓を掘る組や棺桶を担ぐ組が二軒ずつ一組になっていて順番に廻ってくるのだった。

その晩、八番目はすぐ西隣りの、利助よりずっと年下の、まだ二十五で、しかも利助と一番仲が悪く、ふだん利助をくされくされと向き合っても馬鹿にしているぎょろ目の熊んばちの奴がおえいの迎いをうけるのである。

その晩はハルマツにも早く泊り餌をやって、暗くなるとすぐ蒲団をひッかぶって寝てしまったが、夜どおし、おえいと熊んばちの奴の足音が聞えてくるようだった。

（今、行きァがったなッ！）

ときどき目が醒めるたびにそう思った。

朝、起き上った。今夜は俺の番である。心配になるのは唯一つ、堅次の家の婆ァがいつ死ぐかわからないことである。あの婆ァが死げば棺桶を作らなければならないのである。ひるめし前は野良へ行って、ひるめし頃、婆ァが死んだらえらいことになってしまうのである。夕方までに棺桶を作って、それから父っさんが
（ここのところが駄目だからやり直せ）

なんて云われたら、それこそ、えらいことになってしまうのである。父っさんなど、俺ばかりを当にしてこしらえさせることはわかりきっていた。仁作の家と一緒にこしらえるのだが、仁作の奴がのろまだから、急いでこしらえても半日はかかるのである。それからやり直せなんて云うかも知れないのだ。父っさんなど、今夜俺が三角屋敷へ行く番だなんてことは、まるっきり知らないのである。

だが、堅次の家の婆ァは、朝になったら、みんなよりも早く起き上っていたのである。ゆうべはあんなに、死にそうになった婆ァが、蒲団をたたんで、座ぶとんの上に坐っていたのである。

嫁ッこが
「あれ、ばあさん、死ぐのじゃなかったけ」

と、聞いた。

婆ァは素早く手を横に振って
「まだ、まだ」

と云いながら顔も忙しく横に振った。

「まだ、二、三日は駄目らしいぞ」

と、自分でもがっかりしたらしかった。

嫁ッこが
「それじゃァ、寝ていたら」

と云ったが、婆ァは劇《はげ》しく手を横にふって
「嫌だよ、病人みたようで」

そう云ったが低い声で
「そんだけど、いつ人が来てもいいように、その辺をちゃんとしておけ」

婆ァは這うようにしながら手を延して、そこにあった子供の三尺《さんじゃく》を隅の方に片づけた。

利助の今日の仕事は野良で雀を追ッぱらうことだった。畦に腰をおろしていて、たまに稲畑の方へ石をぶッつければよいのである。そんなことより、早く棺桶の支度をしておくことの方が、よっ程、急ぎの仕事だと思った。

だが、父っさんに

「野良へ行け」

と云われてしまっては棺桶を作ることが出来なくなってしまうのである。

今日はなんと云われても

(棺桶を作ってしまうぞ)

と、きめた。だが、父っさんと喧嘩をしてしまっては、おえいが迎えに来た時に、もし見つけられて、邪魔でもされてはえらいことになってしまうのである。

そうとも気がついたので、とにかく今日は早く棺桶を作らなければならないように思わせなければ困るぞと思った。

父っさんが朝めしを食っている所へ、杉の木のところで

「堅次のうちの婆ァがむずかしくなったぞお」

と、大声で云いっ放した。

それからすぐに棺桶の組立にとりかかった。

(仁作になど手伝ってもらわないでもよい)

と、思った。

(あんな奴は、のろのろするばかりで邪魔になるぐらいだ)

と、思った。早く作りさえすればよいのだ。

(棺桶の枠は、去年稲束を乾した時の棒を、まるいかどを、チョウナで四角にかどをつけ

れば間に合う)

板はずっと前、仁作の父っさんが

(この板は、こんど棺桶を作る番だから)

そう云って、とっておいた板が、あそこの、仁作の家の西壁の軒下に重ねてある筈である。

利助は仁作の家へは声もかけないでその板を運びはじめた。

仁作が飛んできて

「堅次の家の婆ァはよくなったぞ」

と、云ったが、利助は

(いつ死ぐかわからない)

と思ったので、返事もしないで板を運んでしまった。

枠の丸太も運んできたが、長さがわからなかった。

(小さすぎるぞ、こしらえ直せ)

そんなことを云い出されては困ると思ったから、自分の丈を計って、それより少し長めに作ればよいと思った。

利助は棒を立てて、背くらべをしながら、頭のところより少し上の方を握って、そこから鋸で切り落そうとしたが、

（猫なんか、死げばえらくのびるから）

と思ったので、握っているところより、もう少し長めのところに握りかえた。そこで鋸で切り落した。同じ棒を四本揃えて切った。それから丁寧に、チョウナでかどをおとして四角にした。板をぶちつけるのだが、底がぬけては困ると思ったので、厚めの板ばかりをえらびだして底板に使った。

昼飯頃、大体出来上ったのだった。これからもう少し板の黒っぽいところをチョウナ打ちにして、けずりおとせばよいのである。父っさんが昼めしを食った後で利助は食うのだが、利助がめしを食っていたら

「えらい綺麗の棺桶を作ったなァ」

と、父っさんがハルマツの小屋の板壁のところに立って、杉の木の向うにある作りかけの棺桶を見ながら大きい声で云った。

利助は文句を云われちゃ困ると思ったので

「まだ、チョウナで仕上げなきゃ」

と、でかい声で云った。

父っさんがまた

「綺麗の棺桶だなァ、よすぎるぐれえだ」

それから小言のように

「あとは東の家でさせろ、雀を追ッぱらった方がいいぞ」

ぶ機嫌らしく云ってるので、利助はめしを食うのをやめて、杉の木のところへ飛んで行った。棺桶を担いで仁作の家の軒下へおいてきて、それからまた飯を食い出した。めしを食べてから鶏小屋の巣を覗いたら、今日は卵を一つしか生んでいなかった。それを掴み出して野良へ行こうとしたら、あねさんが鶏小屋の巣を覗いていた。

「昨日も今日も、一つも卵をもたねえ」

そうぶつぶつ云っていた。

あねさんというのは父っさんのおかみさんのことである。根性の悪い奴で、ハルマッの水呑み桶の残り水を、土の上にぶちまけず、わざわざハルマッのたてがみのところを狙ってぶちまけたりすることもあった。

いつも利助を馬鹿にして、「くされ、くされ」と呼ぶこともあるし、利助に用を云いつけるときなどにも、口で呼べばいいのに、うしろへ来て背中をギュッと抓《つね》ったりして、それがあねさんの用を云いつけるときの合図である。それが根性の悪い奴だから、なんとなく痛く抓るようで癪にさわるが、あねさんとは喧嘩をすれば家を追い出されてしまうのだ、父っさんとは時々、喧嘩もするのだが、利助にはあねさんはどうしようもねえ奴だった。

あねさんはまた口をきくことが大嫌いだった。利助が用があってものをきいたりしても返事をしない時もあるのだ。そんな時には利助の方でも黙ってしまうのだった。あねさん

は利助がそばへ寄ると
「くさいから、そばへ寄るじゃねえ」

そう云って、持っているウドンの伸《の》し棒で押しのけたりすることもあるのだ。利助の方じゃなるべくそばへ寄らないつもりでいるのだが、あねさんは自分の方からそばへ寄ってきた時でも
「くさいから、そばへ寄るじゃねえ」

というのである。

利助は昼めしを食って野良へ行った。お天道さんはまだ高いので畦へ小さめの石を集めて腰をおろした。時々、ぽーんと石を投げればよいのである。ぽーんと石を、時々投げたが、お天道さんはまだなかなか高いところにいた。

西の山と東の山は一里も離れていた。北の山はすぐそこで、高くなりはじめた所の竹藪が村の墓場である。南の山もすぐうしろである。

お天道さんが西の山に沈めば、今夜はおえいのおばさんが迎えに来るのである。

利助はまた段々畑の畦へ石をぽーんと投げた。雀が二、三羽舞いだして向うの畑へ逃げて行った。これでもう、日が暮れたら、ハルマツに泊り餌をやりさえすればよいのである。

その晩、いくら待っていてもおえいのおばさんは来なかったのである。夜どおし、表の板戸を隙間のように開けて覗いていたり、板戸の外側に寄りかかって東の方の暗闇を睨ん

でいた。一寸でも離れて、その間にでも来ると思ったので板戸のところから離れないでいた。明るくなりはじめるまで待っていたが来なかったのである。

（病気じゃァねえか？）

と、心配になってきた。そのうち東の家で誰か起き始めたらしいので、板戸を開け放して、ふとんだけかぶって目をつむっていた。

父っさんが大声で起しに来たが眠っているふりをしていた。お天道さんがさしこんできたので起きることにした。

利助の仕事は今日も雀を追ッぱらうことだった。野良へ行きながら、三角屋敷の方へ廻って行った。

畑のむこうにおえいの姿が見えて、遠くからでもよくわかった。利助はおえいに顔を見られるのが怖ろしくなってきたので、すぐ右へ曲って家の野良の方へ向った。

おえいの様子はふだんと変りがないらしいのである。立って何かしていたらしかったが病気でもなさそうだった。

利助は立止った。さっと首筋が寒くなってうしろから冷い風が吹いてきたような気がした。

（ひょっとしたら、俺だけ退《の》け者にされるじゃァねえか？）

そういう不安が襲って来たのだった。

（それだったら、ゆうべは仁作が行ったのだ）

と、思った。

（よし、仁作にきいてみよう！）

利助は仁作の家の野良へ飛んで行った。

仁作は野良で粟を刈っていたが、利助が近づいても、こっちを向かなかった。利助はそばへ行って黙って立っていた。

少したつと仁作が

「今夜は俺の番か、それとも……」

と、云ってから

「おめえの番だぞ」

ゆうべは仁作ではなかったのである。それでは誰だったのかとびっくりした。

利助は

「ゆうべは誰だった？」

と、怒るように聞いた。

「ゆうべはおかしいところへ番が廻ったぞ！　直《なお》のところへ行ったのだぞ」

仁作もびっくりしているらしいのである。直吉の家は、利助や仁作の家より東で、村では北の方に寄っている家だった。

「そうか、そうか」

と、利助は大きく頷いた。それでよくわかったのである。

(直吉の家は、利助や仁作の家よりも東だけれども、あの家の畑と三角屋敷の畑とは、畑が続いているのである。だから、その方が先になるのは当り前のことだ)

と思った。利助はさっと身がひき締った。

(今夜が俺の番だったのだ！)

さっき仁作が

(今夜は俺か、おめえだ)

なんて云ったが

(仁作より俺の方が早いのにきまってる)

と思った。

(西から順番だから、俺の番が先であることはわかりきったことだ)

そう思うと、動悸がしてきて、喉のところが突つかれるように痛くなってきた。

利助は自分の家の野良に戻ってきた。だが、考えれば心配にもなってくるのである。

(俺の番の時に限って順番が狂ってきたということは)

心配にもなるのだ。利助は雀を追ッぱらうことなど忘れて心配だった。

(今夜、おえいのおばさんが来なかったら、俺は退け者にされることにきまってしまうか

も知れない)

とも思えるのである。

(俺が退け者にされるだったら、今夜は仁作になるのだ)

利助は一日中、腰をおろしたり、横になったりして考えていた。

(息がくさいと云うけど、口をふさいでも鼻から出る息がくさいということは、死んだお袋も云っていたのだから、このくされだけはどう仕様もねえのだ、まさか、今になって、そんなことを云うわけもねえ)

利助の頼みはおえいの気持だけだった。

その晩利助は板戸を一枚だけ外して、部屋の中でおえいの来るのを待っていた。

(おえいのおばさんが、ちゃんとした人間なら、きっと来る筈だ)

そう思って待っていたが、到頭《とうとう》、来なかったのである。

夜が明けてしまって

(俺は退け者にされたのだ!)

と、きっぱりきめてしまった。

「そうか、そうか」

と、思った。

(息がくさいからだ、誰が悪い奴だということはないのだ)

と、すばやく思い込んだ。利助は足に力を入れて
（口惜しいなどと思ってはいけない）

と、がんばった。

だが、肩がしぼめられたように縮まってしまって、足に力を入れると、ぶるぶる顫《ふる》えてくるのだ。

利助は外へ飛び出して野良まで一気に走った。走りながらまわりの稲の穂をかきむしった。稲の穂はまだ夜露でびっしょりだった。かきむしると泥ッ玉が根についたままぬけて、そいつをぽーんとほうり投げたりした。

（おえいの奴が悪いのじゃねえ）

と、がんばった。

（俺の口がくさいからだ）

と、力を入れた。

利助は自分の家の野良まで走って行った。ぼうっとして立っていた。また稲をひっこ抜いて泥ッ玉のついた奴を高くほうり投げた。バラバラと泥が頭の毛の中や首すじに落っこってきた。胸が苦しくてたまらなかったが怺《こら》えていた。

利助は畑の中に飛び込んで馳けずり廻って元気をつけた。

雀がもう畑の中にいて、パッパッと舞い上った。

だが利助は、仁作が野良へ来るのを待ってもいたのだった。仁作に逢って、確めて見なければとも思えるのだ。

（昨夜が、仁作の番だったか？）

それだったら、俺は退け者にされたのだが、若し仁作でなかったら、まだ俺の番もある筈である。それだったら、退け者にされたのではないのだ。

（昨夜が仁作の番だったか？）

それをはっきりと確めたかった。

利助は仁作の畑の方へ走って行った。そこで仁作が来るまで、おかぼをこすいたり、葉っぱを噛んだり、吐き出したりしていた。

仁作がこっちへ来るのが見えたのはかなりたってからだった。

利助は飛び出してそばへ行った。

「ゆうべ行ったな！」

と、念を押した。

「おお」

小さい声で云って、立ち止りもしないで利助の前を、自分の畑の方へ向って行くのだ。

利助は

（口惜しがるものか！）

と、思った。

「アッハッハ」

と、力を入れて笑った。

「俺は駄目だぞ」

と、仁作のうしろへあびせかけた。仁作の奴は黙ったまま鍬《くわ》をかついで歩いて行くのである。

「行きたかあねえぞ」

と、怒鳴ってやった。

（あいつが何か云ったら、泥ッ田へ顔をこすりつけてやろう）

と、思っていた。

仁作は黙ったまま歩いて行くのである。利助はそのうしろを呆れ返って眺めていた。ふだん村の奴等は俺を馬鹿にしていたが、仁作の奴だけはそんなようでもなかったのに、

（あいつも、俺が退け者にされたのを、当り前のことだと思っているのだ）

利助はでかい声で

「アッハッハ」

と笑って、元気を出した。

それから、自分の家の野良へ歩いて行った。うちの田ンぼと、春永ズンムの田ンぼの境

に、細い川が流れていて、そこへ目をやって

「うわッ」

と、立止った。

小川の向う岸に穴のような凹みがあって、そこに見たこともないきのこ、、が生えていたのである。

(利口坊だッ!)

飛んで行って摑んだ。手に握ったら木のように堅いもので、手が痛いぐらいである。

(独楽《こま》のような手ざわりだ)

がっかりしながら土を落したら、古い独楽だった。癪にさわったので、ぴゅッと投げつけた。

それから一日中、畑の中を馳けずり廻って、元気をだして雀を追っぱらった。

その晩、もしやと思って板戸を半分開けて待っていたが、おえいの奴は来なかったのである。

あした、野良へ行ったが、勝ぞうズンムが野良へ来る頃を見計って様子をさぐりに行った。

「おい、ゆうべ行ったな」

と、念を押した。

「うッふッふ」

と、勝ぞうズンムは、おかしくて堪らないような笑い方をするのである。

（行って来たのだ！）

利助はすぐわかった。だが、笑ってるだけではと思った。確に行ったと云わなければと思った。

「行ったか？」

ときいた。途端に利助はまたぐらを蹴とばされた。うしろへよろけたら顔へ土をひッかけられた。

（何をッ！）

と思ったが、怒っちゃいけないとすぐ気がついた。口惜しかったが我慢していた。そうしたら胸がらくになってしまった。蹴とばされたら、その方が身がひき締ってくるようでよかった。

勝ぞうズンムはもう向うで粟《あわ》を刈っていた。

利助はそばへ行って
「なんぼでも蹴とばせ」

そう云って寄って行った。蹴とばされても手だしはしないつもりだった。

勝ぞうズンムは蹴とばさないのである。黙って刈るのもやめて利助を見ているだけだっ

た。利助は勝ぞうズンムの胸のところへ自分の右肩を押しつけて

「なんぼでも蹴とばせ」

と睨みつけながら肩へ力を入れた。

勝ぞうズンムはまだ黙ってるので利助はまた

「さあ、蹴とばせ」

と云いながら力を入れて押した。勝ぞうズンムが身体をひねったので利助は横へぐらついてしまった。すぐ勝ぞうズンムは上の畑に登って鎌を振り上げて、利助を見下ろしながら云った。

「行ったのが悪いか」

利助は

「そうか、そうか」

と思った。勝ぞうズンムの家は仁作の家のすぐ東隣りで、利助は完全に駄目にされてしまったとわかったのだ。

その次の晩も、その次の晩もヤッコ達をおえいが迎えに行ってることを、利助はじっと怺《こら》えていた。胸が苦しくなると足や手に力を入れて我慢していた。野良へ行っても、雀を追ッぱらうにも足や手に力を入れてとび廻った。くたびれて、息が切れて、それがいくらか腹の立つのをおさえつけてくれた。だが、そんな力もなくなると、畦へ腰をおろして、

そのまま倒れるように寝ころんでしまった。

右側の畑には粟の実が垂れていて、左の下の田には稲の穂が傾《かし》がっていた。利助はその間にかくれるように倒れていることもあった。向うには山と山が連っていて、どこまでも山ばかりである。

（あの山のどこかに利口坊があるのだ）

そう思うと情なくなってくるのだ。どこかにあるのだが、どこだかわからないのだ。あの山も行ったこともあるし、山を歩く時はいつでも気をつけていたのだ。どんな形だか、どんな色をしているのかも知らないのだから、どうすることも出来ないのだ。今まで誰か見つけた人があっても人には知らせなかったのだ。俺だって見つけても誰にも云わないのだ、見つけた人は誰でもそうだったのだ。だが、俺のようなくされだけは、どうしても見つけなければ、と思った。今まで利口坊を探していた、が、今日のように情なく思ったことはなかった。

（きのこというものは秋に出るものだが、ひょっとしたら春先に出るきのこじゃないか？）

とも思った。

（冬、出るものかも知れない）

とも思えるのだ。

（ひょっとしたら、冬、雪の降ったその下に生えるかも知れない）

とも思ったりした。

利助は利口坊を見つけることが、今となればほかには、待っているものがないのだ。

（利口坊を見つけるのだ）

利助はまず第一に、改めて利口坊地蔵さんへ願を掛けることにした。今までも、お地蔵さんの前を通るたびに、拝むたびに見つけることが出来るように頼んだのだが、今、改めて一心をこめて拝んで頼もうと思った。

利助は西のはずれのお地蔵さんの前へわざわざ行って手を合わせた。

「俺にだけは、ぜひ、見つけることが出来るように」

手に力を入れて頼んだ。

丁度その頃、三角屋敷のおえいは北はずれの墓場で、死んだ父っさんのお墓の前で手を合わせていた。そこの土の下に埋けてある父っさんに頼んでいた。

「毎晩、父っさんの云ったとおりに、罪亡ぼしをしているけど、あのくされのヤッコだけは堪忍してくなんしょう、あのくされだけは、わしゃ死んだ方がいいだ」

お墓といっても土を少し盛り上げて、その上に石が置いてあるだけだった。石のうしろには新しい塔婆《とうば》が立ってあった。

おえいが、あのくされだけは堪忍してくれと拝みながら頼んでいるところへ、黒い羽のでかい蝶々が塔婆のところへ舞って来たのである。

おえいは
(あれ、今頃、蝶々が?)

と、びっくりした。

(これは、死んだ父っさんが蝶々になって)

と、思った。

(あんなに嬉しそうに舞ってるのは、きっと喜んでくれてるのだ)

と、嬉しくなった。

(よかった! よかった!)

と安心した。

(土の中で、きっと喜んでくれてるのだ、わしの頼みもきいてくれて、あのくされだけは仕方がねえ)

そう云ってくれてるのだと思った。

おえいはまた塔婆に手を合わせて
「それから、毎晩毎晩罪亡ぼしがすむと、すぐにここへきて、お礼を云って帰《けえ》るように、よく云い聞かせて帰すけど、みんな、きっと来てくれてると思うけど、若し来ない奴があったら、教えてくなんしょう」

と、幾度も頭を下げていた。

利助は利口坊地蔵に願を掛けて、拝み終ったときに、ふっと胸に思い浮んだのである。

(堅次の家の婆ァが、死にそうになったのに)

と、気がついた。

(一晩のうちによくなってしまった)

さっと、そのことが思い当った。

「そうだ!」

と、身が引き締った。

(あの婆ァが、そのあと、何んともなく生きているのは、あいつは、利口坊を食ったのだ)

と、気がついた。

(あの婆ァは、利口坊をかげ乾しかなんかにしておいて、それを食ったのだ)

利助は、そう思うと動悸がしてきた。

(あの婆あさんに、俺だけには、教えてくれるように)

頼むのだ、と思った。

(今、急に、こんなことを思いつくのは、これこそ、お地蔵さんのおかげだ!)

と思った。

(俺は決してしゃべらないぞ)

そう堅くお地蔵さんに誓った。

だが、困ったことにもなってきたのである。若し、利口坊を食べて、くされが直ってしまったら、村の奴等に
「利口坊を食ったなッ」

と、感づかれてしまうのである。その時に
「教えろ、教えろ」

と責められたら、どうしよう？　と思った。

その時は
「知らねえ、知らねえ」

と、がんばりつづけるぞ
(それが、あの婆あさんに対するお礼にもなるのだ)

と、決心した。

(俺がしゃべりはしないかと、あの婆あさんは思うだろう、無理もないことだ、決して俺は誰にもしゃべらないことを、よくよくわかって貰わなければ)

そう気がついて、利助は急いで歩き出した。

(誰もいないところで、頼むのだ、そうしなければ教えられないのだ)

と、歩きながら考えた。

利助は東の方へ向った。堅次の家は三角屋敷より東で、村の東だが南に寄っていて、南の山に近い方にあった。

利助は歩きながら、土地の様子で、そのことに気がつきだしたのだった。村の東の、しかも明神林より南で、南の山に堅次の家が近いということは

(利口坊は南の山にあるのだ！)

と、気がついたのである。

利助は堅次の家の裏の方へ廻った。この家のある土地は、すでに南の山にかかっているのである。

(ひょっとしたらこの家では、代々、利口坊の生えるところを云い伝えられてきたのではないか？)

と、気がついた。

利助は裏口から家の中を覗いた。障子も開けっ放しで静かだった。みんな野良へ行って留守らしいのである。

(うまい時だッ！)

と、思った。婆あさんだけは野良へは行かない筈である。

そっと、裏口から土間へ這入りこんだ。開けっ放しになって、その上り口から一間おい

た居間に、婆さんがふとんをしいて寝ているのを利助は目の先に見たのである。目は開いていた。天井を見ていた。

この時、婆ァは臨終の最後の息を吸いこんだ時であった。みんなが野良へ行った留守に、三度目のふるえが起って、それが止った時だった。最後の呼吸をした時、ふるえも止って、口もひらいたままだった。

利助はそんなこととも知らないで、そばへ寄って行った。婆ァの胸のところへ両手をあてて、ぐーっと力を入れて頼んだ。

「おばァ、誰にも云わねえから、利口坊のあるところを、教えろォ」

婆ァは何か云おうとしたのか、口を少し動かして、もぐもぐさせた。利助は両手に力を入れて、胸を押えつけて頼んだ。

「俺にだけは、教えろォ、誰にも云わねえ」

婆ァは口を動かすのも止めてしまった。

利助はでかい声で

「俺にだけは、教えろォ」

と、怒鳴った。

婆ァは石の様に動かないのである。利助はぐんぐんゆすって動かした。だが、動き方が石のようで変だった。

（ハッ！）

と思った。

「死人だッ！」

と、気がついた。ぱっと身をひるがえして土間の方へ飛び出した。いきも切らないで裏口から自分の家の野良へ走り出した。

野良で利助は
（馬鹿なことをしてしまった、もうきくことが出来ないのだ）

と、悔んだ。

（もっと早く、教えてもらうだった）

と、自分の馬鹿さを後悔した。もう自分で山の中を歩いて探すことより外には方法がなくなってしまったのだった。堅次の家の者に、誰かに云い残したかも知れないけど、教えてもらうことなど、どんなことをしても出来ないことだった。

堅次の家の者だちは野良から帰ってきて、婆あさんの死んだのを知った。

「いつ死んだか、わからんようだじェ、死に水もやるまもなかったじェ」

そう家の者達は云って村中に知らせて歩いた。

堅次の家へ棺桶を仁作と利助がかつぎ込んで行ったら入口に手伝いに来ていたおかね婆あさんが

「あれ、えらく長え棺桶だ、わしのときも、このくれえに、ゆっくり、らくにはいれるようにこせえてくなんしょう」
そう云いながら仁作の肩をつついた。仁作が面白がって
「わし達の番のときに死ねば、同じぐれえのやつをこせえてやるぞ」
そう云うと、土間にいた堅次の家の父っさんが
「わしのときも同じぐれえのやつを」
と、冗談を云ったので居間にいた村の人達がみんな笑い出してしまった。堅次の家の父っさんは、堅次の甥で、まだ二十四だった。
奥の屋敷の父っさんがお経をあげていたが、直の家の父っさんが
「えらくお経が長くなったなァ、鼻の下も長えから、お経の方も長くしたのに違えねえ」
婆ァの死骸を棺桶に入れるとき、利助は土間の裏口で柱に手をかけて気をくばっていた。棺桶の中へ、利口坊につながりのあるものを入れはしないかとよく見ていた。おとぶれえのときとか、寄り合いのときにはヤッコ達は座敷のような上の方へあがることは出来なかったのである。
誰かが
「鼻の穴や耳の中へつめるボロのようなものがねえか？」
と云ったとき、堅次の家の父っさんが

と探したがすぐ見当らなかったので、また堅次の父っさんが
「何かボロがねえか？」
「何でもかまわんだ」
そう云いながら前の川へ行って、川のところに生えているススキの穂をとってきて、手でこすきながら
「何でもかまわんだ、こうすりゃァ、綿みたようになるじェ」
そう云って仏さんの鼻の穴につめこんでいた。
利助は
(あのススキが怪しいぞ)
と、思った。すぐ表側の方に廻って、川のススキのところへ行って見た。
そこのススキは大きい株で、小さい川であるが川の両側に覆いかぶさるようになっているのである。まるで川のふちを隠しているようである。
利助は
(ひょっとしたら、案外、こんなところに利口坊は生えるかも知れない)
と思った。根元のところへ手をやって茎や葉をかきわけて覗いてみた。糸のように細い真ッ白い根が水の中へ長い針の束のように延びているのである。
利助は手でそこを掘ってみた。

丁度、そこへ、お墓の穴を掘りに行った組が帰って来た。

利助はその鍬を借りてススキを根こそぎ掘りおこしてしまった。根のところも、その後の穴も調べてみたが駄目だった。

おとぶれえの帰り道で
「この次のおとぶれえは、おかね婆あさんの番になるかなァ」

そう云って、みんなが笑っていた。おかね婆あさんも一緒に歩いていた。今年六十五で、種蒔きの頃は寝たっきりだったが、また元気になって、今日などは自分の家のおとぶれえのように気をつかって、手伝っていたぐらい元気だった。

おかね婆あさんは
「やのこんだ、わんざわざ、刈り入れのときになど死ぬごたねえ、めんどッくさがられて、やのこんだ」

笑いながら云ってるが口をとがらせて怒っていた。

東の方のヤッコ達は毎晩おえいの迎えをうけていた。ヤッコ達は利助が退け者にされたことを、皆、知っていた。野良道などで利助に出逢うと、おかしくてたまらないような顔をするのだった。利助の方でも、こんどのように馬鹿にされたことはなかった。今まで、くされ、くされと馬鹿にされたけれども、それは面と向って口でも云うのだが、こんどのことは口で云わないのである。今までとは違うのだ。みんな腹の中では、おえいの迎いをうけたことをうれしがっていて、利助が退け者にされたこともうれしがっているのである。東の仁作などは、あんなに仲良くしている奴だが、あいつまで、退け者にされたことを当り前のことだと思っているのである。仁作の奴は俺の顔を見たくないというようなつらをしているけど、こっちの方でも、あんな奴のつらは見たくないのだ。

西隣りのぎょろ目の熊んばちの奴など、あいつは自分で勝手なことを云いふらしているのである。俺の目の前で、花聟の時の真似をして見せるのは、あいつは、ずっとめえに、あいつの家の板塀が俺の家の地所に食いこんで、もめたことがあったが、あいつの家の板塀の下を掘ったら、俺の家の土台石が一尺も向うに並んで埋めてあって、それが動かぬ証拠で、文句なしに勝ってしまったのだ、あの時のざまは、云うに困ってしまって、俺が

「ざまあみろ」

と怒鳴ったが、あの時、負けたことを、仇討ちのつもりにしているのだ、そんなことはよくわかっていた。

東のヤッコ達の順番も終ったその次の晩、利助は若しやと思って待っていた。

(嫌われ者だから、一番後まわしにされたのかも知れない)

と思って、表の板戸に隙間を開けて待っていたがおえいの奴は来なかったのである。

朝になって、野良へ行こうとしたら父っさんが

「粟はまだ刈らんのか！」

そんなようなことを云っていたから鎌を持って行った。足や手がだるくてたまらなかったので、畦に腰をおろしていた。時々、居眠りをして、時々目があくと、おえいの奴を待っていた時のような気がするのだ。

昼めしに家へ帰ったが野良へ行く気もしなくなった。

ハルマツの小屋の前に、何げなく立っていた。利助はさっと青くなった。ハルマツの目つきは村のヤッコ達と同じような目つきをしているのである。

（ハルマツまで馬鹿にするのか！）

無性にくやしくなって、ません棒をひっこぬいた。ぱっと横なぐりに肩をひっぱたいた。

ハルマツは耳をひっこめて小さくなった。

利助は狙いを定めて、また、ません棒をふり上げた。

「ばさっ」

と二度目をひっぱたいた。

ハルマツは黙ったまま後ずさりをしだした。

（弱いくせに）

と思うと、ますます憎らしくなった。

利助は大きくません棒を振り上げて構えた。

ハルマツの奴は首を横に下げて、じろッと流し目を使ってこっちを見るのだ。

(弱いくせに)

ハルマツのつらのまん中をねらってません棒を叩きつけた。

ハルマツが首をかわしてしまったので棒は板壁にぶッつかっただけだった。

利助は怒りだして、手のひらでひっぱたいた。

ハルマツはよろけて板壁に寄りかかってしまったので前がみを摑んでぐいぐい板壁にこすりつけた。そうしたら父っさんが飛んできてうしろから利助の両手を押えつけてしまった。

「バカ、何をするだ!」

手を押えつけられてしまったから足でハルマツの足を蹴とばした。

「バカ、ハルマツは謝ってるじゃねえか」

そう云いながら父っさんが利助をひきずりよせた。

利助は上りかまちに腰をかけさせられた。父っさんが顔洗い桶に水をくんできて、利助の足をつッこんだ。足を冷《ひや》して、はあはあとする荒い息をしずめようとした。それから父っさんは手拭をぬらしてきて利助の頭にのせた。

利助は手も足もらくになってきたが頭が重たくてどうしようもなかった。

夜になって、蒲団をかぶっていると、おえいのあまが来るような気がしてきて、頭からくになった。

朝起き上って、飯を食ったら父っさんが
「今日は寝ていろ」

と云ったので、また自分の寝部屋にもどってきた。ふとんにもぐり込んで、目を開いて梁《はり》をながめたりしていた。動くのが嫌で、こうしていればらくのようだった。

昼めしにも起きていくのが嫌になった。

板戸が、そっと開いてまた締った。そっと忍びこんで来たように父っさんが入ってきたのである。利助のふとんの側へ来て坐り込んで黙っていた。

そのうち、利助の顔を覗き込んで、のろのろと云いはじめた。

「どこか悪いか？」

ときいてくれたが利助は黙っていた。

父っさんが
「おめえは、ひでえめにあったなァ」

と云って、また黙ってしまった。利助は横になってハルマツの小屋の板壁の方を向いた。

父っさんがまた云った。

「おえいのあまに、てめえだけは八分にされたそうだなァ」

利助はびっくりして、はね起きた。

(兄貴は知ってたのか！)

恥ずかしくなってしまって下を向いていた。

だが利助は

「平気だ、そんなことは、平気だ」

と、力んで云った。

「そんだけどナ、そんなことで、てめえは気でも違っちゃ駄目だぞ、てめえが八分にされたのは俺が仇をとらせてやるぞ、てめえにも花聟にさせてやるぞ」

利助は動悸がしてきて、喉のところが早鐘を撞くようで、箸のようなものがぴくぴくと喉を突き刺すように痛くなってきた。

兄貴が力を入れてまた

「一晩だけだぞ、一晩だけだぞ、俺が花聟にさせてやるぞ」

利助はぼーっとしてきた。おえいが遠くの方から迎えに来てくれるような気がしてきた。

(兄貴がおえいのおばさんに頼んでくれたのだ)

と思った。

「おえいのおばさんが迎えに来てくれるのか？」

と、聞いた。

「バカ、あんな奴は駄目だぞ、あんな奴は」

利助は
(それじゃァ誰が?)

と心配になってきた。

父っさんが耳に口を近づけて
「今夜、アサのところへ泊めてやるぞ、一晩だけだぞ」

利助はがっかりしてしまった。

(あねさんじゃァ駄目だ!)

と覚悟した。でかい声で
「あねさんじゃァ駄目だ!」

父っさんが利助の口を手でふさいで
「でかい声を出すじゃねえ、アサは承知をしているのだぞ、昨夜よく承知したのだぞ」

利助は、

(あねさんが承知をしてくれてるのか)

と思ったら、動悸がしてきて、喉のところが早鐘を撞くようで、ぴくぴくと痛くなってきた。

だが、怪しいとも思えるのだ。

(ふだん、そばへ寄るじゃァねえと、あれ程嫌がっているのだから、そんなことを云ったって？）

と思った。利助は下を向いて

「また駄目になるじゃねえか？」

と、聞いた。

父っさんが手で利助の頭を押えつけるようにして耳許で早口に云った。

「今夜俺が西の山の炭焼小屋へ泊りに行くから、おそくなってから、アサの寝ているとこへ行けばいいのだぞ」

利助はまた動悸がしてきた。

父っさんが

「その代り、了見を入れかえて、あんな狐ッつきみたような真似をするじゃァねえぞ、稲をあんねに踏み倒したり、ハルマツをあんねにいじめたり、ハルマツに何の罪があるだ。ハルマツが死んでしまえば肥しがとれなくなってしまうぞ、稲をあんねに踏み倒して、雨でも降ってくれれば芽が出てしまうぞ」

利助は

「そうか、そうか」

と思った。

（雨が降らなくてよかった）

と、思った。

（早く刈らなければ困る）

と、気が気でなくなってきた。

父っさんが
「野良へ行ってろ、知らん顔をして働いてろ、野良へ行って働いてろ」

そう云って、すぐ立ち上った。板戸を開けて外へ出たが、戸を締めながらまた
「御先祖さんの畑だぞ、ご先祖さんに怒られるぞ」

怒るように云って、ピシャッと板戸を締めた。

利助は起き上った。

（兄貴の云うとおり、野良へ行って働いていよう）

と思ったので、急いで出て行った。

父っさんは利助のところから出てくると土間へ入っていった。土間の奥の左がカマドで、その横が裏口である。裏へ出たところに井戸があって、そこでアサが鍋を洗っていた。

父っさんはアサの横へかがみ込んで小声で云った。

「いいか、云ってきたぞ、一晩だけだぞ」

アサは黙っているままだった。父っさんはアサが今になって
「嫌だ！」

などと云い出されては、と心配になってきたのだった。

「いいか、ゆうべ云ったとおりだぞ。一晩だけだぞ、我慢をしろ」

アサは鍋を洗い終って立ち上った。父っさんもすぐ立ち上った。アサが鍋をふりながら水をきって、黙って土間に入って行くそのあとから父っさんもつづいて入って行った。アサはカマドの横に吊してあるジザイに鍋をかけた。父っさんがそのうしろで

「あいつが、ハルマツを殺してしまやァ、どうなるかッちゅうこたァわかるら」

アサがまた裏の井戸端へ出て行くと、父っさんもその後から

「ハルマツの餌を刈りに行っても、俺があとから鎌を探しに行ってきたのだぞ。稲をあんねに踏み倒して、このままじゃァ、俺達はどうなっちもうか、よく考げえてみろ」

アサは裏の軒下から大根を持ってきて小さく切りはじめた。水桶の上に切り板を置いて、腰をかがめながら切っているそばで父っさんも腰をかがめながら

「いいか、わかってるな！」

それでも、アサは黙ったままだった。父っさんは縄をなうように両手をこすり合わせながら

「どこでも粟など、みんな刈ってしまったぞ、稲をあんねに踏み倒して、雨でも降ってくれば芽が出てしまうぞ、あいつは、ハルマツをいじめる目つきは、ただの目つきじゃァねえぞ、ハルマツが死んでしまえば、どうなるか」

アサはまだ何んとも云わないのだった。大根を切り終ってザルに入れて、また土間へ入って行った。父っさんもすぐ後から続いて入って行った。
アサはジザイに吊してある鍋の中へ大根を入れると、カマドの横から細めのもしきを取り出した。左足をもち上げて膝にもしきを当てて、ばりっと二ツに折った。
父っさんが
「いいか、一晩だけだぞ」
アサがじろッと横目で父っさんを眺めた。それからジザイの下へもしきを突ッ込んで火をつけた。煙が立って、アサは口をとがらせて火のところを吹いた。父っさんがその横にかがみこんで
「あんなくされを、誰に頼んだって……、ふん、それじゃァ銭を出して頼むかァ」
アサがあわてて
「うるせえなァ、一回云やァわかってるぞ」
と、怒るように云って、またつづけた。
「その代り、それでもあいつが稼がなきゃァ、その時ゃァ、てめえが野良でもなんでも一人でやるか?」
そう聞くと、父っさんもあわてて
「そんなこたァ大丈夫だ、きっとあいつは元のように稼ぐから、な、ほかのヤッコをみろ、

みんな元のように稼いでるぞ、今までと同じじゃァねえか」

と云い放った。アサがまた火のところを吹いたが灰も吹いてしまった。パッと灰が立ちのぼって、鍋にフタがないので、鍋の中へ吸い込まれるように入っていった。

野良で、利助は考え直したりしていた。

(あんなことを云ったけど、あねさんが承知しているなんて云ったけど、その時になってどうなるかわからないぞ)

と、思ったりした。

(兄貴だって、炭焼小屋へ、今夜泊りに行くなんて云ったけど、あねさんがよせなんて云って行かないかも知れない)

とも思えるのだ。

(今夜も駄目になるかも知れん)

そう覚悟もきめていた。

お天道さんは西の山のまだ高いところにあった。

利助は遠くを人が歩いて行くのを見たのである。ずっと向うを、稲畑の中を、のろのろと歩いて行くのは父っさんだった。

(炭焼小屋へ行くのだッ!)

と、気がついた。利助は動悸がしてきた。歩いてゆく父っさんの腰に下げているのは、いつもむすびを包む袋である。西の山の炭焼小屋は、北の山にある炭焼小屋より遠い方の小屋だった。

利助は稲の中へ身をすくめた。のろのろと歩いてゆく兄貴を、稲のあいだから、隙間のぞきをしているように睨んでいた。するとだんだん遠くなって行く父っさんが、また近くなってくるのである。父っさんはこっちを向いて近づいてくるのだ。利助は身体を伏せた。それからまた頭を起して覗くと、確にこっちに近くなって来るのだ。利助は動悸がしてきた。身体が固くなって、土に這いつくばっていると、すぐそばの畦のところで父っさんの足音が止ったのである。

「一晩だけだぞ、いいか、一晩だけだぞ」

そう父っさんの声がして、また歩き出す音がした。頭を少しもちあげると、父っさんの後姿が見えた。むこうへ行くのである。西の山の方へ向っているのだ。利助は胸をなでおろした。

目の下の稲の葉っぱに水滴が落ちているのを見た。

（雨が降ってきたか？）

と思って、顔を上げて空を見た。利助は自分の瞼が濡れているのを見つけたのだった。

（涙が出てきたのか？）

そう思ったら、ぽろぽろとこぼれてきた。利助は口の中から重たい声が出てくるのをどうしようもなかった。肩がゆすれてきて、ふるえてきて、口の中から出てくる声を抑えようと歯と歯をかみしめた。それでも歯と歯の隙間から声が出てくるのだ。力を入れて歯をかみしめたが苦しくてたまらなくなってしまった。我慢が出来なくなって口を開いた。そうしたら自分でも知らないような唸り声が稲の葉の先をゆするように出てきたのだった。

利助は、でかい声を出しているのに気がついた。その声を聞いていると身体がらくになってくるのである。肩がうえ下に動いて、口を大きく開いたら、もっと身体がゆすれてらくになってきた。

利助は立ち上った。足や手に力を入れて転んでいる稲をおこして束《たば》にして縛り歩いた。夕方まで稲をおこし歩いて家の方へ帰って行った。家の横から煙が出ていて、あねさんの姿がちらっと見えた。いつもと同じ様子らしかったので

(よかった!)

と、思った。

(知らん顔をしていればよいのだ、兄貴の云ったとおりにしていればよいのだ)

と、身体に力を入れてがんばった。

その晩、利助はハルマッに泊り餌をやるのを忘れてしまったのだった。水をやるのも忘れていた。流し場で水を使う音がしても、ハルマッは低い声で口のまわりをブルブルふるわせて、唸ったり、足を踏み鳴らしたりして催促した。ハルマッには今朝から、利助も父

っさんもあねさんも餌をやることも水をやることも忘れていたのだった。

ハルマツが宵のうちからブルブル唸ったり、床をけったりするのを利助は隣り部屋できいていた。

利助は

(今夜はなんだか違う晩だ)

と、思っていた。

(男が、生れて初めて、花聟のことをする晩は、なんだかいつもより違うような晩だぞ)

と、思っていた。

(ハルマツも、今夜にかぎって、いやにジタバタするけど、こういう晩は馬でもいつもより違うのだ)

と、思い込んでいた。

利助は晩めしを食べに土間から入って行った。板の間には、いつもと同じようにお膳の上には利助のめしが揃っていた。あねさんが向うをむいて洗いものをしていた。いつもと同じである。

利助は、なるべく音をたてないように食べ終った。そっと立って自分の部屋に帰ろうとした。だが、土間におりようとして、上り口の処で、そこにあった水桶につまずいた。水桶が横に倒れて水がざーっと流れ出してしまった。途端、ハルマツが小屋の中をぐるぐると廻り出した。

(しまッた！)

と、利助は首をちぢめた。水桶を起そうともしないで自分の部屋に帰ってきた。ハルマツがジタバタしたけど、遠いところから響いてくるようで、利助の耳も目も役にたたなくなっていた。これで、おそくなりさえすればよいのである。

(おそくなってからだ、ずっとたってからだ)

利助は板壁に寄りかかるようにしてしゃがんだ。

だが、暗くなるとすぐだった。板戸をコトコトと叩くのである。

(迎えに来たのだッ！)

と、身構えた。動悸がしてきて、喉のところがぴくぴくと痛くなってきた。

利助はどーんと板戸にぶッつかった。ばりっと板が割れる音がして、板戸が表に倒れた。

そこには、今年六十五になる、おかね婆あさんが真っ青の顔をして立っていたのだった。

おかね婆あさんは手を横に振りながら
「あれ、なんじょな、暴れねじェ、暴れねじェ」

と、落ちついて云った。

利助は力がぬけてしまった。おかね婆あさんはそばへ寄ってきて、利助の手を堅く捉えた。耳に口を寄せて

「おめえのことをきいたじェ、おえいのあまに、おめえばかりが八分にされて」

利助はそんなことを聞きたくなかったが、おかね婆あさんが力を入れて手を摑んでいるので動かないでいた。

おかね婆あさんは耳許で
「それだんとも、おめえの胸に、よくしまっておきゃいいだ、んだ、んだ、わしがこんな年でも、花聟するに、使って出来ねえこともねえじェ、今夜でも、わしの身を使いなんしょう、なに、心配するごたねえ」

利助はおかね婆あさんの手を振り切った。よろよろとするおかね婆あさんの両腕をぐっと摑んだ。

(今夜はどういう晩だッ！)

と、思った。

その時、明神ばやしの上から、東の山の上から、タライのような月が、しゅう〳〵と音を立てながら昇り出した。

「そうか、そうか」

と、首をがくがくさせた。利助はお月さんの方へぐっと指をつき出した。

(おさん夜さんだッ！)

と気がついたのである。

（十三夜の晩に、明神林の真上に、まんまるいお月さんが、怒るように出る晩は、俺は、俺は、ふたところから花聟になれと云われるのだ）

利助は

「そうか、そうか」

と、首をがくがくさせた。

月が出て、ひるまのように明るくなった。そこに立っているおかね婆あさんは、あの、おとぶれえの時と同じ恰好で立っていた。利口坊も教えてくれずに死んでしまった堅次の家の婆ァのおとぶれえの時と同じ着物をきて、黒い帯をぎゅっとひきしめて、草箒のような髪の毛を、首すじに押えつけるように結んで立っていた。

おかね婆あさんは口をとがらせてまた云った。

「おめえのお母ァが死ぐときゃ、おめえのくされをどのくれえ口惜しがってたか、わしゃァよく知ってるじェ。わしも長いこたねえ、おめえばかりが八分にされて、このままじゃ、おめえのお母ァに逢わす顔がねえじェ」

利助は足をバタバタさせながら

「有難てえ、有難てえ、今夜は、俺は……（ふたところからだ！）」

おかね婆あさんの腕をゆすりながら顔を覗き込んだ。月の光が左の頬だけに当って、左の顔だけしかないようである。利助はおかね婆あさんの口のすぐそばまで自分の口を近づけて覗きこんだが、おかね婆あさんは横もむかず、口に手も当てないで黙ってゆすられていた。くされを除《よ》けようともしないのだ。
利助は
(今夜はどういう晩だ!)
と思った。見まわすと、白い雲が、きのこのような雲が、利口坊の生えている場所を教えてくれるように、南の山の上で、こっちを向いていた。
利助は
「そうか、そうか」
と、首をがくがくさせた。

揺れる家

庄吉は狭い板の橋を渡ってどーんと我が家の舟に飛び降りた。とび降りるたびに家が大きく揺れてびちゃびちゃと水が家に当った。庄吉の小さい足は栗鼠のように物干場へ馳けつけて、そこから下の水の面を覗き込んだ。水が揺れて映っている顔が長くなったり、縮んだりするのでおちつくまで待っていた。今日こそ自分の顔をよく見て、はっきりきめることにしようと決心したのである。水のおちつくのを待ちながら父親の顔と、じいちゃんの顔を思い浮べていた。

水が静まって顔がはっきり映った。その顔を見つめていたが、

「やっぱり似ていないぞ、じいちゃんにしか似ていないのだ、父うちゃんには似ていないのだ、少しも似ていないぞ」

と、今日こそはっきり決めてしまったのである。

「あのことはやっぱり本当だなァ」

そうきめてしまうと、あたりが急に逆さになってしまうような気がしてきたのである。そばに浮んでいる古い丸太の筏《いかだ》も大蛇が這ってるように思えて身ぶるいがしてきた。いつかの晩もそんなように見えて怖くなったことがあったので、

「父うちゃん」

としがみついたが、父うちゃんが父うちゃんでないことになったのだから、こんどはそんな時にはどうしよう？　と思った。

「あんなじじいが俺の父うちゃんか！」

いまに、そんなことになってしまうのだという予感がしてきたのである。

「いやだなァ、だが、そうなるかも知れんぞ、これからは気をつけていなければ」

と思った。そんなことを考えてたら、うしろから何か飛んできて庄吉の背中に当った。手にとって見ると、刀のような形の板切れだった。永いこと海水に浸っていたので磨いたように滑らかに光っていた。

(剣劇ごっこの刀になる板だぞ)

誰が投げてくれたのだろう？　と見わたすと、父うちゃんが発動機のところから顔を出して笑っていた。

「父うちゃんがくれたのだ」

父うちゃんはいつも玩具になるようなものが流れてくると拾ってくれるのである。

「あのことは、まだ父うちゃんも知らないかもしれないぞ」

庄吉はそうも思った。

「あの顔つきじゃァ、知らないかもしれない、知らないふりをしていよう」

と思った。

庄吉の家はコンクリートの川っぷちに横つなぎになっている舟だった。細い板の橋がおかから渡してあって、それが水の上の我が家とおかとの境だったり、道だった。庄吉は地上をおかと云っていた。おかは電車やバスやタクシーが走っていたり、すぐ先の角を曲れば夜はネオンが燦然と輝いている盛り場、深川の門前仲町である。向う岸には牡丹町の米倉庫が並んでいた。川の水は海水になることもあった。かもめが飛んで来るときもあった。家から三百米もゆけば隅田川の永代橋のところにも出るのである。毎朝隅田川を遡って北千住や荒川あたりまでも行った。そこで砂を舟一杯積んで何処へでも運ぶのが家の仕事だった。父うちゃんが舟の発動機を運転してじいちゃんが運賃を受取る役である。砂を積んで、降ろしてしまえばその後が遊び場だった。荷置場だったり遊び場だったりするところを物干場と家の人達は呼んでいた。竿をかける二本の棒がいつでも立っているからだが、

「ここがあるから、めしが食えるのだぞ」

と、よくじいちゃんが云う場所である。

居間は発動機のそばの二畳間のむしろ敷きのところで、屋根のあるところはこの二畳間

だけだった。仕事が終ればまたいつもの川っぷちへ帰るので、帰ればすぐおかに上って遊べるのだ。

庄吉はおかの人達から舟の子と呼ばれていた。舟の子ばかりが行く学校が平久橋のそばにあって、今年庄吉はその学校へ上るのだったが、

「学校なんかへ行くには、区役所へ行ったり、うるさいことばかりだぞ、来年の方がいいぞ」

と、じいちゃんが云ったので行かないことになったのである。川っぷちには庄吉の家と同じ舟の家ばかり並んでいた。どの家でもめいめいの家をつなぐ鉄のかぎがおかにあって、同じかぎにつなぐことになっていた。だから隣り近所の交際もあっておかの家の軒並と変りがなかった。

どの舟にも子供が大勢いてみんな舟の子と呼ばれた。舟の子だちはおかと呼んでいるけれど、おかの人達はおかと云わないで町の名を云っていた。庄吉だちは荒川の上流に行っても、どこでもおかと呼んでいて町の名を知っているのは一丁目と二丁目と仲町と古石場《ふるいしば》ぐらいだけだった。

「二丁目ってどこだ?」

とおかの子に聞かれたことがあった。

「あそこだ」

と指をさしたら、

「あそこは永代二丁目だぞ、ただ二丁目じゃどこの二丁目だかわからねえぞ、バカヤロー」

と怒鳴られたことがあったが庄吉の家ではそれだけで意味が通じていた。その外は母親の家がある枝川の名しか知らなかった。そのかわり橋の名はいくつも知っていた。

二丁目は父親が醬油や野菜を買いに行くのでいつも一緒について行った。一丁目は牡丹町一丁目のことで、やっぱり父親と風呂屋に行った。遊びに行くのは仲町の盛り場で、あとは家が動いて行くのだ。

庄吉の家のすぐ前のおかは釣舟屋だった。仕立船、潮干船、涼み船と赤い大きい字の看板が屋根の上に立っているけれど、釣りの客などめったになかった。

「あんな古舟に乗る客があるかい」

とみんなに云われていて、いつも沖から牡蠣《かき》や蛤《はまぐり》を運んできて家の中で剝いていた。牡蠣や蛤にナイフを突きさして中から身をひき出してバケツに投げ入れる仕事である。殻は道の向う側にばかりぽーんと投げるので殻が山のようになって、庄吉の家の板道の処をいつも塞《ふさ》げてしまうのである。だからおかに上る時に貝殻の山を越えて通らなければならなかった。その貝殻もにわとりの餌になるのでトラックが来ると掃いたようにすっかり運んで行った。

二畳間は寝る場所でもあったが飯を食う場所でもあった。

今夜も夕飯の膳の前に坐ると、きまったようにじいちゃんの小言が始まった。父うちゃんに云うのである。

「馬鹿につける薬はないと云うが吉の奴の阿呆には困ったものだ。発動機の掃除なんぞも云われなければしねえのだから呆れたものだワ、舟を洗えばたわしは水の中へ落してしまうワ、機械の掃除をすればそのたびにボロを投げてしまうワ、ボロだって金を出して買うということも知らない奴だから、汚れたボロは汚れたので、しまっておけばまた使うことがあるということを知らないのだから、冥利《みょうり》なんてこたァまるっきり頭の中にねえのだから馬鹿につける薬はないと云うものだ」

庄吉はまた始まったと思った。もう耳にたこが出来る程、いつでも同じことを本を読むように云っているのである。それにじじいの云う小言はずーっと前のことを何度でもくりかえして云うのである。

「糞じじい、うるさいぞ!」

と云ってやりたいぐらいである。だが、あのことが本当だとすると、父うちゃんのひいきばかりをしてはいけないとも思うのだ。

庄吉は父親の顔をじっと見つめた。お膳の前に堅くなって坐って、下をむいて黙って小言を聞いている顔は、水に映る庄吉の幅の広い顔ではなくて、杓子ぐらいしかない小さい顔で頭はとんがり帽子のように尖って瓢簞《ひょうたん》みたいである。

「やっぱり似ていないなァ」

とまた思った。

前の釣舟屋の親父は仁王様のような大きい身体である。大きい顔で、大きい目玉を剝いて、でかい声で息子の船頭の芳ちゃんをいつも怒鳴りつけていた。芳ちゃんがいない時でも、

「あの野郎、またどこかへ行きゃァがった」

と一人で怒鳴っていることもよくあった。芳ちゃんは親父から「あの野郎」とばっかり呼ばれるのだ。たまには「芳公」とも呼ばれることもあった。裸になると背中には何の絵が画いてあるのかわからないが青い絵で一杯だった。庄吉の家の中から前の釣舟屋の二階がよく見えるのである。二階が芳ちゃんの部屋で夕方になると定《きま》ったように手で頭にポマードをつけて、新聞を破いて手をふいてぽーんと舟の方に投げるのである。それから櫛でていねいに頭をなでつけていた。それがすむと口笛を吹きながらどこへか出掛けてしまうのである。

その頃からじじいの小言が始まるのだ。小さい声で、ぶつぶつと本を読むように云いつづけるのである。夜おそくになって芳ちゃんが酔っぱらって帰ってくるのだ。そうすると親父が、

「この野郎、また呑んできやがった」

と大声で怒鳴るのだ。芳ちゃんは黙って二階に上って寝てしまうのだが、親父の方でもただ怒鳴るだけで後は何も云いはしなかった。芳ちゃんが寝てしまうと、その頃あの二人組の流しが廻ってくるのである。一人が歌を唄ってもう一人がギターを弾いていた。黒船橋の角の酒場「おたふく」は夜おそくなると客がこむのでその頃にきまってあの流しが来るのである。いつでもあの歌を唄わないことはなかった。それをお客が一緒になって唄うのだ。「てんで泣かせる」というあの深川ながしの歌である。

毎晩同じことがくり返されるのだ。じじいは電気を消した真暗の中でも小言を云っているのである。庄吉はその小言をききながら眠って夜中に釣舟屋の親父の怒鳴る声で目を醒まして、流しのギターをききながらまた眠るのだった。

あのことを聞いた時、庄吉は雲の中の遠いところから聞えてくる声のようにきいていたのであった。だから初めはそれが自分のことを云ってるのではないと思ったぐらいだった。釣舟屋の前でむきみをしてるのを見ていた時だった。釣舟屋の親父が佃煮《つくだに》屋のおじさんと話をしていたのである。

丁度その時、じいちゃんと母親が風呂に行こうとして板道を上ってきた。じいちゃんが、

「庄坊、湯に行くか？」

と手拭をつき出したが、

「父うちゃんと行くよ」

そう云って行かなかった。庄吉は風呂や買物に行く時はいつも父親の後をついてゆくのだった。父親は何をしても世話をやかないし、途中で遊んでいても黙って待っていてくれた。銭はじいちゃんがくれるのだ。母あちゃんにもせがむが、

「じいちゃんに貰いな」

と三度に一度は云うのだ。母親のくれるのは五円だが、じいちゃんがくれるときはたいがい拾円だった。父親は銭など持っていなかった。あべこべに庄吉の食べてる飴やせんべいを横取りして食べてしまうぐらいだが舟の中にいるときの遊び相手は父うちゃんだけだった。

庄吉はじいちゃんと母親が湯へ行くのをぼんやり眺めていた。そうするとうしろで釣舟屋の親父が、

「見ろよ、堂々と肩を並べて夫婦きどりだよ」

すると佃煮屋のおじさんも、

「まったくだ、どこへ行くにも離れたことがねえじゃねえか」

きいていた庄吉は、

「あれ、悪口を云ってるのだな」

そんな気がしたのである。だが、そう云われるとそれに違いないのである。いつでもじ

じいは母親とばかり話をしていて、庄吉が何か云っても相手にしてくれない時がよくあった。庄吉も、

「つまらないなァ」

とそのたびに思うのである。

釣舟屋の親父は庄吉に呼びかけた。

「庄坊、おめえ、おじいより吉ちゃんの方がいいのかい？」

ときいたので、

「そりゃァ父うちゃんの方がいいさ」

と云おうとした。

だが佃煮屋のおじさんが、

「おじいの方がいいだろう」

と云うのである。

庄吉は佃煮屋のおじさんの方を向くと、佃煮屋のおじさんも、じーっと庄吉の顔を眺めまわしているのである。そうして、

「成る程なあ、おじいにそっくりだよ、吉ちゃんにゃ少しも似てないなァ」

と庄吉を褒めるような感心しているような云い方だった。庄吉は利口な子だと云われているようで得意だった。

「じいちゃんに似ているだろ、じいちゃんは偉いんだぞ」

と云ってやった。じいちゃんは家中で一番威張っているし、百円札を束にして数えたりするからである。

だが釣舟屋の親父がどら声で、笑いながら全然別のことを云うのである。

「アッハッハ、おじいに似て当り前だよ、おじいの子なんだから」

佃煮屋のおじさんも、

「吉ちゃんの子じゃねえんだから、似てないのが当り前さ」

そう云って二人で気味の悪いような笑いかたをするのである。

庄吉は何のことだかわからなかったが、なんだか耳の遠くで自分の悪口を云っているようだった。この二人のおとなの笑い顔は庄吉の家のみんなを笑いものにしているのだと気がついた。

庄吉はどんどん走り出した。仲町の角まで走りつづけた。丁度そこで豆腐を買いに行ってきた父親に出逢ったのである。

よかったぞ！　と嬉しくなった。

「父うちゃん、釣舟屋のおじさんがかまうんだよ」

「何をしたんだ？」

庄吉はここだとばかり大声で云った。

「坊のことを、おじいの子だって」

こう云った庄吉は父親が血相を変えて釣舟屋へどなり込んでくれるかと思った。だが父親は力がぬけたような顔付になって、そして、のろのろとまた歩き出すだけである。庄吉は益々口惜しくなった。

「よおし、それなら俺一人で仇をとるぞ」

と決心した。こっそりと釣舟屋の裏へ廻った。石を拾って、摑んだ。足音を忍ばせて路地の壁に沿って表の方でまだ何か話し合ってる釣舟屋の親父と佃煮屋のおじさんのすぐ後に近づいた。

大きい声で、「バカヤロー」と云おうとしたが、まだ何か自分のことを話してるらしいのだ。

釣舟屋の親父が、

「だから見ろよ、おじいが毎晩文句を並べてるんだ」

「そんなことじゃァ、吉ちゃんを聟《むこ》に貰わなけりゃよかったんだよ」

と佃煮屋のおじさんが云うと、

「そこだよ、あのおじいも考えたものさ、吉ちゃんのような、よりによった醜男で頭の足りないのを探して来たんだぜ」

「だからさ、そんなことをしないで正々堂々と娘と一緒になってしまえばよかったじゃァねえか」

「そうはいかないよ、それじゃァ娘の親だちが承知しないんだよ、何しろ年が四十五も違うのだぞ、そんなつもりで養女にやったじゃねえのさ、今だって娘の親は時々見に来るんだぜ、その時のために、あの吉ちゃんという飾りものの亭主が役に立つのさ、何しろあの庄坊を孕んだ時は、娘の親だちの怒りようは凄《すげ》えものだったぜ、あのおじいが物干場で、

（すぐ聟をつれて来るから）

って、手をついて謝ってる恰好を俺はちゃーんと見ていたんだぜ、何しろ娘を物干場のところまで引っぱり出して連れて帰ろうとしたんだから、あの時はおじい困ったろうなァ、娘も大したものだよ、その時になァ、泣きもしないのだぞ、涙一つこぼさねえんだ、手をひっぱられて連れかえされるというのにおじいの肩を摑んで離れんところを見ると、口でこそ黙ってるが帰らねえつもりなんだから、女なんてものは、おい」

「それであの子の籍はどうなってるんだい？」

「そんなこたァ知るものかい、吉ちゃんの子だろうが、おじいの子だろうが何んだってかまわないだろう、まだ学校へも行かないんだから籍などあるかどうかもわからねえぞ、だけどあのじいさんもうまくやってやがるよ、七十近くにもなって、あんな若い女を毎晩抱いて寝るんだから」

うしろで聞いていた庄吉はなんとなく恥ずかしくなってしまった。それに父うちゃんが

父うちゃんではなくてじいちゃんが父うちゃんだということになってしまったのである。「そうかも知れない」と思った。そんなことを、いつかも同じようなことを誰かが云っていたような気もするのだ。

庄吉はそっと後ずさりをして裏に出てしまった。走り出してまた仲町の角まで行って立止った。なんだか恥ずかしくてたまらなかった。持っていた石をほうり投げてまた駈け出した。交叉点を夢中で横切ってどんどん走りつづけた。

水にうつる顔は確にじいちゃんにしか似ていないのである。あのことが本当だと思うとじいちゃんの顔が怖いようにも、憎らしいようにも思えた。

日が暮れて暗くなると牡丹町の米倉庫が黒いシャコのお化けのように見えてくるのである。こっち側はネオンサインが仕掛け花火のようで昼間よりきれいになるのであった。川っぷちの舟の家は暗い電気が一つずつしかないので舟の人達は大人も子供も日が暮れるとおかでばかり遊ぶのだ。家に帰ることは寝てしまうことだから、夕めしを早くすませておかでぶらぶらしているのである。庄吉の家では発動機からつく暗い燈で、二畳間にいてもつまらないのだが庄吉の外は誰もおかに上らないのである。夕めしがすめばじいちゃんが、

「勿体ないから電気を消せ」

と父うちゃんに云うのだ。電気を消せば部屋の中は真っ暗である。舟の家は物干場が広

くて屋根のある二畳間の隅に庄吉が寝るのである。すぐ横に母親が寝て、その隣りがじいちゃんで父うちゃんは一番向うの隅に寝るのである。狭いので重なることもあるぐらいだった。

その晩も庄吉はおかから帰ってくるとすぐ寝た。電気が消えているので二畳間は真っ暗だが、狭いので暗くても自分の寝るところはすぐわかった。夜中に釣舟屋の親父が怒鳴る声で目をさました。

「あの野郎、また呑んできやァがったな、いくら云ってもわからねえ野郎だ、どこで呑んできやがったんだ、文なしでも呑んできやァがるんだ」

その時、二階から、

「ううん！」

と云う声がした。芳ちゃんは何か苦しがって唸りだしたらしいのだ。

「芳公、どうしたんだ？」

と下から親父がまた怒鳴った。

「うう、苦しくてしようがねえ」

と二階から聞えてきた。それで親父の怒鳴るのも止んでしまった。だが少したつと下から親父がまた大声を出した。

「芳公、苦しいか？　苦しかったら氷でも買ってきてやろうか」

それから小さい声になって、

「苦しがる程呑みやがって、馬鹿野郎」

釣舟屋の親父はあんなに芳ちゃんを怒鳴るけど、氷まで買ってきてやろうなんて云うのである。うちのじいちゃんが父うちゃんを怒るのは全然違う怒りかたである。

庄吉はそんなことや、水に映った顔のことなどを思い出したのでなかなか眠れなくなってしまった。それに、真っ暗の中でまたじじいの本を読むような小言が始まったのである。

「馬鹿につける薬はないと云うが、吉の奴のすることなど阿呆なことばっかりだ、電球の球を買ってくればすぐに毀《こわ》してしまうワ、ものの冥利ということなど薬にしたくもない野郎だから始末にいかないワ、そのくせ稼ぎということが何一つもない能なし野郎だからあきれた奴だワ、舟の仕事の暇のときなどおかのどこへでも行って稼いで来ようという了見など薬にしたくもないワ、腹がへったと云っては飯ばかり食ってるワ、向うから舟が来ても云われなければ除けようともしないワ、それじゃァ舟がぶっつかれば明日から食うに困るということも考えないワ、舟は二万や三万で買えるもんじゃねえワ、この舟を買うときはどんな苦労をしたか吉の奴なんぞ」

何を云われても父親は黙っていた。母親は知らぬ顔をしていた。母親が父うちゃんを怒るときは金切り声で騒ぎ立てるのである。母親はじじいを怒ることなどなかった。

庄吉は眠れないだけではなく目がぱっちりとあいてしまった。

いつの間にかじじいの小言が止んでいた。気がつくと家が小さく揺れている。ふと横を見ると母親とじじいが折り重なってふるえているのである。庄吉は何かしら大人の人達の隠し事が行われているのだと気づいた。それから起ったあの出来事、黒い影絵が劇しく争った喧嘩。声も立てないで真っ暗の中であばれた不思議な喧嘩だった。知らないふりをしていなければいけないと思った。息を殺して動かないでいた。

それは向うの隅に寝ていた父親がむっくり起き上って庄吉と母親の間に入り込んできたのである。そして父親が母親の身体にくっついてしまったので庄吉の身体は重い石に押しつけられたようで苦しくてたまらなかった。父うちゃんだから仕方がないと思ったが、石のように重たいのである。押しつぶされてしまうかと思うぐらいだが、知らないふりをしていなければいけないと思ったので声を出すことも出来ないで怺《こら》えていた。そうすると、じじいが手を延ばして父うちゃんの頭をぴたん！　とひっぱたいたのである。それでも父うちゃんは母親にしがみついているのだ。じじいも母親にしがみついているのだ。誰も声も立てないでいるのだ。ときどき、じじいが父親の頭をひっぱたく音が大きく響いた。

そのうちに父うちゃんが立ち上ったのである。庄吉はやっとらくになった。立ち上った父親はじじいの首に両手をかけた。どすーんと家が大きく揺れてじじいも父うちゃんも板戸にぶっつかった。家のまわりの水が波立ってびちゃびちゃと音がした。こんどは父うちゃんが母親に折り重なってしまったのである。そうするとじじいが起き上って父うちゃんの首に齧《かじ》りついた。父うちゃんを引きずり落そうとするのである。だが父うちゃんは母親の身体から離れなかった。

じじいは父うちゃんのところかまわずひっぱたいたり、蹴とばした。それでも父うちゃんはしがみついて離れなかった。じじいはまるで気違いのようになって父うちゃんを蹴とばした。そのたびに家が大きく揺れた。それは黒い魔ものが声も出さないであばれているようだ。

庄吉は怖しくなって泣き出した。

だが誰も知らぬふりをしているのである。

また家が大きく揺れた。庄吉は泣きながら知らぬまに眠ってしまった。

するとまた家が大きく揺れて目がさめてしまった。じじいが父うちゃんの耳をねじって摑んで立ち上らせていた。父うちゃんは黙ったまま耳をひっぱられて物干場の方につれて行かれた。じじいだけがすぐかえってきて母親のそばに坐った。

（ぴたん！）

と音がして母親がひっぱたかれた。流しのギターの音が聞えて、またあの深川流しの歌を唄っているのである。

翌朝目をさました時には、庄吉はもう昨夜《ゆうべ》のことなど忘れていた。黒船橋の上を都電が荒い音を立てて走っていて陽が舟の真上になってるのだから、もう昼飯頃になるだろう。

みんなが朝寝坊してしまったのである。ミソ汁の匂いがしてきて、それがたまらなくうまそうに匂った。腹がへってたまらなかった。じじいも母親も黙り込んで坐っていて、ひとことも云わないのである。いつもならぶつぶつ小言を云い出すのだが今日は妙に黙り込んでいた。

朝飯の支度などもう出来上っているのである。庄吉が、

「腹がへったァ」

とさわいだら、母親がお膳を持って来た。庄吉はすぐそのそばに寄って行った。支度と云っても膳の上に箸と茶碗を重ねて出して、釜とミソ汁の鍋をおくだけである。庄吉が箸を持つと母親がすぐ飯をよそってくれた。その次にじじいの茶碗と母親の茶碗に飯をよそうのである。父うちゃんだけは自分でよそうのだった。それから三人のミソ汁をよそったので庄吉はすぐ茶碗を持って飯を一口たべた。いつもならみんなすぐに食べはじめるのだが今日は誰も食べ始めないのである。なんだかいつもと違うような気がするので飯をかみながらみんなの顔を眺めまわした。みんなむっつりしているのである。

そのうち母親とじじいが少しずつ食べはじめた。すると父うちゃんが自分の茶碗に飯とミソ汁をよそって箸を持った。

その時だった。じじいが手に持っていた箸と茶碗を置いて立ち上ったのである。じじいは父うちゃんの首すじを摑んだ。片方の手で父うちゃんの右手をねじり上げて背中に廻し

てしまったのである。それでも父うちゃんは黙ってじじいのするままである。じじいは父うちゃんの首すじをひっぱるようにして歩かせて物干場から板道の上を渡って行った。そこで力まかせに父うちゃんを突きとばしたのだった。父うちゃんは貝殻の山の上に這いつくばってしまった。

それから庄吉だち三人だけで飯を食べはじめたのである。食べ終ってから庄吉は首を出しておかの父うちゃんの方を眺めた。父うちゃんは貝殻の山に腰をおろして下を向いていた。

「父うちゃん！」

と庄吉は呼んだ。だが父うちゃんは下を向いたままだった。

家がこ刻みに揺れてきた。じじいが発動機をかけたのである。ぽんぽんと音がして少しずつ動き出した。

庄吉は物干場で、

「父うちゃん」

と大きい声で呼んだ。そうするとじじいが、

「馬鹿ッ！」

と怒ったのだ。いつも小さい声で小言を云ってるじじいがこんなに大きい声を出したので怖くなってきた。船がだんだん離れて父うちゃんの姿が小さくなっていった。ぽんぽん

と音を立てて隅田川を下って築地の青物市場の河岸に着いた。仲仕《なかし》が五六人で蜜柑《みかん》の箱を担いできて物干場に積み上げげた。庄吉は蜜柑箱を見るとうれしくなってしまったので父うちゃんのことも忘れてしまった。この蜜柑箱は千住の河岸まで運んでそれで今日の仕事がすんだのである。昼飯頃から仕事を始めたので蜜柑箱を降ろしたらもう日が沈みはじめていた。おまけにあげ潮だったので千住大橋のところから随分のろくなってしまった。言問《こととい》橋から吾妻《あづま》橋の下をくぐる頃はおかにはネオンが輝きはじめていた。永代橋を曲っていつもの川っぷちまで来た時はまっ暗になってしまった。釣舟屋の二階の燈が見えたが芳ちゃんはもう出掛けてしまっただろうと思った。舟がそこまで来た時、庄吉は川っぷちに父うちゃんが立っているのを見つけた。

「そうだ、父うちゃんは今朝から待っていたのだ！」

と思い出した。庄吉は父うちゃんの方を見てにっこり笑った。だが父うちゃんはぼんやりと立っているだけである。舟がその前まできて止ろうとした時、じじいが、

「あッ！」

と声をたてた。そして母親に、

「枝川のおやじ達が来てるぞ！」

とあわてて云った。父うちゃんのうしろに母親の里の両親が立っていたのである。

「あれ」

と母親は一寸うれしそうにおかを見上げた。舟が止ると板の道を渡って枝川のじいちゃんとばあちゃんが物干場に降りてきた。その後から父うちゃんもつづいて降りてきたのである。三人とも二畳間に坐って黙り込んでいた。母親もそこへきて坐った。

「じいちゃんは？」

と枝川のじいちゃんが庄吉に聞いた。庄吉はみよしの方を見ると、さっき、川っぷちのかぎに舟をつないでいたじじいが居ないのである。

「あれ、あそこにいたけど」

驚いて云うとかあちゃんが、

「すぐ来るだろう、お茶でも入れようか」

と云ったがお湯をわかす支度もしないで坐ったままである。

「じじいはどこへ行っちゃったのか？」

と庄吉は思った。板道をわたらないでおかに上ってしまったのだから、つなをかぎにかけながら川っぷちをよじ登っておかへ上ったのだと思うと、よくあんなところを這い上ったものだと思った。

庄吉は母親の膝にもたれて父うちゃんの方に足を投げ出した。

じじいは仲々帰って来ないのである。みんな黙ったままでいるのでおかへ上ろうと思ったが、銭を貰わなければつまらないので黙って待っていた。枝川のばあちゃんはいつでも

こうして待っていれば小遣をくれるのである。今日はなかなかくれないが、

「忘れているんじゃねえのか？」

と帯のところばかりを見ていた。みんな黙ったままである。隅にはふとんも重ねておくので狭い二畳間に庄吉もいれると五人である。顔ばかり並んでいて、みんな黙っているので寝ころんで見ていると首ばかりの紙人形みたいである。

そのうち板の道を渡る音がしたかと思うと、どんと音がして家が大きく揺れた。物干場に誰か降りてきたのだが、こんなに揺れるわけがなかった。

みんなが飛び出してみると、じじいが一升瓶を持ち上げたまま横倒しになっているのである。降りそこねて倒れてしまったのだった。だが叫び声もあげないで起き上ろうともしないのである。枝川のじいちゃんがそばにとんで行って、

「怪我はしなかったかい？」

じじいは何も云わず一升瓶を差し出した。枝川のじいちゃんはすぐ受取って、

「これを割らなくてよかったよ、あぶないところだった」

そう云うと、じじいは少しずつ身体を起し始めた。

枝川のじいちゃんは二畳間にはいると坐り込んだ。一升瓶を握って膝の間にはさむと、その手にあごを当てていた。じじいは足をひきずりながら入ってきたが横になって、母ちゃんの腰のところに首をかくして、うーんと痛そうな声で唸り出したのである。母親が、

「じいちゃんの足をさすってやりなよ」

と庄吉に云ったので、庄吉は云われるとおりにじじいの足をなでてやった。

また、みんな黙ってしまったのである。じじいが足を出しているので、狭いところが尚せまくなってしまった。

するど枝川のじいちゃんが身体をゆすりながら、

「ところで、今日、吉がうちへきて」

と云い出すと、じじいが、

「うーん」

と唸り出した。枝川のばあちゃんが、

「あれ、そんなに苦しがるならお医者へでも行かなきゃ」

と云った。

みんなまた黙ってしまった。

また枝川のじいさんが、

「今日、吉がうちへ来て、追い出されたと云うんだが本当かい？」

枝川のじいちゃんは一升瓶にほお杖をつきながら云っているので、よくしゃべれないような云い方である。

そうすると、じじいがまた、

「うーん」

と唸り出した。じじいの手が動いて母親の腰のところをつつくのが庄吉のところではよく見えるのである。じじいが唸り出すと、みな黙り込んでしまうのだった。

こんどは枝川のばあちゃんが云った。

「追い出すなんて、そんな可哀相なことをしちゃァ」

急に母親が、

「こんなものは亭主だと思っちゃいないよ」

と甲高《かんだか》い声で云い放った。

またみんな黙り込んでしまったのである。

枝川のばあちゃんが、

「それはお前の我儘《わがまま》というものさ」

母親は声を前よりはり上げた。

「どうせ、わたしは我儘だよ、こんなものと、こんな阿呆と一緒になってるなら死んでしまうから」

母親はもう泣き声である。庄吉はびっくりした。母あちゃんが死んでしまっては困ると思ったので、わーっと泣き出した。そうしたら枝川のばあちゃんが頭をさすってくれた。

枝川のじいちゃんが立上って云った。

「まあ、吉をおいてゆくから、みんなしっかり働いてもらうさ」

じじいがむっくり起き上って、にっこり笑って元気な声で云った。

「枝川のとうさん、一杯だすつもりだったが腰が痛くて仕様がねえよ、それを持って帰ってゆっくりやって下さいよ」

と云いながら酒をのむ手つきをした。

「すまんねえ、それじゃ吉のことはたのんだよ、みんなしっかり働いてもらうさ」

だが、ばあちゃんは立ち上らなかった。肩をいからせるようにして、じじいに向って云った。

「このうちじゃ、この舟に三人とも乗ってるから、いつになってもごたごたするんだよ」

じじいはまた、

「うーん」

と唸り出した。そして母親の腰をぐんぐん押すのである。

母あちゃんの顔色がさっと真っ青になって、

「それじゃ、どうすりゃいいんだよ」

ばあちゃんは、こんどは母親に顔をむけた。

「ここのじいさんなんぞ、そろそろおかへ上って暮したらいいじゃないか、そうそう、いつまでも舟にのっていなくても、食ってゆくぐらいは吉にまかせとけば、それぐらい稼ぐよ」

じじいはこんどは唸り声も出さないで手で母親の尻をつねった。

母親は茶碗を摑んで父うちゃんの方に投げつけてしまったのである。板壁に当ってがちゃんと割れた。それから母あちゃんはばあちゃんの肩に手をかけてどーんとうしろに押し倒すとわーっと泣き出した。ばあちゃんもわーっと泣き出した。庄吉は泣くことも出来なくなってしまう程、身体がふるえてきた。

じじいが立ち上って、ばあちゃんの手を握って起してやって云った。

「まあまあ、そんなに心配しないで下さいよ、わしがおかへ上ることにするから、大丈夫ですよ、わしも、そろそろおかで暮そうと思っていたのだから、そんなに心配しないで下さいよ」

それをきくと枝川のじいちゃんが、

「そうかい、そうかい」

そう云いながら一升瓶をぶらぶらさせて庄吉に云った。

「庄坊、今夜枝川へ行って泊らないか?」

庄吉は途端にもう怖いことも、泣き出そうとしたことも忘れてしまった。一人でどんどん板道を渡っておかに上ってしまった。ふりむくと、いま泣いていたばあちゃんが笑い顔をして物干場のところで母あちゃんに、

「お前の髪は、いま流行《はや》りの恰好だね、よく似合うよ」

お世辞みたいな云い方をしているのである。

枝川のじいちゃんと三人で黒船橋の上から見降ろすと、物干場で父うちゃんが一人で立っていた。庄吉はさっき、ばあちゃんが母親と喧嘩したことを思い出したのでばあちゃんに、

「お母あちゃんは馬鹿だね、じじいと話ばっかりしてるんだよ、馬鹿だよ」

そう云えばばあちゃんが嬉しがると思ったが、ばあちゃんは何とも云わないでじいちゃんに云った。

「庄坊が大きくならないうちに、別れてくれて、ほんとによかったよ」

庄吉は翌日も一日中枝川で遊んだ。その晩も枝川に泊って、三日目になったら家に帰りたくなったので一人で帰ってきた。

川っぷちにはどの舟もいなかった。仲町で遊んで日暮になってから川っぷちに行ったらどの舟の家も帰っていたが、庄吉の家の舟だけは帰って来ていないのだ。仕方がないから川っぷちに立って待っていた。少し待っていたら向うの舟のおじさんが頭を出して庄吉に教えてくれた。

「庄坊、おめえのとこの舟はなァ、古石場にいたぞ」

「なーんだ、今夜は古石場に泊るのか」

と思ったのですぐ歩き出した。黒船橋を渡って牡丹町一丁目を通り越中島《えっちゅうじま》を左に曲れば古石場である。きっと調練橋のところだろうと思って行ったら、やっぱりそこに舟が止っていた。そこでも舟に渡る板の橋があって庄吉はどーんと勢よく我が家にとび降りた。二畳間に入って行ったらじじいと母親が向い合って夕食を食べていた。庄吉は腹がへっていたので急いで飯をたべはじめた。食べ終ると父うちゃんがいないのに気がついた。

「父うちゃんは？」

と母親にきいた。

「もういないぞ、あんなものは父うちゃんじゃないぞ」

と小言みたいなひくい声でじじいが云った。庄吉はやっぱりそうだったのだ、父うちゃんは本当はお父うちゃんじゃなかったのだと思った。

それからずーっと古石場にばかり泊った。父うちゃんは幾日たっても帰って来なかった。舟の荷も変って丸材ばかりを積んだりおろしたりした。発動機をかけるのはじいちゃんがした。父うちゃんがいなくなったので砂は止めてしまったのだった。毎日平久橋の下を通って木場の橋ばかりを通った。

風が寒い日が続いて荷も変った。また蜜柑箱ばかりを積むようになった。荷が変るとまた黒船橋の川っぷちに泊るようになった。仲町の通りは松や竹が並んで騒がしく大売出しの赤や黄色い旗が風に吹かれていた。父うちゃんがいなくなったので庄吉は釣舟屋の芳ちゃんの後をよくついて歩いた。芳ちゃんは相変らず夜になると手で頭にポマードをつけて、新聞をジャッと破いてその手を拭いて、ぽーんと舟の方に投げるのである。それから櫛でなでつけて、口笛を吹きながら出掛けてしまうのだった。

釣舟屋の親父が、

「あの野郎、またどこかへ行きやがった」

と大きい声で怒鳴って、夜おそく芳ちゃんが帰ってくるのだ。

「この野郎、また呑んで来やがった」

と大声を出すのである。その声で目がさめて、またあの流しの二人組のギターが聞えてくるのだった。

サンタクロースが街を通るという朝だった。庄吉の家に警察から二人づれのおじさんがたずねてきて、じじいも母親もその人達と一緒に行ってしまった。

「庄坊は枝川の家に行くんだよ」

じじいも母親もふるえるような声で、同じことを云って行ってしまった。

行くとすぐ釣舟屋の親父がとんで来た。

「枝川から迎いに来るまでうちで遊んでいな」

釣舟屋の親父はいつもの大声を出さないで女のような声で云うのである。お菓子をくれたりして違う人のようである。

「庄坊、父うちゃんの幽霊が出やしないかい？」

「どこに？」

庄吉はびっくりしてきき返した。

「庄ちゃんなどに幽霊が出やしないよ、なんの罪もないんだから」

と奥の方からおばさんの声がした。庄吉はなんのことだかわからなかった。

少したつと川っぷちに大勢の人が集って騒がしくなった。黒船橋の上も人で一杯だった。みんな川を眺めているのである。

「何んだろう？」

と庄吉は見に行こうとした。そうすると釣舟屋のおばさんが怒るような云い方をするのである。

「庄坊、行かないでいなよ、見るんじゃないよ」

釣舟屋の親父は、

「まだ出て来ないぞ」

と云って家の中にとび込んできた。すぐまた、

「出て来たか？」

と叫んでとび出して行った。すぐまた家の中にとび込んで来て云った。

「庄坊、見るじゃねえぞ」

その時、表の方で誰かが大声を出した。親父はすぐ、

「出て来たか？」

と云ってとび出して行った。

庄吉は、はっと思った。

「そうだ、さっき云った父うちゃんの幽霊が出てくるのだ」

そう思うと足がふるえてきた。釣舟屋の親父がまた飛びこんできて、

「まだ出ないぞ、あそこは泥が深いなァ」

その時、表から枝川のじいちゃんが入ってきた。庄吉はわーっと泣き出して飛びついた。

それから枝川へ行って泊った。じいちゃんもばあちゃんもひそひそと内緒ばなしばかりしているのでつまらなかった。

明日はお正月だという日だった。母あちゃんもじじいも帰ってきたそうだが、ばあちゃんが、

「枝川にいなよ」

と云ったので帰らないでいた。二日の夕方川っぷちへ行った。黒船橋の上からうちの舟を見ると、物干場でじじいが団扇《うちわ》で七輪の火をあおいでいた。庄吉は板の橋を渡ってどーんと物干場にとび降りた。

「じいちゃん、今までどこへ行っていたんだよお」

ときくと、

「あー、アタミへ行って来たんだぞ」

と、小言みたいに云った。

「アタミってどこだよお？」

ときいたら怒るような云い方で、

「いいところだぞ、涼しいところだったワ」

そう云ってボロ団扇で庄吉をあおぎながら、

「あっはっは」

と大きい声で笑うのである。じじいがでかい声を出すのは怖かった。寒くてかなわないので逃げ出して二畳間へ行った。そうしたら母あちゃんは寝ていたがぱっと起き上った。庄吉を見ると怖い顔をして、

「あれ、びっくりするじゃないか、ばたばた飛んできて、いやだよ」

と怒ったがすぐに、お盆のミカンを転がすようにいくつもくれて、

「もう初荷で蜜柑箱を積んだんだよ、あしたも忙しいよ、松の内は蜜柑箱と暮すことになりそうだよ」

庄吉はミカンを拾いながら、

「坊ばかりおいて、いいところへ行って」

と云うと、母親はまたミカンを二つも三つも転がしてくれた。

「あしたも一箱ぐらい祝儀で貰えるよ」

「枝川じゃ一つ宛《ずつ》しかくれないのに、こんなに、みんな俺のだぞ」

みんな食ってしまうぞとうれしくなってしまった。おかに行って釣舟屋の芳ちゃんにも見せてやろうと思って持って行ったがいなかった。

芳ちゃんはいろんなものを、いつもくれたりした。かじりかけたりんごでもくれるのである。

「おめえ、おれのうちの子になれよ」

とも云うのである。だがじじいは、

「あんな奴のところへ遊びに行くじゃねえぞ」

と、小言みたいに云うが、遊びに行っても怒りもしなかった。

芳ちゃんがいないからミカンを半分だけとっておいた。

仲町のお不動様に鬼が出るという日だった。今日から荷が変ってまた丸材になった。庄吉はいり豆を入れた欠け盆を持って、

「早く荷を降ろして帰ろうよ」

と云った。庄吉は早く豆をまきたがっていた。だが木場の狭いところばかりを通る水路《みち》だったので急げないのだ。東駒形で荷を降ろして帰りについた時は夕方近くになってしま

った。みよしにつるした鰯《いわし》の頭をぼんやり眺めているときに、庄吉は父うちゃんの幽霊を見たのである。

舟は撞木《しゅもく》橋から十字路を菊花橋の方へ曲ろうとしていた。ぷーんと、どこからか臭い匂いがしてきた。肥舟の通るときの匂いである。その肥舟のともの方に人夫らしい男が一人立っていた。すれちがった途端、その顔を見た庄吉は、

「わーッ、父うちゃんの幽霊だ！」

と、大声を出して二畳間に馳け込んで、いきなり母親にとびついた。

「なんだ、なんだよ、びっくりするじゃァないか、バカ」

と、母あちゃんは青い顔になって云った。発動機のそばで舵を握っていたじじいがすぐ川を見た。

「父うちゃんの幽霊だ、あそこだ！」

「何を云やァがるんだ、ありゃお前」

と、大声で云いながら母親を振り返って、

「お前、吉の奴だよ、吉の奴が肥舟に乗って」

「あれ、そおー」

母親はなんだか安心したように云った。

じじいが小言みたように、

「のたれ死でもしたかと思ったが、見てみろよ、フッフッふ」

と笑った。母親も笑って、

「あんな奴の顔は、見たくもないよ」

と、云った。

「庄坊、あいつには足があるんじゃないか」

じじいは、どんと発動機のそばに腰をおろした。

(なーんだ、幽霊じゃなかったのか)

と、庄吉は思った。覗いてみたら、もう肥舟は曲り切って見えなかった。庄吉はともの方へ急いで行った。手を上げて、

「父うちゃん!」

と振った。舟が大きく揺れて庄吉はころげおちそうになった。わーっと大声を出してしぶき除けにしがみついた。

白笑
うすらわらい

隣りの家の屋根は、こちらの家の縁側よりも低い位置にある程、はげしい傾斜であるこの村を流れる小川の速さ、は騒々しい音を立てていた。

その流れも源造の家の前では滝のようになっていたので、水音のために人の来たのも聞えないし、余程大きな声を出さなければ家の中に呼びかけることもできなかった。

源造の家は小さかったが大きい柿の木があった。もう老木だったので実もあまり生《な》らなかった。それも小さな渋柿で——こんな柿は山柿だ——と、源造の三ツになる女の児がままごと遊びに翫《もてあそ》ぶ程度のものだったが、それでもくし柿にすると彼女の美味しいオヤツになった。

この山柿は何十年も前から横枝が一本だけ太くのび、小川と道を通り越して三太郎の家の柿の木までとどいていた。

三太郎の家の柿の木は源造の家の柿の木よりはるかに大きく、まっすぐにのびたハチヤ柿の木ぶりは松の大木のように見事なもので、村の火の見櫓《やぐら》より高く、三太郎の家を柿の木の三太郎と村人は呼ぶ程だった。

この村の遥か下には甲府盆地と峡東地方を境に区切る笛吹川が二筋の堤防を城壁のように抱えて流れていた。

源造の家の前の小川も、三太郎の家の裏の大川も、笛吹川をめがけて走っていた。三太郎の家の裏の大川は、かなり幅の広い川で村の小川のほとんどがこの大川にそそいでいた。

三太郎の家の柿の木は笛吹川の向うからも村の目印になる程よく見えた。

源造の家の柿の木はだめだったが三太郎の家の柿の木はよく実るのでも有名だった。

「三千個も生ったよ」

「いや、去年は四千個だった」

三太郎は甲州名物ころ柿の本場は俺の家の柿のことだと自慢していた。

源造の家の柿の木の横枝は子供達が登ったり、吊《つる》さったりしてよい遊び場所になっていた。

今年も豆柿が沢山生った。

どんどんと水音が鳴っているそばで子供達は騒ぎながら遊んでいた。

源造は縁側で足を投げだして釣網を編んでいた。顔をあげれば三太郎の家の柿の枝が折れそうに垂れ下っているのが目につくのだった。

癪に障る程生っていた。それを朝から晩まで見なければならなかった源造には羨ましいより憎らしく思えた。

源造ばかりでなく村では誰もが、

「五千も六千も生ってるだろう！」

と、よその柿の数を想像して憎々しく思ったりした。

「ねえ、三太郎さんの家でも嫁を貰うそうよ」

「ふーん」

源造は妻の鈴子が話しかけても、三太郎の家のことなので興のない返事をした。

「忠太郎さんはまだ二十一だよ」

「………」

「一人息子で道楽者だから早く落ちつかせようっていう三太郎さんの腹さ」

「………」

「忠太郎さんが家をとび出したのは何回ぐらいだったっけ？」

「………」

「二回や三回じゃなかったねえ」

「………」

「花嫁は二十五だそうよ」

「どこから来るんだい？」

源造は何げなく訊《こ》う聞いた。

「川向うの正助さんの娘だとさ」

「じゃァ、おきくさんというのかい？」

「ええ」

源造は、

「ふーん」

と、鼻の先でかすかに笑った。


柿の木で羨ましがられた三太郎の家も、一人息子の忠太郎が無鉄砲な性質で、他人の喧嘩を引き受けては大怪我をしたり、親の金をごっそり摑み出しては東京や熱海を遊び歩いたりしたことも何回かあった。金を費《つか》うことが乱暴で持ってる金はみんな費ってしまわなければ納まらない性質だった。

「早く嫁を貰って落ちつかせるのだよ」

「孫も見れるし」

「野良仕事も手が増すことになるだよ」

「めしの仕度もして貰えるし」

と三太郎夫婦は忠太郎の嫁を早く貰うことに意見が一致した。

川向うの正助さんの娘おきくとの縁談が親同志ではまとまったけれども当人の忠太郎が乗り気ではなかった。

「年上の女となんか」

と見合いに行くときも帰る道でもいった。だが、忠太郎の口ぶりは嫌だといって絶対に断るという風にも見えなかった。

「貰うかなァ……」

と、冗談のように言うこともあった。

そのたびに三太郎夫婦はすすめさえすれば息子は貰うだろうと思い込むのだった。忠太郎の方では結婚するということを真剣に考えたこともなかったが、親達が「貰う貰う」と話しているのを何度も聞いていると結婚してもよいような気になるのだった。幾人かの候補者も数えられたが忠太郎の不評判が祟って、嫁に来てくれるという相手は年上のおきくだけであった。

おきくの家の方でも、忠太郎の家が百姓としては小金を持っているし、耕す土地も多く持っている相手だったので乗り気だった。それに、娘が二十五歳にもなってしまったのでこの縁談はどうしてもまとめたいと思っていた。

見合いの時の親切そうなおきくの態度に忠太郎も好感は持った。だが我儘を言ってみた

い一人息子の忠太郎は話をすすめようとする親達をからかうように、

「年上だから」

と、子供がダダをこねるように言ったりするのだった。

忠太郎の母親は相手のおきくの長所ばかりを並べたてててはすすめた。

「おきくさんはおとなしい、よく働く娘だそうよ、若い娘を貰ったりしては役に立つものかい！　お前より年下の娘を貰ってごらん、子供を貰うようなものさ、おきくさんみたいなひとがうちに来てくれれば私だちだってどのくらい楽にできるか知れないよ！」

南アルプスが天の一角に大な姿を浮び上らせて、笛吹川に反射する秋の夕陽は輝いていた。

三太郎自慢の柿の木は鈴生りになって夕陽をあびていた。三太郎は毎日毎日酔ったように笛吹川を眺めたり、我が家の柿を眺めた。

笛吹川の向うからは忠太郎の花嫁や附添って来る人達は、この鈴生りの柿の木の下をくぐって家の中にはいって来るのだ。

ひょっとしたら枝が邪魔になって通れないかも知れない？

そうしたら、

「こんなに生りすぎて困りものですよ」

と、言いながら儂《わし》が枝を持ち上げて、

「さあ、さあ早く通って下さい」そのとき、花嫁の簪《かんざし》にさわらないように気をつけることにしよう。

「こんなに生りすぎては困りものですよ」

と、言ってやろう。

三太郎は息子の祝言日が来るのが待ちどおしかった。輿入れの荷物も意外に思う程仕度されている、とも知らされていた。「忠太郎もやっと身が落ちつくことだろうし、妻も楽ができるようになるだろう。妻も年寄りではないが、五十となれば楽ではないさ、働いている恰好が可哀相に見えるときだってある。忠太郎も儂から見ればまだ子供だが、貰ってしまえば何かにつけてよかったと思うことだろう、始めは気もすすまなかったようだが後では喜んでくれるだろうよ。忠太郎は子供だが花嫁はそこのところをうまくやってくれるだろう、若い夫婦は別の部屋に二人切りで寝かせてやろう、裏の土蔵の二階に手を入れて、住めるようにしてやろう。花嫁は利巧な娘さ。柿も今年はめっぽう沢山生った」

夫婦とも喜んでいたが三太郎の喜びは、また特別だった。

「花嫁の荷が来たとよー」

「沢山の荷だそうよ……」

「早く行って見んかい！」

と、村の女達が叫ぶように誘いながら源造の家の前を走って行った。

その声は源造の妻にも誘いかけた。女たちは水音がやかましいので特別大きな声を出して呼びかけるのだった。

それが、源造にはあてつけのようにも聞こえるのであった。

妻の鈴子はもうとっくに飛んで行っていた。

鈴子が嫁入りの時は僅かな荷だった。こうりと、ふとんがリヤカーで運ばれて来ただけだった。その荷物の少なかったことが今でも源造の妻にはひけ目に思われていて、何かそうした話の出たときは泣きだしたりすることもあったりするので、荷物の多い三太郎の家の輿入れが胸くそが悪くなるのは当然のことだった。柿の木だけでも癪でたまらないのに、怒鳴るように家の中へ呼びかけてゆくのは当こすりとしか思えなかった。

間もなく源造の妻は帰って来た。その目はありありと嫉妬で輝いていた。彼女は、到底、自分など及びもつかないことだと言うより外にはどうすることもできなかった。

だから、花嫁の荷物が如何に沢山であるかを源造に並べ立てた。

「たんすが二棹、大きなねずみ入らず、外にふとんが山程」

「…………」

「それに生花と茶道具まで……」

「…………」

鈴子はだまってきいている源造の気持もよく知っていた。だが、しまいには、及びもつかない自分をどうすることもできないように源造の前に立塞がって、

「あすの晩の祝言には振袖で来るそうよ、振袖で!!」

と、叫ぶように言った。

源造も妻の目を見た。妻のそんな目を見ると源造はたまらなくなった。

夫婦の瞳はしばらくの間、見つめあっていた。源造はおさえつけられてしまったような苦しさだった。

源造は逃げ場を見つけたように妻から目をそらせて、

「川向うのおきくさんかい……そんなら……」

と、源造は、今まで秘密にしていたあのことを話してしまおうかと喉のところまで言葉が出て来たが、やっぱり止めてしまった。

夜になってからも源造夫婦はひっそりしていた。鈴子は花嫁の仕度を讃えたものの、何んとか悪口を言いたかった。

「洋服ダンスがなかったよ」

と、荷物がまだ不足であるような口ぶりに変っていた。

源造はもうこの話を聞くのが嫌でたまらなかった。

「そんなに羨むなよ」

と、怒るような返事をしていた。その声は自分自身を怒っているような気もしていた。

その時、
入口の戸が、ガラッと開いてのっそりと入って来た男があった。その男は何か笑い出しそうな顔付で無造作に上って来ると、源造の肩をポンと叩いて言った。

「おきくさんが目と鼻のところに嫁に来るとはどんなもんだい……」

この男は隣り村に住んでいて、源造とは若い時からの遊び相手だった。

源造は、

「つまらぬことを言うなよ」

と、小声で言ったが、その顔にはやはり笑が漂っていた。

「おきくさんを知ってるの？」

と源造の妻はその男に聞いた。

「よく知ってるよ、けど俺よりも源造さんの方がよく知ってるはずさ、知ってるどころか誰も知らない味まで知ってるよ」

源造の妻はその男がつづけて言う言葉を聞いて呆気にとられてしまった。

「おきくさんは、つまり源造さんに処女を提供したんだよ」

源造はここまで話されてしまったので平気で話すことができた。

「ずっと昔のことさ、あの娘もまだ小娘だったよ、俺の若い頃はいろ男だったものさ」

源造はこう言ってしまうと若い頃の自慢話をしているような気持になった。

妻は、この腹の立つような話をきいたけれども源造が平気で言ってしまったことなので笑い出してしまった。彼女は夫の汚い過去のことを知った不快さなどほとんど起こらなかった。

源造の妻は笑っていた。

それは結婚前のことだし、何んだか三太郎の家に対して優越感を得たよろこびを含んだ可笑しさだった。

その秘密は源造の妻はいま始めて知ったのだが、この男はここまで来る途中でもうしゃべってきていた。

村人達にそれは次第に拡がり始めていた。村人達はこのニュースを喜んだ。花嫁仕度が立派すぎるのでなにかにケチをつけたかったのだった。彼等には時の政府が更迭するよりも身近に響いたことなのである。

噂は村中に拡がっていった。知らないのは三太郎一家だけで、茶のみ話の材料になったり、中にはその噂をしたいために、わざわざよその家に出かけたりするものもあった。その上、一部の子供達には話し合っては笑っている大人達の噂が何か秘密なしかも面白いことでもあるように思って耳をそばだてて、聞こうとする早熟な子供もあったり、意味もわからないのに花嫁の話のあとには必ずつけ加えることだと思う程拡がってしまった。

その頃、花嫁衣裳に飾られた振袖姿のおきくを乗せた人力車は近親者達に附添われて笛吹川の向うから柿の木を目ざして急いでいた。

おきくはそんなことを言いふらされているとも知らず人力車にゆられていた。車に乗ってるのは自分だけで親戚の人達は紋附姿も厳《いかめ》しく人力車をとりまいているのだ。家を去るのは淋しかった。けれども売れ残り女だなんて思われて肩身のせまかったのが、これでもうその心配がなくなるのだ。親達などは二十歳頃から心配していたのだから今年で五年間も心配しつづけたのだ。その心配もこれでなくなってしまうのだと思うと、うちを離れる淋しさと、嬉しさが一緒になって涙が出てくるのだった。心の底から泣けてくるのではないけれど悲しいような涙が出てくるのだった。笛吹川の橋を渡りかけた時、おきくは我が家の方を振返った。うちの屋根が一寸見えるだけだった。

歩いている人達と同じのろさなので橋をわたるだけでもかなりかかった。橋を終る頃、彼女はふと前方をみた。向うの高いところに柿の木が見えた。三太郎の家の柿の木が「ここだよ」と教えているような存在だった。けれども彼女にはそれと同時に——うちでみるときもそうだったが——あの柿の木を見ると必ず源造のことを思い出すのだった。

もう十年も前のことだった。まだ十六の時、何も知らないであの源造に物置小屋に連れ込まれて乙女を奪われてから悔いと恐ろしさと恥かしいあのことを思い出すのだ。あの当時は柿の木を見ると、あの木のそばに住んでいる源造が怖ろしい山男のように思えた。けれども、日が経つといつしかそんな気持も薄らいで、売れ残り女になって心細い日をすごしているうちに、やけぎみにもなって自分の身体に深い考えも持てなくなってしまった時もあった。そんな時には源造のことを思い出しても怖ろしくないときもあった。もちろんこんどあの柿の木の家に嫁に行く話が始った時も、すぐ前が源造のうちだったのが嫌なところだった。だが親達があんなに一生懸命になっているし、この話がまとまらなかったらまたいつきまるかわからないし、まさか源造さんとしてもそんなことを喋るはずがないと思っていた。また、そんなことが知れたとしても証拠があることではないのだから「嘘だ」「知らない」とがんばればよいのだ。それに相手の忠太郎さんも利巧という人ではないのだからそんなことはうまく言い含めてしまえばよいのだ。親の三太郎さん夫婦があんなによい人だから、そんなことは大丈夫さ。源造さんだって今は子供も生まれたそうだし、あのときの様子では要領のうまい人だから、あのことを知られるようなへまなことはしないだろう。うまくゆけば何かにつけて私の相談相手にもなってくれるかも知れない。どちらかといえば年下の、怠けもの、忠太郎なんかよりも源造さんの方が話し相手になってくれるだろう。

嫁に行く前に男と関係して嫁に行った人もよくあることだ、そんなに心配したことではないと思った。それより、あそこに行った方が、なんとなく気強いようにも思えるのだった。おきくは人力車の中でこんなことを考えている自分が大胆なずうずうしい女のような気がしてきた。「なんというずうずうしい考えだろう！」とも思った。彼女は自分の身体に目をやった。足許には美しい鼻緒のついた厚い草履、そのそばには目のさめるような芍薬の花模様の金紗の振袖が足許に積み重なるように盛り上っていた。それをじーっとみているると何だか自分が素晴らしい人間のような気がするのだ。昔の大名様のお姫様のような気がしてきたのだった。そう思うとずうずうしい女だなんて思えなかった。その美しい振袖を眺めていると、どんなことも押し通すことができると思った。振袖も村では初めてだが、あの沢山の嫁入り道具はどうだろう。茶器や生花の筒などは村では誰も買ったことがない程高価だったじゃぁないか、こんなに仕度をしたのだから向うの家でもびっくりしているだろう。あの茶道具などはあれより少し安いのも売っていたが、あの方を持って行ってさえ、村では誰にもないのだからと思った。それから人力車のまわりを附添っている親戚の人達の顔を眺めた。みんな大勢で立派に着飾っている様子は何んと力強いことだろう。あんなことを心配しないでもよい、忠太郎さんだって今まで何処を泊り歩いたことか知れないのだから、男女同権だから、もしあんなことが知れたって、「忠太郎さんだって道楽をしたんでしょう」って言ってやろう。

車が止った。気がつくともう柿の木の前に来ていたのだった。花嫁はしずしずと奥座敷に向って運ばれるように進んだ。奥座敷の床の間の前に特別大きな座ぶとんが二つ並んであった。おきくはその一つに座ってお姫様のように身構えた。

その晩、祝言は終って、新郎新婦は土蔵の二階の新らしい部屋に入った。

次の夜は村人を呼んで花嫁の披露をするのだった。招かれた人達は三太郎の附近の家から一人ずつと、三太郎親子の懇意にしている人達だった。それ等の人々は皆、年配者達だったのであの噂のことなどは、そ知らぬ顔で席についた。

三太郎は得意顔だった。

招かれた人達の席の後には花嫁の荷が、ずらりと並べてあった。

表に面した障子は開け放されてあり、鈴生りの柿の木は真っ赤に色づいた実を垂れていた。赤い柿が葉の数よりも多いように無数に生っている様子は、自然に生っているようではなく絵に画いたような絢爛《けんらん》さだった。

緊張した空気の中に三太郎が新郎新婦をつれて挨拶に出た。

客達の顔を穴のあく程眺めた。そして源造の顔を思い浮べた。

源造もこの席に招かれていた。彼は一番近くの家だったので来ないわけにはゆかなかった。席についていたが緊張した座の空気は割合、彼を落ちつかせていた。

そのうちに酒が運ばれた。

三太郎と忠太郎とおきくの三人が客達に酌をして廻った。

三太郎は特に懸命だった。

「さあさあ飲んで下さい。忠太郎の一生に一度の祝い酒だから……」

三太郎は自分も酔い、客達も酔わせたかった。

酒がまわると空気は一転した。それまでの重々しい気分が一変して、客達の身体は軽くなったようになり、顔も明るくなった。

三太郎も忠太郎も源造の前に行って何回も酒をすすめたが、源造は陽気になれなかった。盃がまわって唄が歌われ始めた。源造はもう帰ってもよいだろうと思った。出された御馳走もあまり食べてなかったが、隙をみてソッと下駄のあるところまで帰りかけた。

が、三太郎はそれを素早く見つけてしまった。

三太郎もかなり酔っていた。源造の手をひっぱるようにして花嫁の前につれてきた。

「おい、おきく、この方はすぐ前の家の源造さんという方だよ。一番近くの方だから特によろしくお願いしなさい」

この言葉を聞いた客達は三太郎の偶然の言葉にハッと驚いた。それは三太郎が何も知らないで言ったことなので滑稽のようでもあったのだった。

その哀れな道化は更に続いた。

「おきく、源造さんに酌をしなさい」

おきくは黙って酌をした。

客達の中に留さんという三太郎と特別に親しい男がいた。この男はこまかいことに気のつく性質だった。何んでも口出しをする男だった。

この留さんはさっきの三太郎の言葉はなにもかも知っているのだと思い込んでしまった。だからこの場合黙っていることができなかった。

留さんは源造の前に行って、食ってかかるように言った。

「おい、源造さん、あんまり親しくしては困るよ」

これは心配して言った誠意のある言葉だった。

だが、客達には留さんの言ったことが気に入らなかった。酔えばしつこくなる留さんのことなので、まだその後から何を言い出すかわからないぞと気が気でなかった。

「つまらぬことを言うもんじゃねえぞ……」

と、誰かが叱りつけた。

それでも留さんは源造の肩に手を掛けて、力一杯押えつけながら言った。

「いやつまらぬことじゃぁないよ、三太郎さんがあんなにも寛大な言い方をしてくれるのだから、その気持は感謝しなければいけないよ、なあ三太郎さんは実にものわかった人じゃぁねえかい、あの言葉の裏の意味がよくわかってくれるだろうなあ」

留さんはこう言うたびに源造の背を押えつけるのだったが、酒がまわっているのでしつこくなった。源造の頭を手で押えつけて、声もかなり大きな声になってしまった。

留さんはこんどは三太郎に何か言う気らしく近づいた。三太郎は二人のそんな話が聞こえたが何のことだかわからないので気にもとめないでいた。

客達ははらはらしだした。さあ客達は捨てておかなかった。

「馬鹿野郎っ！」

と誰かがまた怒鳴りつけた。だが留さんの方では源造を怒鳴るように言って、「感謝しろよ」と言っていた。飲めば語気が荒々しくなる客達だった。

それだけでは納まらなかった。留さんに箸を投げる者があると盃まで投げつける者もあった。

留さんは周囲の攻撃がはげしく自分の誠意が通じて貰えないのが残念だった。

彼は口惜しそうに客達に向って、

「てめえ達は薄情な奴等ばかりだぞォ」

と、うらむように叫んだ。

語気が荒々しくなれば、逆上する客達だった。この声が終るか、終らないうちに留さんは殴られていた。

一人が殴れば後からそれにつづいた。

留さんは酔っぱらい達の玩具のように殴られたり、蹴られたりされて気が遠くなってしまった。

それから彼の知っていることは、誰かが自分を抱えてくれて歩かせてくれたことだった。

何か水の中でも歩いているように自分の足は吊さって、ふんわりと何処かを歩いているような気がした。

目は何も見えなかった。

しまいには自分を抱えてくれる人にしがみついてしまった。

そこは、水の流れている音がしていた。相手の人はそこへ腰を下ろさせてくれた。

「畜生！」

と言って、留さんはその人の肩にまた抱きついた。頭や腰を蹴とばされた口惜しさが痛さがしめつけるようだった。

留さんは両腕に力をこめて抱きしめながら何回も言った。

「花嫁は源造にやられているんだとよ、あんまり仲よくされては困るじゃァねえかい」

だが、言われているのは忠太郎だった。

忠太郎は真っ青になって考え込んでしまった。そう言われれば昼のうちにも思い当ることがあった。

それは附近の子供達が道で花嫁のうわさをしている時だった。

「綺麗な振袖だったよ！」

「源造さんにやられたってよ」

忠太郎はその時、別段気にもかけず、なんのことかとも思ったが気にとめないのですぐに忘れてしまった。

だが、今留さんが何回も言っているのは、村では子供達までが知っているのである。

忠太郎は真っ青になって動かないでいた。

留さんは苦しそうに唸っていた。


その翌日は朝からひどい雨だった。

三太郎の家では近親者を呼び集めるために雨の中を使を走らせた。花嫁の家でも近親者を呼び集めていた。それは忠太郎が結婚解消だといい出したからだった。忠太郎はその理由を父親の三太郎にも母親にも打ちあけなかった。彼は花嫁の近親者達と自分の近親者達の揃ったところで理由を発表して両家の納得のゆくようにするという主張であった。

両家の近親者達が三太郎の家に集ったのは日も暮れかけた頃だった。

雨はますますひどく降りつづいていた。

集った近親者達は沈痛な顔で対座していた。彼等の前には茶のつがれた茶碗が一個ずつ飾られたように置かれてあるだけで誰も飲もうとしなかった。丁度通夜のような静けさだった。その人達は一昨夜の祝言の饗宴に列《なら》んだ人達だった。彼等は離婚の理由が何んであるかを知りたい外は何も考えてはいなかった。

「まだ、私の親達にも理由を話してないのですから一緒に聞いて戴《いただ》きたいと思います」

忠太郎は客達の方をながし目で睨みながらこう言った。その演説調な言葉は針を含んだような丁寧さだった。

彼はまた、正座して言った。

「ではその理由を申し上げます」

こう言って彼は一寸間を置いた。客達の顔は一瞬ひきしまった。

三太郎も顔を上げた。

忠太郎は再び立ち上った。そして、おきくを指差して平然として言った。

「それは花嫁が処女でなかったことであります」

こう言って、すぐにもう一度同じことをくりかえそうとした。ここまでの演説調は彼が今朝から思案を練った言葉であったがその後は口から出まかせとなってしまった。

二度目は啖呵《たんか》を切るようだった。

「花嫁は処女ではなかったぞ！」

途端、三太郎が、

「うおーっ」

と低い声だが吼《ほ》えるような叫び声を上げて立ち上ったかと思うと、忠太郎と花嫁の間に座り込んでしまった。

三太郎は息子の顔を睨みつけたまま、ものを言うことができないのだった。三太郎には意外な離婚理由であった。父親の想像では花嫁が性的な不具者であると思っていた。息子が朝早くから、

「離婚だ！　離婚だ！」

と、怒っているので、てっきり花嫁が伝説の小野小町のような不具者であると思い込んでいたので、この離婚は仕方のないことだと思っていたのだが、処女でなかったということの正反対な理由はものをいうことができない程、意外なことだった。村人達には花嫁が処女であることが条件であるように思い込まれているのだが、三太郎は今、その条件を放棄しても円満に納める方法があるかも知れない、と、狼狽のうちにも一縷《いちる》の望みを失わなかった。

三太郎がものを言うより早く花嫁側の一人が、

「何を言う！　証拠があるか？」

と喧嘩のように叫んだ。花嫁側ではあまりにも忠太郎の言い方が暴言のような言いかただったので喧嘩と同じになっていた。

忠太郎は狂ったように怒り出してしまった。もう口論などで争うことができなくなってしまった。他人の喧嘩でも買って出る性質の忠太郎には腕ずくより外はないのだ。

「この野郎っ」

と拳を握って花嫁側の方に飛び込んだ。三太郎は真青になって忠太郎に飛びついた。そして息子の腕を捻るように押さえつけて、

「忠太郎！　忠太郎！」

と言うことしかできなかった。言いながら暴れさせまいと必死だった。三太郎の眉は鬼の角《つの》のようになり、歯を喰いしばっているので顔は太い皺だらけになっていた。そうして恐ろしい程力をいれて忠太郎を押えていた。忠太郎側の近親達もすぐに三太郎に手をかして、とにかく次の部屋まで忠太郎をつれだしてしまった。三太郎は奥座敷の堺の襖《ふすま》をしめて息子にかじりついて、

「我慢しろ……忠太郎、俺が知らなかったから悪かったのだ。怒るならこの俺が悪かったのだ」

三太郎はとにかく息子を宥《なだ》めて暴れないようにしなければと泣き声だった。

親父にこう言われると忠太郎も立つ瀬がなかった。

「いいや、お父うちゃんが悪いじゃァないさ」

とロでは言っているけどロ惜しそうに、

「俺は村中の人に恥をかかされたのだ、村じゅう子供まで知ってらァ」

三太郎は息子が可愛想だった。けれどもこんな理由では、どうしてもまとめたいという気持で一杯だった。奥座敷ではおきくがやっぱり花嫁側の客達にとりまかれていた。

「あれは本当かい？」と一人が聞いた。親戚の人達は皆近村の人達で、この村ではなかったので誰も噂など知らなかった。花嫁側の客達は皆おきくの答を待っていた。

おきくは泣いているだけだった。皆んなの顔など見ることなどできなかった。泣きながら腹の中で源造が憎らしくて一杯だった。あいつは喋ってしまったのだ、なんという憎い奴だろうと口惜しくてたまらなかった。

客達は、

「おきく本当か」

と耳を立てて待っていた。

こんな大きな騒ぎになってしまったので、おきくは本当のことを言わなければならないような気がしてきたのだった。

「はい本当です」

とは言えなかった。親類の叔父さん達の前でそんなことを言おうとしても言えなかった。もし言わなければならないとしたらそれは一番最後の時のことで、やはり嘘だと頑張れるだけは頑張ろう、ときめた。おきくは、

「うそですよ、そんなことがあるものですか！」

と泣き伏しているのでかなり力をいれて答えた。重大な場所でこんな大きなうそを言ってしまったけど、どんなになるのかと不安でまた泣けてくるのだ。

花嫁側の客達はおきくの答をきいて怒りだした。

「馬鹿にしている！」

と一人が言った。口々に、

「まったくだ、花嫁を疵物《きずもの》にしてしまった」

と言いながら次の間の襖をがらっと開けた。両家の人達は敷居を境にして顔を合せた。おきくの父親は忠太郎を睨みつけて、

「とんでもねえことだ、ありもしないことを言ってむじつの罪だぞ」

と幼児を叱りつけるように言い放った。そして少し間をおいてこんどは、三太郎に向って、

「あんまりつみなことを言っちゃァ……それじゃァおきくが可愛想ですよ」

と言いながら、うらめしいように顔を眺めた。三太郎はこのうらみごとを言われて嬉しかった。彼は息子の肩をゆすりながら、

「うそだったぞ、うそだとよ、みんなお前をからかってあんなことを言ったのだぞ、あんなに仕度をして来たので妬《ねた》まれたのだぞ」

と三太郎は、はしゃぐように喜んだ。

忠太郎は噂を信じているので嘘じゃァないと思ったけれど、嘘だと言われれば何だか自分の顔が立ったような気持だった。とにかく花嫁側の人達の顔を見ても、自家側の人達の

顔をみても怒り出す気にはならなかった。この顔色を三太郎は見逃さなかった。三太郎は花嫁側の人達に、

「えらい御迷惑をかけました。なに村の奴等が妬んでこんなことをいって忠太郎を怒らせたのですよ、何ともおわびのしようがないですよ」

三太郎は嬉しい謝罪だった。

こう言ってもまだ気の毒で仕様がなかった。彼はおきくの父親のそばに近よって、

「村の奴等は悪い奴が多くて、うちの柿が生りすぎるのまでそねんでいるのですから」

そう言って柿の木の方に目をやった。おきくの父親も柿の木を眺めた。二人の老人は太い垂れ下っている柿の枝を今さらのように見つめるのだった。


翌朝三太郎はいつもより早く起きた。起きると毎朝の日課である庭を掃きはじめた。掃きながら時々土蔵の二階の窓を眺めた。あの部屋で、忠太郎もおきくも二人とも眠っていると思えば何となく安心だったが、

「昨夜は二人ともむつまじく寝たろうか！」

とまた不安にもなるのだった。あんな騒ぎをした後だったので気がかりだった。「でもまああの噂が嘘の悪口だったのでよかった。もし本当だったらどうであろう。忠太郎はわがままものだから無事にはすまなかったろう。何しろあれは世間知らずだから。儂だった

ら、たとえ本当でも離縁までする気にはなれない。忠太郎もまったく子供だ。あんなに怒って、それでも嘘でよかった。村の奴等もなんという ひどい奴等だろう！」三太郎はこんなことを思うと昨日の息子の怒ったのが可笑しいようだった。安心したものの息子夫婦が仲良く笑い話でもするところを見るまでは不安だった。妻も起きたらしい、台所で足音がしている。間もなくおきくが起きてきた。

「お早うございます」

とおきくの挨拶する声は元気そうだったので三太郎はまあよかったと思った。彼はあんな嘘をいいふらされたおきくが可愛想でたまらなかった。だから慰めるように言った。

「おきく、お前には気の毒だったなァ、嫁に来てすぐあんなに泣かせて……忠太郎は昨夜機嫌がよかったかい？」

おきくは案外平気そうに、

「いいえ、よくもないですよ」

と大きな声で答えた。三太郎は困ったものだと思ったが、おきくが気にしていない様子なのでまあよいと思っていた。

おきくよりも三太郎の方が気にかかっていた。だが、二、三日も経てば息子も落ちつくだろうと思ったので、おきくに安心させようと、

「何にしろ我儘者だから二、三日もたてばきっとよくなるよ」

と、言った。そう言って自分も安心したかった。忠太郎が起きて来たのは十一時頃だった。起きて来ても暗い顔つきだった。

忠太郎は顔を洗うと縁側に寝ころんで目をつむってしまった。まだあの噂が本当だと疑わなかった。思いあたることばかりだった。それは源造が彼には何んとなく回避的な気配を示していることだった。源造とは毎日顔を合せているのだが、おきくを貰うことが知れ渡ってから何んとなく表情がひかえめなのだ。今になれば何んとなく胸くその悪いことだった。恐縮しているようだが、腹の中ではわらっているらしいのだ。村の人達に披露した晩もそうだった。あいつだけが酒も体裁的にしか飲まなかったし、一番早く帰ろうとしたではないか、あいつが俺の顔を避けようとばかししている様子が手にとるようだ。それが何よりの証拠ではないか、それに村の奴等だってあざわらうような目で俺をみているではないか、忠太郎はなにからなにまで気にかかっていた。目をつむっていても、又騒ぎ出してやろうかという気がわき上って来た。けれどもそうしたら親父がまたあんなにうろたえると思うとそれも面倒なことで嫌だった。忠太郎は昼飯も食わないでいた。母親がたべろたべろといくらすすめても食べる気がしなかった。そんな母親の様子を見ると親父夫婦は実によく気の合った夫婦だと思った。忠太郎は母親も父親も好きだった。よくこんな善良の人間が二人揃ったものだと感心してしまうぐらいだった。夕方まで忠太郎は黙々としていた。

　夕飯時になるとさすがに腹がへってきた。今朝から何も食べていないのだ、水をのんだきりだった。夕めしの仕度が出ると父親は忠太郎をひっぱって坐らせた。忠太郎も飯を食べたいところだったが、父親がすすめてくれるのでしぶしぶ食べてやろうという様子をしていた。幅の広いお膳だったので父親も並んで座った。三太郎はめずらしく酒徳利を前にして言った。

「忠太郎も嫁を貰ったのだからこれからは毎晩少しずつ酒は飲まなければ……わしも忠太郎の相手で少しは飲まなければ……おきくこれからは毎晩酒だけは少しずつ支度をしてくれ、うちでは今まで酒など飲まなかったのだが、これからは少し飲まなければ……酒など安いものさ」

　忠太郎は親父に酒をつがれて嬉しくなってしまった。父親が酒を飲まなければ、と言う言葉は飲まなければいけないという風に聞えるし、これから毎晩ということが何より強く響いた。嫁を貰えば、こんなに一人前の旦那らしく扱いをしてくれるのだ、これからは毎晩飲まなければいけないのだ、と思うと飲まないうちにもう随分飲んだような気になった。彼は飲んでいるうちに、こんな風だったら、噂のことも我慢しようとも思った。

　翌朝も三太郎は庭を掃きながら、おきくの起きてくるのを心待ちに待っていた。おきくはすぐ起きてきた。嫁が挨拶をする間も待ちどおしく小声で、

「お前達は契りをしたのかい？」

ときいた。おきくは困ったような顔をして下をむいてしまった。その様子をみると三太郎は、

「じゃァまだすんでいないのだな」

と叱りつけるような口ぶりで言った。

「いいえ……」

とおきくは答えた。なーんだ、もうすんでいるのか、それでは心配することはないと思ったが念のために、

「昨夜すんだのかい？」

ここまで聞いてみた。するとおきくは、

「あのう祝言の夜……」

と真剣そうに答えた。三太郎は祝言の夜よりも、あの騒ぎがあってからのことをきいているのだった。あの後が一番知りたいのだった。

「昨夜はどうだったたい？」

と思い切ってきいてみた。おきくは困ったように、

「昨夜も……」

と言いながら横をむいてしまった。三太郎は、

「じゃァ昨夜もだなァ」

としつこく聞いた。おきくは、

「ハイ」

と答えて逃げるように去ってしまった。三太郎はよかったよかったと思った。彼はすぐ台所にいる妻のところに急いで行って、

「おい昨夜は二人とも一緒にねたそうだよ」

とうれしそうに耳うちした。母親もうれしそうな顔になった。三太郎は急に自分達が老《とし》をとったような気がしてきた。あんなことを聞いても可笑しくない自分達夫婦がなんだか世の中から遠いところにいるような気がするのだ。そして妻の嬉しそうな顔をみると妻が自分をほめてくれるようだった。そこへおきくが入って来た。おきくが女親に、

「お早うございます」

と朝の挨拶をすると、女親はその挨拶に答える代りに、

「早く孫が産れなければだめだよ」

と命令のように言った。三太郎もそばで、

「まったくだ、それが女のつとめだから……」

と言った。おきくも悪い気持ではなかった。

それから数日過ぎた。忠太郎は働きもしないで遊んでいた。結婚前よりも怠け者になったようだった。毎晩親父と酒を飲むときは、とても元気らしく、ほとんど忠太郎が一人で

飲んでしまうぐらいだった。その上、だんだん大酒を飲まなければ承知しないようになってゆくらしかった。よく家を外にしてパチンコ屋などに行っていた。まだあの噂のことが気になっているらしい様子であることは三太郎夫婦にもおきくにもよくわかる程だった。

寒い朝だった。柿の木の上枝にはまだ実がかなりたくさんあるのに霜が降りた。柿は霜にあうとやわらかくなってしまうのだが、今年は忙がしかったので、高いところの枝のはとりおくれていた。三太郎も上の方のはあきらめていた。うちでたべるのに残しておいてもよいと思っていたのだがそれにしても早くとらなければならないと気がかりだった。

その日は忠太郎は昼食もたべに帰らず氏神様の境内で若い者だちの音頭をとって舞台を作っていた。その夜は農村慰安の演芸会があるのだった。演芸会といっても村の若い者達が勝手に振りつけた踊りをおどるのだが、踊りを見せて村の人達を慰安するというよりも踊ってみせたい若い連中が自分達の慰安のために踊るような慰安会だった。

とにかく出演者が顔を知っている者ばかりなので、村人達もそれがたのしみだった。舞台ができ上ると拡声機から流行唄《はやりうた》のレコードが村中に響きはじめた。村人達はそのメロディーにせかれるように早く夕飯をすませて出掛ける支度をしていた。日が沈みかけた頃からも見物人は舞台の前に集まる程で、年寄達はむしろや座ぶとんを持って出かけて来ていた。暗くなりかけた頃には神社の境内は一杯な人だった。近村からもぞくぞくと集ってくるので立錐の余地もない位だった。まだレコードが鳴るだけで幕が開かないのにおきくも姑と見に来ていた。三太郎は息子が一生懸命に支度をしている演芸会なので妻とおきくをせき立てるようにして見にゆかせて、自分は一人で留守番をしていた。

舞台の前では幕ばかり眺めて早くあくのを待っている人達でがやがやと騒々しかった。おきくたちも早く開けばよいと待っていた。そのうちに前の方から人波が揺れだしたようだった。その人波がどんどんと押してきておきく達は押し倒されそうな騒ぎが始まった。誰かこの人波の中を横切ろうとしておしわけているらしかった。そのうち、ぐーっとこちらへ押されたのでおきくは姑の手を握ってやっと踏みとどまっていた。「何という乱暴な人だろう！」と思っていた。その乱暴者は酔った一団の若い衆だった。「なーんだ、酔っぱらいか！」と見物人は迷惑そうに見送った。おきくはその中に忠太郎が特別酔っている姿をちらりと見たが、姑にも言わずに黙っていた。間もなく幕が開いて、舞踊が次から次へと続いた。どの舞踊も映画の主題歌でそんな風な場面のおどりだった。見物人達は踊り手が変るたびに、

「やァ誰々さんだ」

と言いあっていた。が、そのうちに、

「忠太郎さんだ、忠太郎さんだ」

「アッハッハ」

とみんなが騒ぎ出したので、おきくがよくよく見ると、忠太郎が舞台に現れたのであっ

た。その恰好は遠くから見たのでは、忠太郎だと思って見ねばわからない程の扮装だった。どこから仕度をしてきたのか、カスリの短い着物を着て小学校の一年生ぐらいにしか見えなく、顔は白粉をまっ白にぬって、両頬はまんまるく日の丸のように赤く紅をぬっていた。子供用のカバンを下げて手にはステッキを持っていた。忠太郎が舞台に出てもレコードは鳴り出さなかった。忠太郎はプログラムにない飛入りで現れたのであった。彼は中央のマイクの前で勝手に歌を唄いだした。

「僕が心の夫なら、君はやさしい花の妻」

とうたいながらステッキを振るだけだった。稽古もなんにもしない、その場で出まかせの振りつけだったので少しも踊りらしくない上に酔っているので、ふらふらとしているのだった。それから舞台のまん中に寝ころんでしまった。寝ころんでもステッキだけは振っているので踊っているつもりらしいのだ。いくら年下とはいっても自分の夫のこの様子を眺めておきくは呆れかえってしまった。

母親は思いがけない忠太郎が舞台に現れたので何かうまい踊りを踊ってもらいたいものだと期待していたのだが、

「酔ってるから駄目だねー」

とおきくに残念そうに言うのだった。そのうち又、忠太郎は起き上ってマイクの前で演説を始め出した。

「エー私はつい此の間御祝言をしましたので、そのおどりをして御覧に入れます」

と言いながら浪花節を始めた。

「〽妻は夫をいたわりつ、夫は妻をしたいつつ」

と言いながらめくらの、身振りをしながら腰を前後にふり出した。さあ見物人は笑いだした。この身振りは誰が見ても男女の性交する真似をしているのだ。笑われれば、忠太郎はもっと腰を振るのだ。振るばかりではなく前に前にと進み出した。見物人は笑ってばかりいられなかった。忠太郎は盲人の真似で目をつむっているので、いつ舞台からふみはずすか知れない。皆んな、

「危い、危い」

と騒ぎ出すと、舞台裏から、五、六人とび出して忠太郎を抱きかかえてしまった。

「忠太郎さん、馬鹿なことを……落ちてしまうぞ」

と言われると忠太郎は見物人の方に向って、

「ああ俺は馬鹿だぞ、どうせ馬鹿だぞ、馬鹿だから馬鹿のようにするのだっ……」

と怒鳴るのだった。舞台はもうめちゃめちゃだった。見物人は面白そうに笑っているが、おきくは恥しくなったので姑の手を握って連れだした。おきく達が帰ると三太郎は忠太郎を迎えに行ったが、演芸会場のどこにも見つからなかった。そのうちには帰ってくるだろうと三人はおそくまで待っていた。神社の方からレコードは夜の二時頃まで響いていた。

その頃までおどりが次々と続いたのであろう。レコードも止んで見物人達も帰ったらしい頃、村の若い衆が三太郎のうちに来て、

「忠太郎さんがおはまさんの家の前で倒れていますよ」

と知らせてくれた。

三太郎はおどろいて、それ！　と言いながらおきくに目くばせしながら駆け出した。おきくもすぐ三太郎の後につづいた。三太郎は走りながら、

「とんでもない家のところに行ったものだ、あのおはまのあほは有名な淫乱後家だぞ」

と言いながら転ぶようにして駆けつけた。忠太郎は淫乱後家の家の軒下に寝ころんでいた。

家につれ込まれた忠太郎は又意識がついた。そして、

「おきくの奴はたしかに源造と怪しいぞ」

と大声で怒鳴りはじめだした。その声があまりに大きいので三太郎も手のつけようがなかった。おきくは口惜しいけどじーっと堪えていた。

忠太郎はそんなことを言いながら眠ってしまった。だがおきくは眠れなかった。いくら酔っているとはいえあんなに大きな声で辱められるなんて、こんな様子だったら今夜ばかりではなく、行く末のことも案じられるのだ。

それと同時に源造がうらめしかった。どうしてあんなことを知らせてしまったのだろう

か？　そんなことを考えてくると、口惜しさで身体中が燃えるように苦しくなってきた。おきくは源造をここへ連れて来て、源造からはっきりと、「あのことは嘘だ」と言って貰おうと思いついた。そうすればこんなことは言われないだろうと思った。そうだ、とおきくは思った。忠太郎は眠ってしまった。おきくはそっと立ち上った。三太郎夫婦もまだ寝なかった。おきくが立ち上ったのをみると三太郎は、

「おきく、今夜は忠太郎はこのままここへ寝かせておけばよいよ、あしたになれば悪かったと思うだろう。酒をのむとこんなになってしまうのだから、気にしないでもよいさ、お前は土蔵の方に行って寝てもよいよ」

と言ってくれるのだが、おきくは黙って土間に降りた。下駄をはいて土蔵に行くようなふりをしながら表にまわった。

夜は更けていた。表に出ると、バタバタと駆け出して源造の家の戸口の前まで来た。

「今晩は、今晩は」

と呼びかけたけれども、家の中ではよく眠っているらしく起きそうもなかった。源造の家の前の小川がどんどんと騒々しかった。水の流れはこんな夜更けでも変らないで鳴っているのだ。彼女は小川の滝のところに目をやると、そこには大蛇が這っているような太い柿の横枝が目に映った。直径が一尺もあるような枝が夜の暗さの中に存在を示していた。おきくはその枝をじーっと見ていると思いもよらないことを想像した。憎い源造の家のこ

の柿の枝で首を吊って死んでやろうかしら、この横枝に吊さって私が死んでいる姿を見たら源造の奴だってきっと良心に責められるだろう。こんなことを思うと死んでもよいような気になった。彼女は死んでもよいという考えが起ってくると益々心が荒れて来た。死ぬならうんと大騒ぎをしてやろう、そのうえでつらあてに死んでやろう、どうせ死ぬなら源造の奴にもうんと恥をかかせてやろうときめた。

彼女は源造の家の戸を思い切り荒々しく叩き出した。川の音はそれに合せたようにさわがしかった。おきくは半狂乱のように戸をたたいた。家の中ではもう源造夫婦が目をさましていた。そして夫婦が代るがわる「誰ですか？　誰ですか？」とふとんの中で声をかけているのだが、戸を叩きつづけているおきくの耳には全然きこえないのである。源造の妻が戸をあけた。おきくは戸が開くと源造夫婦が立ち並んで睨めているのと顔を合せた。源造夫婦はおきくを睨めているのではなく、びっくりしているのだが、睨まれていると思い込んだおきくは闘争心が益々わき上ってきた。

「源造さん、あなたのおかげでわたしはどのくらい迷惑しているか知れませんよ。今夜だってうちの騒ぎがどんなだか……まったくつまらぬことを言いふらしたものですよ」

騒ぐように言った。源造は何も言えないで困っているらしかった。おきくもこう言ったけど、真っ赤な顔になっていた。しかし源造が何も言わないので更に声をはり上げてつづけた。

「さあ、私のうちに来てみんなの前で、嘘だということをはっきりしてくれなければ、私はあのうちにいられませんよ」

源造は首をうなだれていた。おきくは家の中に飛び込んで、源造の肩のところの寝衣を摑んで、ぐいぐいと引っぱった。おきくの剣幕が物凄いので源造もひっぱられるままにしきいをまたいでしまった。おきくは源造があんがいおとなしいので益々強くなった。再び家の中に飛び込んで、こんどは源造の妻の肩を摑んだ。

「さあ、あなたもうちに来て立ち合ってもらわなければ！」

と言いながら、ぐいぐいひっぱった。だが妻のほうは源造のようにおとなしくついてこなかった。よろよろとしたが肩を強く振っておきくの手をはらい落した。そして「わたしが何んで行く必要があるものかい」と言いながらおきくを憎々しげに眺めた。何んというあつかましい女だろうと思った。うちの亭主にやられたのにやられないと怒鳴り込んで来るなんて、その上、わたしに立ち合えって、そんな馬鹿なことがあるものか……と事実を知っているので強気だった。おきくはこう強く出られると内心たじたじとした。源造は、案外言うがままになったが、源造の妻のほうは強く出たのである。

おきくは弱味をみせまいと、

「それじゃァ源造さんだけ来てもらいますよ」

と捨てぜりふのように言い放って戸外に飛び出した。そして源造の肩を又摑んで、

「さあ、今すぐ来てもらいますよ」

と言いながら足を早めた。源造は巡査にひかれて行くコソ泥のようにせき立てられて行った。

おきくは三太郎の家の柿の木の下まで来ると、一寸立止った。そして家の中にはいる前にうらみごとを言いたくなった。そっと、

「源造さん、あんなことをどうしてしゃべったのですか」

と、その声は急にうらめしいような哀願に変っていた。

源造は妻に知られてしまったので、鈴子にだけは言ったけど、知られたくないことだった。そのことだけはおきくに知ってもらいたいと思った。

「おきくさん、わしが言いふらしたのじゃァないですよ、昔のことを知っているひとがしゃべったのですよ」

おきくはこれを聞いてびっくりした。源造の口から出たことだとばっかり思っていたのだが、そうではないので、ほっとした。知られてしまったことだけど、おきくには事件の筋書が違ってきたような感じだった。源造はさらにつづけて言った。

「わたしだって、あんなことを村中で言われればどのくらい困ることだか、何んで俺があんなことを喋るものですか！」

そう言われるとおきくは源造が憎めなくなった。この事では自分と同じように源造も苦

しんでいると思った。そんな気持になると源造が気の毒にもなるのだった。あのことが解決したように安心した感じにもなってきたのだった。

「とにかく仕方がないから、嘘だとうちの人達に源造さんから言ってもらわなければ……」

と言いながら、家の方に歩き出した。うちの中では姑夫婦が寝ようとしたところだった。おきくは源造をつれて家の中に入って忠太郎を起し始めた。

「さあ起きて下さい。源造さんをつれて来たから、源造さんによくきいて下さいよ」

とおきくは源造をつれてきたことに味方が一人ふえたように力強かった。そしてこんどはおきくが騒ぎをはじめるようだった。

三太郎も源造がこの夜更けに来たので、どうしても忠太郎を起して謝まらせなければとおきくと一緒になって忠太郎を起した。三太郎は息子の耳許で、

「忠太郎、源造さんが来ているぞ、お前がつまらないことを言うものだから、源造さんも心配して来てくれたのだぞ」

と起すのだった。忠太郎は酔眼朦朧《もうろう》として、目を一寸あけた。彼はむっくり起き上って、

「源造の奴の顔など見たかァねえぞ」

と言いながら、ふらふらと歩き出して土蔵の二階に行ってしまった。三太郎は源造にも気の毒でたまらなかった。

「源造さん今夜は酔っているからかんにんしてやって下さい。あしたの朝、よく言いきかせますから」

こう謝まられると源造も何んとなく後ろ暗い気がした。ここへ来ただけで何も言わないうちに用事が終ってしまったのである。その上三太郎夫婦に謝まられたので、何とか言わなければならないのだが、どう言ってよいかさっぱりわからなくなってしまった。それでも帰り出しながら、

「嘘だってわかってもらえばそれでよいですよ」

とようやく言うことができた。

おきくは源造の帰る姿を黙って見送った。その姿がやさしい、人のよいように思えてきた。彼女はもう忠太郎のことなど考えていなかった。あのことは源造さんが喋ったことじゃなかったのだといくどもいくども腹の中でくりかえしていた。

その翌夜も忠太郎は深酒を飲んだ。

今夜は嫌なことも言わなかったが何かしら心の底に不満があるようだった。

三太郎は、

「忠太郎も酒の癖がついてしまったようだなァ」

と息子の顔を眺めた。酒を飲むようにすすめたのだが、毎晩こんなに飲むとは思わなかったので、困ったことだとまた心配のたねになってきた。

その夜、土蔵の二階でだらしなく寝込んでしまった忠太郎の顔を見ながら、おきくは溜息をついた。こんな子供のような男のところに嫁に来たのが嫌になってしまった。旦那だとか、主人だとか言えたものじゃァなかった。そんな呼び方をしなければならないときが、たまにはあるかも知れないが、嫌なことだと思った。そう思えば忠太郎の寝顔は子供のように見えるのだった。それと反対に源造の顔がはげしく浮んできた。忠太郎は言うことを聞かない子供だが昨夜の源造の様子はおきくの言う通りになってくれたのだ。ほんとの男なら自分の思うようになってくれるものかもしれないと思った。そう思えばあのことを喋ったのは源造ではないのだから源造を恨んだりするのは間違いなのだと思えてきた。おきくは忠太郎の眠っている顔を眺めているより源造の顔を見たくなった。それから、昨夜のようにもう一度源造の家へ行きたくなってきた。おきくは忠太郎の寝顔をうかがいながら立ち上った。夜も更けているらしい。外に出ると水の音が騒々しく鳴っている。この水の音で話し声なども聞えないだろう、とにかく源造と逢ってなんでもいいのだ話をしようときめた。おきくは源造の家の戸を昨夜のように荒く叩いた。コトコトと家の中で足音がして戸が開いた。源造の顔が現れた。奥のほうに源造の妻の顔が見えた。今夜は昨夜とちがって怒鳴り込みに来たのではないが源造の妻の顔を見ると腹がたってくるのである。源造は昨夜のつづきとでも思っているようである。

「ちょっと来てもらいたいけど」

とおきくはゆうべのような口振りで言った。おきくの顔には笑いが漂っていた。昨夜とはちがうのである。そのことを源造に知ってもらいたいので笑顔を作って見せたのだった。

「なにかあったですかい、また」

と源造が戸口のほうへ来た。おきくは黙って戸口から離れた。あとから源造が出てきた。源造は戸を閉めて出てきた。家の中の源造の妻にも見えないだろうとおきくは思った。ドンドンと鳴っている流のそばでおきくは立ち止った。

「あのねえ、どうしようかね、家へ帰ってしまうかと思うけど」

とおきくは言った。

「とんでもねえ」

と源造が言った。それから、

「自分から出るなんてことは」

と言った。おきくの白い顔が夜の中に笑いを含んで源造を見つめていた。

「どうしたらいいか、おしえて貰うつもりだけど」

とおきくは言った。

「…………」

源造の顔には当惑そうな気配がしている。

「あんたのために、わたしは出て行かなきゃならないからね」

とおきくは押しつけるように言ってみた。

「…………」

源造はまだ黙っている。おきくはそっと手をのばして源造の手を握った。

「…………」

源造は黙ったままだし、動きもしない。おきくは握っている手に力を入れた。突然、源造はおきくの手を振り払った。

「悪かった」

と源造は言った。謝まっているのは過去のことか、それとも、あの噂のことを謝まっているのかわからない。

「謝まったって、どうしようもないよ」

とおきくは言った。もし、源造が承知するなら源造と夫婦になってもいいと思えるのだ。忠太郎と別れて源造と、と思った。途端、源造は地面へ坐り込んだ。それから土に手をついて、

「手をついて謝まるから、昔のことは水に流してくれ」

と言うのだ。おきくは意外に思えた。源造に謝罪してもらっても仕方がないことである。忠太郎と別れて実家に帰ることを相談したいのだった。

「謝まっても仕方がないよ、わしはね、あの家を出て行くことの相談に来たのだから」

とおきくは言った。そう言ったが、ぼろのユカタの寝着で手をついて動かない源造の様子から、源造はおきくのことなど考えてはいない様子である。おきくから逃れようとしているらしいのだ。おきくは期待を裏切られたのだった。昨夜の源造の様子ではおきくの言うことはなんでも承知するように思えたのだが、この様子では裏切られたようである。そう思うと源造が憎らしくなってきた。おきくは黙って源造を見おろしていた。その顔には笑みが漂っていた。こんな頼りのない男に期待したことが馬鹿らしくなってきたのだった。

「バカヤロー」

とおきくは口のなかでつぶやいた。それから、

「フーン」

とかすかに笑い声をだした。こんな男とも話をする気持もなくなった。ツバでもかけてやりたくなった。

いくにちかたった晴れた日、おきくはひとりで笛吹川の橋を渡っていた。実家へ帰るのだった。離婚の話がきまって、いま、三太郎の家ではおきくの父親や親戚たちが離婚の跡仕末のこまかい話し合いをしているのである。おきくは先にひとりで帰ってきたのだった。晴れた日だが風は冬の風で冷い。おきくの袂《たもと》が風に吹かれていた。振袖で車にのってこの橋を渡ってからまだ二十日ぐらいしかたたない。実家へ帰れば出戻り女にならなければな

らないが忠太郎のそばにいるより別れて出てきたことが気持よいような気もするのだが、なんとなく涙がこぼれてきた。

「ふーん」

とおきくは忠太郎の顔を想いだして鼻先きで笑った。眼から涙がこぼれているが、おきくの口からは含んだような笑う息が出て来るのだ。「あんなバカな奴のところから出て来てよかった」と思った。忠太郎のことを考えると源造の顔も浮んでくるのだった。

「ふっふっふ」

とおきくは唸るような笑う息が口のなかから漏《も》れてきた。「あんなバカの奴」とおきくは思った。

戯曲　楢山節考（三幕）

登場人物

おりん	六十九歳	
辰平	おりんの倅	四十五歳
玉やん	辰平の後妻	四十五歳
けさ吉	辰平の倅	十六歳
はん吉	〃	十二歳
とめ助	〃	八歳
おかや	〃娘	三歳
松やん	けさ吉の嫁	十五歳
又やん	隣家の老人	七十歳
東造	又やんの倅	四十二歳
飛脚	玉やんの兄	四十八歳
照やん	五十歳位	
亀やん	四十男	
石やん	四十男	
元やん	三十五、六歳	

第一幕

第一景　根っこのおりんの家

場所　信州の山村

時　江戸末期。夏。

幕開く。おりんの家、粗末な農家、長い縁側と居間、正面には奥の納戸に通ずる戸、上手に古いタンスと上に仏壇があって、その上は戸棚になっている。縁側は上手の戸袋から戸が閉まるようになっている。下手にせまい土間、かまど。

家の外景は下手に物置小屋とチョロチョロ川。上手に又やんの家少し見える。

家の前は下手に通り道。低い生垣と境にケヤキの根っこがある。

幕上ると根っこに、はん吉、とめ助、近所の子供二、三人腰かけたり、根っこの上に立ったりして遊んでいる。居間にけさ吉寝ころんでいる。

とめ助　俺家《おらん》のうちにゃ、雪割豆《ゆきわりまめ》がうんとあるぞ。（自慢するように）

近所の子A　俺のうちにだって、うんとあるぞ。
近所の子B　うちにだって、うんとあるぞ。
とめ助　どこにあるか、知ってるか？
近所の子A　俺だって知ってるよ。
とめ助　俺家《おらん》のうちじゃ（指をさして云おうとする）
はん吉　とめ助、そんなことを云うものじゃねえぞ、冬になってから食うためにしまって
　おくのだぞ。
とめ助　兄ちゃん、冬になったら食うのだな。
　近所の子等、また遊びだす。
とめ助　俺家《おらん》のうちにゃ、雪割豆がうんとあるぞ。
近所の子B　うちにだって、うんとあるぞ。
　けさ吉起き上って根っこの所へ出て来る。
けさ吉　とめ助、豆は、どこへ置いとくか知ってるか？
とめ助　………。
けさ吉　こないだまで物置においてあったが、おばあやんが、どこかへ隠してしまやァが
　った、どこへ隠したか？　教えれば、とめ助、お前《まん》にもやるぞ。
とめ助　俺にもくれるか？

はん吉　とめ助、教えるじゃねえぞ、冬になってから食うのだに、食ったりすればなくなってしまうぞ。
けさ吉　（騙すように）黙ってろ、とめ助、どこにあるか、教えれば、食わせてやるぞ。
とめ助　本当だな、教えてやろか、お仏壇の上の戸棚の中にあるぞ。（指をさす）
はん吉　バカ。
　けさ吉、家の中へとび込んで仏壇の前に行く。戸棚に手がとどかないので踏台を持って来て戸棚の奥から大きい袋をとり出す。はん吉、とめ助、けさ吉のそばに走って行く。
けさ吉　（近所の子供達に）みんな、早く家《うち》へ帰《けえ》れ帰れ、早く帰れ。（子供達帰って行く）
　けさ吉、豆をワシ摑みにして二回、ふところに入れる。豆の袋を戸棚に入れる。
けさ吉　ほれ、（とめ助に）一粒、二粒、三粒。（数えて三粒だけやる）
はん吉　兄ちゃん、俺にもくれ。
　けさ吉、一粒ずつ数えて三粒やる。
はん吉　兄ちゃんも三ツだけにしておけ。
けさ吉　コバカ、てめえ達のようなガキと、俺じゃ違うぞ。
　おりん、おかやをおぶって下手から根っこの所へ帰って来る。家の中を見て、あわてて走って行く。

おりん　バカ、勿体《もってえ》ねえことを、お前《まん》だちはバカの奴だなあ。（おかやを縁側におろす）
はん吉の豆を取りかえす。とめ助の豆も取りかえす。
おりん　けさ吉、もってえねえことを、さあ、みんな元のところへしまっておけ。
けさ吉、しぶしぶふところから豆を出して戸棚の袋の中に入れる。豆、二、三粒こぼれる。とめ助すばやく拾って口の中に入れる。
おりん　お前達《まん》は大事のものを、そんねに無駄にしてしまって、もってえねえことを、冬になってからどうするだ、けさ吉、お前《まん》は年が上だから、子供だちを怒らなければダメだぞ。さあ、ふところへ入れたのは、みんな元の所へしまっておけ。
けさ吉、また豆をふところから出して戸棚の袋へ入れる。豆、一粒こぼれる。はん吉すぐ拾って口に入れる。
おりん　（はん吉の頭を叩く）バカ、てめえもけさ吉のようなバカの奴の真似をしちゃダメだぞ。（けさ吉出て行こうとする）
おりん　けさ吉、（おかやを抱き上げながら）お前《まん》、こないだも、物置から豆を出してしまったじゃねえか、それだからお仏壇の上へ隠しておいたのだぞ、それでも、まだ勝手に持ち出して、（仏壇のそばに行く）こっちへ来い。（けさ吉家の中に上る。おりん、けさ吉の肩をひっぱって仏壇の前に坐らせる）さあ、御先祖さんの前で謝れ。冬にならんのに、いたずらに豆を食ったりして、御先祖さんは、な、豆でもなんでも残しておいてくれたのだぞ、御先祖さんが、みんな、畑をこしらえてくれたり、モロコシの種《たね》でも、白萩《しらはぎ》さまの種でも、みんな御先祖さんが残しておいてくれたからだぞ、御先祖さんは、山へ行って、この家《うち》を守ってくれてるのだぞ、さあ、御先祖さんの前で謝れ、二度と、こんなバカのことをしないように。

けさ吉　お悪《わる》うごいした。（頭を少し下げただけで上に高くもち上げてお辞儀をする）

けさ吉仏壇の前に手をついて。

おりん　お山の方をむいても謝れ。

けさ吉、お山の方――花道の方――に向って手をついて。

けさ吉　お悪うごいした。（頭を少し下げただけで上に高くもち上げてお辞儀をする）

けさ吉のふところから豆がこぼれる。おりん、急いで拾い上げる。けさ吉のふところに手を入れて探り出す。

おりん　もってえねえこと。（二、三粒出してしまう）

けさ吉、根っこの所へ行く、ふり返って、おりんにぶつぶつ文句を云うように。

けさ吉　おばあやん、一人でばかり食うずら、（間をおいて）自分ばかり食や、いいさいいさ、歯が達者の人は、いいさいいさ。

けさ吉出て行く、おりんその後姿に。

おりん　バカ、冬になって、困るようにならなければ食ったりしないぞ。

おりん、呆然としている。思い出したように仏壇の前に行く。仏壇の中から火打石をとり出す。あたりを見廻して、左手で口を隠す。右手に火打石を持つ、(大向うより声)歯を叩く、間をおいて、再び叩く、家の外に飛脚来る。根っこの所で家の中をのぞく。

飛脚　根っこのおりんやんの家はここけえ?

おりん火打石をしまう。飛脚縁側に来る。

おりん　そうでごいすよ、あんたは?

飛脚　向う村から来やしたけど。

飛脚、縁側に腰かける。おりん、かしこまって坐る。

飛脚　あんたの里から頼まれて来たのだけど。

飛脚家の中を見廻す。

飛脚　おととい、後家になった者が出来たけど、ちょうどいい話じゃねえかと思って。

おりん　そりゃ、まあ、ご苦労さんでごいす。まあ、有難うごいす。

飛脚　年は四十五だけんど、気持はやさしい女でごいすよ。

おりん　うちの辰平も四十五で、ちょうど、いい話でごいす。まあまあ、ありがとうごいす。

飛脚　あれ、それじゃァ、同じ年で。

おりん　ご苦労さんでごいす。わしも来年になれば、早々《そうそう》に山へ行きやすから。
飛脚　…………。
おりん　これで山へ行くにも、なんの心配もなくなって、山へ行く時のムシロも三年も前から作っておきやしたから安心でごいす。（飛脚のそばに口を近づけて）山へ行く時の振る舞いも、いばれるほどでもねえけど、白萩《しらはぎ》さまもドブロクも、ちゃんと支度がしてありやすから、これで嫁が来てくれれば、わしも安心して山へ行けやす。有難うごいす。
飛脚　おばあやんはいい人だなあ。（おりんのそばに口を近づけて）山へは、ゆっくり行った方がいいさ。
おりん　（軽く）なに、早く行った方がいいさ、早く行った方が山の神様《かみさん》にほめられるさ、この家《うち》のお姑も山へ行きやした。向う村のわしのおっ母ァも山へ行きやした。先に行った人だちが待っていてくれやすものを。
飛脚　…………。
おりん　（横をむいて）山では、わしの行くのを、きっと待っていてくれやすよ、（立ち上って茶碗に湯を入れながら）それで、いつから来てくれやすか？
飛脚　おととい亭主の葬式をしたばかりだから、四十九日でもすぎたら来るようにしやァしょう。

おりん　そうでごいすけ、それじゃァ、四十九日がすぎたら、すぐに来るように云ってくれんけ。

おりん仏壇の上の戸棚から豆を一摑みとりだす。

おりん　あんた。食べながら帰っておくんなって。
飛脚　あれ、悪いねえ。
おりん　早く仕舞っておくんなって、誰かに見られると嫌だから。
飛脚　あれ、悪いねえ、（手拭に包んでふところに入れる）それじゃ、家へ持って帰って。
おりん　一人で食べねえよ、食べながら帰っておくんなって。
飛脚　家へ持って帰りやす、有難うごいす。

ふところに手をやる。

おりん　すぐに知らせに来てくれて、ご苦労さんでごいす、あんた一人だけで食べねえよ。
飛脚　有難うごいす、家へ持って帰りやす、冬になってからいただきやす。
おりん　ご苦労さんでごいしたねえ。
飛脚　わしも安心しやしたよ。後家になって困ったことになったものだと思っていたところを、すぐに話がきまって、それに、おばあやんはいい人だし、安心しやしたよ、（立ち上って）それじゃァ、四十九日がすぎたら必ず来やすから、お願いしやす。

飛脚、根っこの所まで行く、おりんあわてて。

おりん　あんたあんた、嫁に来る人の名は、なんという名だね？
飛脚　ああ、うっかりしていて、玉《たま》という奴だけんど。
おりん　玉やんというのでごいすね、そうけえそうけえ、あの、念を押すようだけんど、四十九日がすぎたらすぐに来てくれやすねえ、わしも、倅が帰って来たら話しておきやすから。

飛脚出て行く、後姿に。

おりん　待っていやすからねえ。

おりん一人になる。おかやを抱く、辰平帰って来る。根っこの所に背負籠をおいて腰かける。おりん家の中から辰平の後姿に。

おりん　おい、向う村から嫁が来ることになったぞ、おととい後家になったばかりだけんど。
辰平　そうけえ、向う村からけえ、この家にゃ向う村から二代つづいて来ることとなるなあ、いくつだと？
おりん　玉やんと云ってなァ、お前《まん》と同じ四十五だぞ。
辰平　いまさら、色気はねえだから、アハハ。

おりん根っこの所にゆく。

おりん　さっき、飛脚が来てなァ、四十九日がすぎたら、すぐ来ると云っていたぞ。

おりんからおかやをとって辰平抱く。

おりん　よかったじゃねえか、嫁が来なかったら……、わしも、これで思い残すこともねえ。

下手で唄。

〽楢山祭りが三度来りゃよ
栗の種から花が咲く

おりん歌の方へ耳を傾ける。辰平の顔をのぞく、辰平アゴを突き出して聞いている。

おりん　お祭りが来るというに、今年は誰も唄い出さんので。

辰平　…………。

おりん　やっと、歌を唄いだしたよォ。お祭りの歌も今年で聞き納めだ。もう唄いだすか、もう唄いださんのかと思っていたのに、今年はいつもより、おくれたような気がするが、これで、やっと落ちついたような気がするよォ。嫁もきまったし。

〽塩屋のおとりさん運がよい
山へ行く日にゃ雪が降る

唄と共に舞台暗くなる。

太鼓の音。

〽夏はいやだよ道が悪い

むかで長虫やまかがし

唄と共に舞台明るくなる。

第二景　根っこのおりんの家

子供だち家の中にいる。おりん、おかやを抱いて縁側に腰かけている。

おりん　あさってはお祭りだ、まだ、いろいろすることがあるから、はん吉、おかやを少しおぶってくりょォ。

はん吉　白萩様は、今夜炊くのかい？　あしたの朝炊くのかい？

おりん　バカ、あさっての朝だ。

はん吉、おかやをおぶいながら唄う。

〽かやの木ぎんやんひきずり女
　姉《あね》さんかむりでネズミっ子抱いた

おりん　よせよせ、そんな歌は、そんな歌を唄ってカヤの木の家《うち》の人にでも聞こえれば悪いから、そんな歌はよせよせ。

けさ吉帰って来る。はん吉唄いだす。

〽夏はいやだよ道が悪い

むかで長虫やまかがし

おりん根っこのところの薪をかたづけだす。

おりん　「夏はいやだよ」ということは、道が悪いからだぞ、山へ行くには、夏は道が悪いからよせということだ。

はん吉　なぜ？　夏は道がわるいずら？

おりん　そういうことになってるのだ、夏行けば、な、行く道にムカデや蛇がいて嫌だよう、「夏はいやだよ道が悪い、むかで長虫やまかがし」って、歌のとおりだ。わしも、夏、山へ行くなんか嫌だよう、わしゃ蛇は大嫌えだ、山へ行くにゃ冬行くことにきまってるだ。

けさ吉　（縁側に腰かけていて）夏、山へ行けば、なんぼでも生きていて困るからだ。

飛脚再び来る。根っこの所で。

飛脚　こないだは。

おりん　あれ、あんたはこないだ来た、向う村の、嫁を世話してくれると云って来た。

飛脚　そうでごいす、今日はほかのことで来やした。

おりん　まさか、嫁が来ねえことになったのじゃ？

飛脚　そんな話じゃねえ、あんたの妹が昨夜《ゆうべ》死んだから知らせに来たのでごいす。

おりん　あれ、向う村のわしの妹は、死んだのでごいすけ！（呆然とする）

飛脚　ゆうべポックリ死にやした。

おりん根っこの所に出て、下手の通り道まで来る。向う村の方を眺めて。

おりん　これでわしの姉妹は、わし一人になってしまいやした。妹だけ残っていたけど、わしより十二も下だったけど、可哀想に、（手を合せて）可哀想に、山へも行かずに、それでも山へも行かずに、運がいいというか？　悪いというか？（飛脚のそばへ行って）わしも、山へ行く日に、妹が生きていたら、わしのことを心配するけど、妹は先に死にやした、わしゃ運がいいというものでごいす。

飛脚　それで、おばあやん、わしと一緒に行きやすけ？　別れに、顔を見に。

おりん　…………。

飛脚　一緒に行くじゃ、わしと一緒に。

おりん　（考えこんで）わしゃ、すぐ山へ行くのだから、死んだ妹の顔を見て、涙を流して、向う村の人に笑われたりするのは嫌でごいす。（おりん顔を隠して涙をふく）

飛脚　そんな心配もねえさ、逢いたいでごいしょう？

おりん　妹の顔を見れば泣けるから、困りやす。笑われたりするのは嫌でごいす。（家の方をむいてうずくまる。泣く）

飛脚　そんな心配もねえさ、わしと一緒に行って、ホトケさんの顔に逢って。

おりん立ち上って、聞かない振り。

おりん　けさ吉、早く辰平を呼んでこう、裏の山の入口にいるから。

けさ吉、辰平を迎えに物置の後へ行く。

おりん　倅の辰平だけ行かせるから、わしは行かないことにするから。

飛脚、おりんの顔を眺めて涙を流す。

飛脚　そんなに、村の人達に義理を立てることもねえと思うけんど。

辰平足音を立てて来る、けさ吉おくれてくる。

辰平　向う村の叔母さんが死んだと?

辰平と飛脚顔を合わせる。

飛脚　あんたは、辰平やんで?

辰平　知らせに来てくれて、御苦労さんでごいす。

飛脚　わしは、こないだ嫁の話を持って来やしたけど。

辰平　おっ母ァ、叔母さんに別れに行かんか?

おりん　辰平だけ行けばいい、わしは家《うち》にいよう、あさってはお祭りでいろいろ用もあるから。

辰平　……………。（考え込む）

おりん　辰平だけ行けばいいさ。（ひとりごとのように云いながら前に出て向う村の方を眺める）

飛脚　こないだの話の、嫁は、わしの妹でごいすよ。
おりん　どうも、あとで、わしも気がついたけんど、後家になった人の、身内の人じゃねえかと思っていやした、やっぱり兄ちゃんだったのでごいすねえ。
　辰平出かける仕度をしている。飛脚を辰平のそばに近づけて。
おりん　辰平、この人は嫁になる玉やんの兄貴だぞ、お前《まん》にも兄貴になる人だ。
辰平　御苦労さんでごいす。
　飛脚と辰平外に出る。
辰平　（家の中へ）行ってくるよ。（飛脚に）おばあやんは、行きてえけど行かんのでごいす。
飛脚　そんなに、村の人達に義理を立てることもねえと思うけんど。
　おりん見送って、楢山の方に向って手を合せ。
おりん　楢山さん、妹はゆうべ死にやした、わしゃ、これで一人になりやした、わしが山へ行く日に泣いてくれる妹は死んでしまいやした。有難いことでごいす、わしゃ運がいいというもんでごいす、楢山さん、わしが山へ行く日にゃ、どうか雪が降ってくれるようにお願いしやす。
　拝み終って根っこの所に隣りの又やんが腰をかけているのに気がつく。おりん、又やんのそばに行く。
おりん　又やん、向う村の、わしの妹は十二も年が下だけど、ゆうべ死にやした、可哀想に山へも行けず、運がいいと云うか悪いと云うか。
又やん　運がいいと云うもんでごいす、わしのように、この年になっても山へ行けず、生き恥をさらしているより運がいいと云うもんでごいす。
おりん　又やん、本当なら、お前《まん》は去年の冬山へ行くだったのに、お前も可哀想なひとだなあ、生き恥をさらして、そんな思いまでして生きていたって、しょうがねえじゃねえか。自分の息子にまで嫌われて生きているより、惜しがられているうちに死んだ方がいいじゃねえか、いつまで生きていても同じことだ、御先祖さんも、みんな山へ行ったじゃねえか、又やん、村の人はなんと云ってるか知っているか、お前の家じゃ山へ行く時のふるまい酒が惜しいから山へ行かんのだと云ってるぞ。
又やん　堪忍してくりょォ、山へ行くだけは。
おりん　バカなことを云うもんじゃねえ、そんなことを云っては山の神様《かみさん》に申しわけねえぞ、山へ行ったお前《まん》の御先祖さんにも申しわけねえぞ。
又やん　堪忍してくりょォ、山へ行くだけは。
おりん　バカなことを云うもんじゃねえ、わしは来年、七十になったら早々山へ行くつもりだ。
又やん　あんた行ってしまうか。（泣く）
おりん　わしゃ、ずっと前から、山へ行くのを待っていた、ただ、食う物ばかり食っていて、わしのような者がいるから、わしゃ肩身がせまくて、山へ行く日を毎年毎年数えていたのに、又やん、まさかお前《まん》は、つんぼゆすりをされて山へ行くじゃねえらな？

又やん黙って少しずつ帰って行く。

おりん　（後を眺めて）又やん、この冬は山へ行ってくりょォ。

舞台次第に暗くなる。

第三景　根っこのおりんの家

太鼓と三味線で華やかに祭り唄。

〽楢山祭りが三度来りゃよ
　栗の種から花が咲く

唄と共に舞台明るくなる。子供達、根っこに遊んでいる。けさ吉家の中に寝ころんで、おりん、おかやを抱いている。唄つづく。

〽塩屋のおとりさん運がよい
　山へ行く日にゃ雪が降る

おりん　今日は、年に一度のお祭りで白萩様の、白い米の飯を、みんなうんとたべたし、みんなお祭り場へ行ったらどうだい？

けさ吉　飯を食いすぎて動けねえ。

はん吉　俺も食いすぎて動けねえ、白いめしは白萩様だから、白いめしだなァ。

おりん　白いら、まぶしいように白かっつら。

おりん、おかやを抱いて嬉しそうに根っこの所に出てくる。はん吉唄う。

〽かやの木ぎんやんひきずり女

おりん　よせよせそんな歌は、かやの木の家《うち》のひとにでも聞かれると悪いから、そんな歌を唄うものじゃねえぞ。

けさ吉根っこの所へ出て来る。唄う。

〽かやの木ぎんやんひきずり女
姉《あね》さんかぶりでネズミっ子抱いた

おりん　よせよせ、そんな歌を唄うものじゃねえ。

はん吉　なぜ聞えると悪いのだ？

おりん　その歌は、かやの木の家《うち》の悪口を云ってるのだぞ、けさ吉、お前《まん》にも教えておくけど、かやの木の家のぎんやんという人は、わしがこの家に嫁に来た頃は生きていた人だ、いくつになっても山へ行かなんで、八十いくつかまで生きていた人だ、いくつになっても山へ行かなんで、村の人に顔を見られるのが恥かしいから家の中にばかりいたのだ、外へ出る時には顔を隠して歩いたのだぞ、孫やヒコのお子守りばっかりしていたのだ、ネズミっ子というのは孫の、そのまた子どものことだ、だらしのねえひとだと云われて、ひきずり女だなんて云われたのだ、「姉さんかぶりでネズミっ子抱いた」というのは、村の人に顔を見られるのが嫌だから、手拭で頬かぶりをしていたのだ。

けさ吉　それじゃァ、こんな恰好かい？

けさ吉手拭で頬かぶりをしておかやを抱く、ねむらせるようにゆすりながら踊りだすように。

けさ吉「姉さんかぶりでネズミっ子抱いた」。

おりん　よせよせ、そんな真似をするものじゃねえ。

けさ吉「姉さんかぶりで孫ヒコ夜叉子《やしゃご》」と唄うひともあるぞ。

はん吉　ヤシャゴってなんだ？

おりん　夜叉子というのはヒコの、そのまたこどものことだ、ネズミっ子のそのまた子どものことだ。

近所の子供達二、三人通る。おりんあわてて近所の子供達の顔をみる。

おりん　よかったよォ、かやの木の家の子どもがいなくて、けさ吉、そんな歌は唄わなんで、塩屋のおとりさんの歌を唄えばいいじゃねえか、「塩屋のおとりさん運がよい、山へ行く日にゃ雪が降る」って云って、雪が降るなんて歌は何遍《なんべん》聞いてもいい歌だ。

あそこの塩屋に、昔、おとりさんという人がいたが、その人が山へ行く日には雪が降ったのだ、なあ、運がいいひとじゃねえか、山へ行くのに、雪が降れば行けなくなってしまうけど、塩屋のおとりさんという人は山へ着いたら雪が降りだしたのだ、運のいい人があったものだ、(子供達を見廻して)みんな、雪が降るゆきがふるって唄えば雪が降ってくるかも知れんぞ。

はん吉　そんねに、同じ歌ばかり。

おりん　そうだ、雪が降る降ると聞いただけでもいいじゃねえか、そうすれば、わしが山へ行く日もきっと雪が降るぜ。

辰平帰って来る、けさ吉出て行く。

辰平　お山のお祭りも、今年はいつもの年より。

おりん　いつもの年より米が白かっつら、今年でわしもお祭りの仕納めだから、白萩様もまぶしいように白くついたぞ、わしが山へ行く日にゃ、まっ白い雪が降ってくれるように拝みながら、米をよくついたのだ、わしが山へ行く日にゃ、きっと雪が降るぞ。

辰平　いつもの年より、お祭りも淋しいような気がするので、お祭り場へ行っていたけど面白くもねえから帰ってきた。

おりん　そんなことを云わなんで、ドブロクでも、うんとのめば、面白く騒げるらに、お前《まん》ろくに酒も飲まなんだからだぞ、「年に一度のお山の祭り、ねじりはちまきでまんま食べろ」と云ったり「年に一度のお山の祭り、腰がぬけるよに酔っぱらえ」って、辰平、お前も腰のぬけるほどドブロクをのんで、酔っぱらったところをわしに見せてくりょォ、今年でお祭りも見納めだから。

辰平　おっ母ァ、なにも、どうでもこの冬に山へ行かなんでもいいだよ。

おりん　バカのことを云うものじゃねえ、七十になれば山へ行くことに、きまっていることだ、辰平、お前《まん》もお供がえらいことだなァ、「お供ァらくのよでらくじゃない、肩の重さに荷のつらさ」って、お供はえらいことだ、辰平、お前もしっかりしてくりょォ、辰平、わしゃ、しっかりしているから安心してくりょォ、わしゃ、又やんのようじゃねえから。

辰平　なにも、どうでもこの冬に山へ行かなんでも。

おりん　バカのことを云うものじゃねえ、そんなことを云うと山の神様《かみさん》に申しわけねえぞ、冗談にでもそんなことを云ってみろ、口が曲ってしまうぞ。

辰平黙って出て行く。太鼓の音。おりん、かまどに火をつける。玉やん信玄袋を持って、来る。行ったり来たりして根っこに腰をかける。おりん気になるように時々見ている。

おりん　（家の中で）どこの人だか知らんが、お祭に来たのけ？

玉やん　辰平やんのうちはここずら。

おりん出て来る。

おりん　あんたは、向う村から来たずら、玉やんじゃねえけ？
玉やん　ええ、そうで、うちの方もお祭りだけど、こっちへ来てお祭りをするようにって、みんなが云うもんだから、今日来やした。
おりん　そうけえそうけえ、さあさあ早く入らんけえ。

二人家の中に上る。おりん膳を持ち出して。

おりん　さあ、食べておくれ、いま辰平を迎えに行って来るから。
玉やん　（飯をたべながら）うちの方の御馳走《ごっそう》を食うより、こっちへ来て食った方がいいとみんなが云うもんだから、今朝めし前で来やした。
おりん　さあさあ食べねえよ。えんりょなんいらんから。
玉やん　おばあやんがいい人だから、早く行け、早く行けとみんなが云うもんだから、わしも早く来てえと思ってねえ。
おりん　まっと早く来りゃよかったに、昨日来るかと思っていたに。

思い出したように手で歯を隠す。

おりん　なんだから、あんな根っこのところにいたでえ？　早くうちの中に入ってくればよかったに。
玉やん　ひとりで来ただもん、なんだか困ったよォ、兄やんが連れてきてくれると云ったけど、ゆうべッからお祭りのドブロクで酔っぱらっちゃって、おばあやんがいい人だから早く行け早く行けって、ゆうべッから、そんなことばっかり云ってねえ。
おりん　あれ、それじゃァ、わしが連れに行ってやるだったに。
玉やん　あれ、来りゃよかったに、そうすりゃァ、わしがおぶってきてやったに。
玉やん胸につかえて背中に手を廻してさすっている。玉やんのうしろにまわって、おりん肩からさすりながら。
おりん　ゆっくりたべねえよ。（間をおいて）わしも正月になったら山へ行くからなあ。
玉やん　あれ、兄やんも、そんなことを云ってたけんど、ゆっくり行くように、そう云っていたでよ。
おりん　とんでもねえ、早く行くだけ山の神様《かみさん》にほめられるさ。（膳の上の皿をおきなおして）このやまべは、みんな、わしがとってきただから。
玉やん　あれ、おばあやんはやまべがとれるのけえ？
おりん　ああ、辰平なんかも、けさ吉なんかも、まるっきり下手でなあ、村の誰だって、わしほどとってくるものはいんだから、（間をおいて）わしはなァ、やまべのいるとこを知っているのだぞ、誰にも云うじゃねえぞ、わしゃ山へ行く前に、このうちの誰かに教えておくつもりだったが、けさ吉に教えようかとも思ってたけど、あいつは口が軽い奴だから、うっかりしゃべってしまうかも知れんから云えねえだよ、玉やん、お前《まん》に教えておくからなあ、夜、その穴のとこへ行って手を突っこめばきっと摑めるぞ、摑むときには、やまべの腹をさするのだ、そうすりゃ、やまべは動かねえから、これがコツだ。誰にも云うじゃねえぞ、（やまべの皿をつきつけるようにして）こんなものは、みんな食っていいから、まだ乾したのが、うんとあるから。

けさ吉入って来る。

おりん　おお、けさ吉、向う村から、お前《まん》だちのおッ母ァが来たぞ、玉やん、これが、けさ吉と云って総領だ。

けさ吉　おっ母ァだって？（玉やんを眺めて）おっ母ァなど、いらねえぞ、（文句を云うように）めしを食う奴が、そんねにいく人も、いく人もふえれば、どうなるか知ってるか？

おりん　なにを云うだ、けさ吉、いく人も、いく人もふえたじゃねえ、ここに来た、玉やんがひとりふえただけだ、なにを云うだ。

けさ吉　去年、裏山の谷底へ転げ落ちて死んだのが俺達のおっ母ァだ。嫁を貰うじゃ俺が嫁をもらえば、それでいいじゃねえか、お父っちゃんが、そんねに、いく人も、いく人ももらう必要はねえ。

おりん　（箸を投げつける。立ち上って）バカ、何を云うだ、今夜から、めしを食わせねえぞ。

けさ吉出て行く。

おりん　（玉やんに謝まるように）いく人も、いく人もだと、ねえ、バカの奴じゃねえけ、まあ、あいつがいろいろ云うけんど、我慢してくりょォ、あんなことを云うけんど、あいつは口ほど悪い奴じゃねえから。

けさ吉と松やん夫婦気どりで来る。

おりん　あれ、あんたは池の前《めえ》の松やんじゃねえけ？

けさ吉　おばあやん、俺も松やんを嫁に貰うことにするぞ、俺は、お父っちゃんのように、そんねにいく人も、いく人も貰やァしねえから安心してくりょォ。

おりん　バカ、何を云うだ、てめえが嫁を貰うだと？　（再びびっくりして）何を云うだ、てめえ、まだ十六だぞ、「三十すぎてもおそくはねえぞ、一人ふえれば倍になる」と云って、倍になるというのは、それだけめしが必要《いる》ことだ、けさ吉、お前《まん》、十六だぞ、三十になるまでにゃ、まだ十年も十五年も間があるぞ、何を云うだ。

けさ吉　俺の年の数を勘定するより、おばァ、てめえの歯の数の勘定しろ、お祭り場で唄ってる歌を知らなきゃ教えてやらァ。「根っこのおりんやん納戸の隅で、鬼の歯を三十三本揃えた」って唄ってるのを知らんか、一人ふえれば倍になるどころか、おばあやんは一人で三人分もめしを食うくせに、（松やんに）おばあはなァ、三十三本の歯で、三人分もめしを食うのだぞ。

おりん立ち上って、家の中から飛び出すように出る。けさ吉、松やん逃げる。おりん根っこの所で。

おりん　何を云うだ、バカ、何を云うだ。

おりん縁側に腰かけると、はん吉、おかやをおぶって帰ってくる。おりん、おかやを抱く。黙って玉やん抱く。

おりん　玉やん、あいつは、いろいろ云うけんど、口で云うほど悪い奴じゃねえから我慢してくりょォ。

おりん髪をとかす。おりんすっかりまごまごしている。思い出したように櫛を玉やんに見せて。

おりん　わしが山へ行ったら、玉やん、この櫛は、あんたが使いねえよ、この櫛は、このうちのお姑が使った形見だよ、わしが山へ行ったら、玉やん、お前《まん》が使いねえよ。

おりん縁側から家の中に上って。

おりん　わしは、ちょっと、辰平を呼びに行って来るから、ゆっくり食いねえよ。

おりん仏壇の中から火打石をとりだす。根っこの所に行って、まごまごする。下手の通り道に立ち止って左手で口を隠して火打石で歯を叩く。まごまごしながら引き返して物置小屋に入ってゆく。（間をおいて）血が流れる口を押えながらよろよろ出て来る。チョロチョロ川にまたがって手で口の中をゆすぐ。立ち上ると着物の前がひろがっている。家の方に行くが、手で口を押えて川にまたがって口の中をゆすぐ。はん吉来る。おりんの顔をのぞいて叫ぶ。

はん吉　おばあやん、口の中に、血が。

おりん　歯が、歯が、かけた。

おりん花道に出る。痛そうだが嬉しそうに口を押えて揚幕まで。

第四景　根っこのおりんの家

夜、縁側の戸が全部閉っている。下手の遠くで叫び声。大きくなって、「泥棒泥棒」の叫び声。上手の縁側から戸を倒してけさ吉とび出す。下手に走り去る。すぐ辰平とび出す。下手の縁側の戸が倒れておりんころがり出る。縁の下から棒をとりだす。玉やん手に棒を持って上手の方の戸から出て来る。おかやをおぶって、とめ助、はん吉と一緒。

おりん　玉やん、泥棒だぞ、ハダシで行け。

泥棒泥棒と下手で騒ぐ村人大勢、雨屋の親父をかついで上手へ通る。間をおいて、村人上手から下手へ通る。雨屋の親父だけ上手に置いて、けさ吉、辰平、おりん家中下手から帰って来る。皆、袋に分配物を持っている。

辰平　（上手の方を見て）あの松の木に雨屋の奴を縛りつけておくが、俺家《おらんち》と又やんの家が一番近くだから、見張り番をしなけりゃならんぞ。

けさ吉　大丈夫だ、あのくらい縛りつけておけば、子供でも叩き殺せるから。

東造、又やん、分配物を持って下手から来る。

東造　お父っちゃん、よく見ろ、あそこの松の木を。豆を盗んで、縛りつけられて、今夜あたり、家中の者が叩き殺されるから。

けさ吉　（横から又やんに）「お父っちゃん出て見ろ枯木や茂る、行かざあなるまいショコしょって」って云うけんど、「お父っちゃん出て見ろ枯木や茂る」じゃなくて（東造の肩を叩いて）「お父っちゃん出て見ろあの松の木を」という奴だなあ。

辰平　（けさ吉唄わないで文句のように云ったのだが）けさ吉、歌など唄ってる時じゃねえぞ、雨屋じゃ家中十二人の者が食うものをみんなとられてしまって。

けさ吉　食うものを盗めば、その家の物はみんな村中の者に分配されて、叩き殺されても仕方がねえという村のきめだ。「いやだいやだよ盗人《ぬすっと》は、亀のそっ首、つるしん棒」って云って。（首つりの真似をする）

おりん　けさ吉、歌なんか、唄ってるときじゃねえぞ。

東造　雨屋は泥棒の血統だ、家中の奴を根絶やしにしなけりゃ、夜もおちおちねむられねえ。（又やんをひっぱり寄せて）よく見ろお父っちゃん、いつまでも山へ行かず無駄めしを食って、死ぬのを待っているお父っちゃんと、豆を盗んであの松の木に縛りつけられて、殺されるのを待っている雨屋の親父とうちのお父っちゃんと、どっちが運がいいか、よく考えて見たらどうだい。

又やん　…………。

東造　（辰平に）雨屋の奴等は、根絶やしにしなけりゃ。

辰平　根絶やしにすると云っても家中十二人じゃァ。

けさ吉　「いやだいやだよ盗人は、お念返《ねんげえ》しは百層倍《そうべえ》」って歌の通りだ、でかい穴を掘って埋《い》けてしまえば。

からす啼く。

おりん　あれ、そんなことを云うから、からす啼きがするじゃねえけ。

東造　今夜あたり、おとぶれえが出るかも知れんぞ。

東造、又やん上手に帰って行く。家の者達めしを食いはじめる。又やんが帰ると、下手から松やん来る。根っこに腰かけて辰平気がつく。

辰平　（めしを食うのを止めて）そこにいるのは松やんじゃねえか。

皆、松やんを見る。松やん、のろのろと歩いて縁側に尻だけ延ばすように尻だけ置く。辰平、玉やん、おりん驚く。松やん尻だけのせて動かない。

けさ吉　松やん、早く上れ早く上れ。

松やん腰かける。次第に両足を上げて少しずつ上り込む。

けさ吉　松やん、めしを食わせてもらえ。
　辰平だち驚いてけさ吉を見る。松やん少しずつ動いてお膳の前に坐り込んでしまう。
玉やん　（驚いて）あれ、松やんの腹はでかいけど。
辰平　まさかけさ吉の……。
おりん　（はげしく手を振って）何も云うじゃねえ。
けさ吉　ネズミっ子が生れたら、俺が裏の山へ捨《ぶちゃ》って来るからいいヮ。
松やん　ああ、ふんとに頼んだぞ。
　おりん、飯を盛って松やんにやる。松やん食べる。みんな食べないで見ている。
けさ吉　おばあやんは何時《いっ》山へ行くでえ？
おりん　来年になったら、すぐに行くさ。
けさ吉　早い方がいいよ、早い方が。
玉やん　おそい方がいいよ、おそい方が。
　はん吉飯を食い終って根っこのところに出る。空を見て。
はん吉　雪ばんバァが舞って来た。
おりん　（立ち上って）そうか、雪ばんバァが舞って来たか、（根っこの所に出る）そうか、今年は雪の多い年かも知れんぞ、わしが山へ行く日にゃ、きっと雪が降るぞ。（にっこりする）

舞台暗くなる。

第五景　根っこのおりんの家

〽お父っちゃん出て見ろ枯木や茂る
　　行かざあなるまいショコしょって

舞台明るくなる。おりんと辰平根っこのところに立っている。

おりん　山へ行った人たちを今夜呼ぶから、みんなにそう云って来てくりょォ。
辰平　なにも、今夜でなくても。
おりん　バカなことを云うものじゃねえ、あと二、三日でお正月だ、少しばかり早くても、どうせならネズミっ子の生れんうちに山へ行くのだ、早く行って来い、みんな山へ行って留守になってしまうぞ。
辰平　俺は嫌だ、来年になってからでも。
おりん　バカ、早くそう云って来い。
辰平　俺は嫌だ、来年になってからでも。
おりん　バカ、そう云って来い、云って来なきゃ、あした、わし一人で山へ行くぞ。

おりん、辰平の身体を押す。辰平下手の通り道へ去る。

〽楢山祭りが三度来りゃよ
　栗の種から花が咲く

唄の間におりん家の中で綿入れをぬぐ。短い着物と着かえる。足が一尺も見える。縄帯になって、帯と綿入れをたたんでタンスに仕舞う。この間に歌。

〽なんぼ寒いとって綿入れを
　山へ行くにゃ着せられぬ

辰平帰って来る。おりんカメと大きい杓を持ち出して下手におく。おりんと辰平上手に坐る。舞台少し暗くなって村人の照やん、亀やん、石やん、元やんの四人、粗末な白い喪服で白提灯を持って集まって来る。家の中の下手に坐ってお辞儀。

照やん　お山参りはつろうござんすが御苦労さんでござんす。

四人揃って礼。照やん杓で酒をがぶがぶ飲んで。礼。

照やん　お山へ行く作法は必らず守ってもらいやしょう。一つ、お山へ行ったらものを云わぬこと。

亀やん酒をのんで。礼。

亀やん　お山へ行く作法は必らず守ってもらいやしょう。一つ、家を出る時は姿を見られないように出ること。

亀やん酒をのんで黙って帰って行く。

石やん　（礼）お山へ行く作法は必らず守ってもらいやしょう。一つ、山から帰る時は必らずうしろをふり向かぬこと。

石やん酒をのんで黙って帰って行く。

元やん　（礼）お山へ行く道は裏山の裾を廻って次の山の柊《ひいらぎ》の木の下を通って裾を廻り、三つ目の山を登って行けば池がある。池を三度廻って石段から四つ目の山へ登ること。頂上に登れば谷の真向うが楢山さま。谷を右に見て次の山を左に見て進むこと。谷は廻れば二里半。途中、七曲りの道があって、そこが七谷《ななたに》というところ。七谷を越せばそこから先は楢山さまの道になる。楢山さまは道はあっても道がなく楢の木の間を上へ上へと登れば神様が待っている。

元やん酒をがぶがぶ飲んで黙って帰って行く。照やんカメを持って立ち上り、辰平を手招きして根っこの所に出る。辰平出て来る。

照やん　辰平やん、嫌ならお山まで行かんでも七谷のところから帰ってもいいのだぞ。

辰平　…………。（不審顔）

照やん　これも、まあ、内緒で教えることになっているから、云うだけは云っておくぜ。

照やんカメを持って帰って行く。辰平縁側の戸を全部しめる。間をおいて上手の方で子供のような泣き声（又やんの泣き声）遠く聞える。次第に大きくなって東造、又やんをおぶって出て来る。東造花道を行く。おりん上手の戸をあけて顔を出す。泣き声を聞いている。おりん戸をしめる。花道から又やん馳けて来る。おりんの家の戸をかじる。おりん、上手の戸をあける。又やんうずくまって顔を隠している。東造花道から馳けて来る。又やんを眺めている。

おりん　辰平、辰平。

辰平出て来る。

辰平　どうしたんだ？

東造　縄ァ食い切って逃げ出しやァがった。

辰平　（東造に）馬鹿な奴だ。

おりん　又やん、つんぼゆすりをされるようじゃ申しわけねえぞ、「つんぼゆすりでゆすられて、縄も切れるし縁も切れる」って縄が切れるほどゆすられて、食い切ったなどと云われて、これじゃァ、歌の文句以上じゃねえか、生きているうちに縁が切れちゃァ困るら、そんなことじゃ山の神様《かみさん》にも息子にも申しわけねえぞ。

辰平　（東造に）今夜は止めなせえよ。（又やんの手を引いて）さあ帰りやしょう。

辰平、東造、又やん上手に去る。辰平すぐ戻ってきて。

辰平　バカな奴だ、又やんの倅は。

おりん　バカな奴だ又やんは、因果の奴だ。

おりん、辰平家の中に入る。戸をしめる。静かになって、下手の戸、大きい音でバタリとはずれて、おりんムシロと背板を持って立っている。上手の戸バタリとはずれて辰平身ごしらえして立っている。おりんと辰平見得。

おりん　辰平、しっかりしてくれなきゃ困るぞ。

辰平縁側から下りる。おりんのそばに行く。おりん背板を辰平の背にやる。辰平背板を背負う。

おりん　涙なんか出すようじゃ困るぞ、しっかりしてくれなきゃ。

おりん縁側から背板にのる。

おりん　辰平しっかりしろ。

辰平よろよろ歩く、根っこの所で。

おりん　辰平、しっかりしろ。

辰平、花道で。

おりん　辰平、山へ行く時の作法は。

辰平　山へ行ったらものを云わぬこと。

おりん　（うなずいて）辰平、お前《まん》にも苦労をかけるなァ、申しわけねえと思ってるから、かんにんしてくりょォ。

辰平よろめいて、家の方あとに一足さがって踏み止まる。

おりん　辰平、しっかりしろ。

おりん目をつむっている。辰平花道を楢山へ。開いている戸から玉やん出てくる。根っこの所で見つめる。上手で又やんの泣き声。玉やん家の中に隠れて覗く。東造、又やんを縛りつけて出て来る。ゆすりながら花道を行く。

第二幕　楢山

幕開く。楢山の頂上。花道の上手寄りに岩角が突き出ている。岩から上手に白骨二、三ころがっている。岩は後へ高くなって下手の遠くまで連なっている。辰平、おりんを背負って、下手の高所に立っている。歩いて岩角の手前で。

辰平　おっ母ァ、楢山さまだ、(間をおいて)ものを云うことができねえ。

辰平岩角を通る。おりん手を前へと振る。正面でおりん手足を動かす。辰平、おりんを降ろす。おりんムシロの上に呆然と坐す。からす大きく啼いて。

辰平　又やんが！(岩角の後の高い所を仰ぐ)

からすの啼き響いて岩の上に東造の上半身現われる。又やん縛られたまま上半身ひきずり出される。東造上で下むき。又やん下で上向き。二人とも上半身だけ。おりん、辰平驚いて立ち上る。義太夫絃楽《げんがく》に合わせて又やんの上半身東造にゆすられる。(踊り風に二、三分）絃楽止んで、再び鳴る。東造上半身をゆする。（踊り風に二、三分）東造の髪ほぐれる。この間に辰平ムシロを両手におりんに見せないようにふるえている踊り。又やん谷に落とされる。東造の姿消える。おりんムシロの上に立つ。両手を握り胸の前におく。辰平をうしろに向かせて押す。辰平よろめいて歩き出す。おりん坐る。からす啼く。辰平花道に去る。間をおいて、チラチラ雪、おりん驚愕。からす啼く。雪を見つめて手にとる。（唄、三味線）

〽塩屋のおとりさん運がよい
　山へ行く日にゃ雪が降る

雪はげしく降っておりん立ち上る。土の上に坐ってムシロを負う。前髪、胸、膝に雪降る。おりんの念仏の声低く始まる。次第に高くなって、ツケで辰平雪をかぶって花道から馳け戻ってくる。岩角に背延びして。

辰平　おっ母ァ、雪が降ってきた。

義太夫絃楽劇《はげ》しく鳴って、おりん帰れ帰れと手を振る踊り（二、三分）。曲やんで再び劇しく鳴って辰平岩角に身体をこすりつけて踠《もが》く踊り（二、三分）、曲止んで再び劇しく鳴っておりん手を振る踊り（前と同じ）（義太夫絃楽は五曲共に同じ曲）

辰平　おっ母ァ、運がいいなァ雪が降って、（間をおいて）山へ行く日に。

太鼓、三味線で唄。辰平腰をおとす。

〽栖山祭りが三度来りゃよ
　栗の種から花が咲く
　唄と共に、辰平だけ残して廻り舞台。

第三幕　雪のおりんの家

第一幕と同じ、雪景色のおりんの家。雪止んでいる。人物は人形振りになっている。又やんの家との間の庭に義太夫絃楽とボンゴ、コンガの黒衣並んでいる。根っこのところにカメが置いてあって、白い喪服の照やん、亀やん、石やん、元やんの四人が辰平を出迎えている。縁側に、はん吉、とめ助、おかやの三人が人形振りに坐っている。家の中に、けさ吉、松やんの二人、人形振りで立っている。

鳴物（庭の横の義太夫絃楽、ボンゴ、コンガ）劇しく鳴って四人の村人、クヮルテットに組んで辰平の出迎えから家の中に入って仏壇に焼香までの踊り。下手に去る。鳴物劇しく鳴って松やんチョロチョロ動いてタンスの引出しからおりんの黒帯をとり出す。右手に持ってサッと投げる。帯は長くたれて松やん帯しごきの踊りまで。鳴物劇しく鳴ってけさ吉チョロチョロと動いて、根っこのカメの酒をのむ。タンスの引出しからおりんの綿入れを出して、大きく振って背にかけて松やんと見得までの踊り。鳴物のどかに鳴って、はん吉、とめ助の手叩き（せっせっせの遊び風に）の踊り。鳴物劇しく鳴って物置小屋からチョロチョロと玉やん走り出る。辰平のそばに立って楢山を歎く踊り。辰平立って玉やんと楢山に馳ける道行きの見得まで。鳴物劇しく鳴って村人のクヮルテット下手より走って来る。辰平と玉やんを花道で引き戻し、辰平、玉やん楢山に向って合掌。（鳴物五曲は同じ曲。第二幕の五曲とは別）

II

第一回中央公論新人賞　受賞の言葉

深沢七郎

当選したことを近親の者や友人が喜こんでくれたので、この人達の笑い顔が実に気持ちよかった。私としたら、もう少したってから今まで書いていたものを発表しようとも思っていたので。年寄りが好きで、年寄りと話すことが好きなので老人をテーマにしたものを書いたのが「楢山節考」で、ギターではスペインの曲ばかりを弾いていた反面、またあんな風なお百姓さんの民謡が好きで使ったようなわけでした。小説なんか書いていると、人に見られるのが恥しく原稿紙をあわてて隠したりしたものだが、これでそんな気兼もなくなるでしょう。これも気持のよいことです。私の創作勉強は丸尾長顕先生が十幾年も面倒を見てくれたので、育てられたようなものです。ギター弾く合間に趣味で書いていたのに、この二三年は書くことの方が弾くことより好きになったのは良いことだか、妾の方が好きになったみたいで変なものです。

新人賞選後評

《選考委員》
伊藤　整
武田泰淳
三島由紀夫

編集部　では、当選に決った「楢山節考」から。

三島　ぼくはまず題が非常にしゃれていると思ったな。非常にやぼな、変なスタイルだと思っていたのだけれども、別なおもしろみもあって、初めはどういう小説かまったく見当がつかなかった。変なユーモアの中にどすぐろいグロテスクなものがある。たとえばおばあさんが自分の歯を自分で欠くところなんかを出して、だんだんに暗い結末を予感させていくわけですね。ぼくは正直夜中の二時ごろ読んでいて、総身に水を浴びたような感じがした。最後の別れの宴会のところなんか非常にすごいシーンで、あそこを思い出すと一番こわくなる。そのこわさの性質は父祖伝来貧しい日本人の持っている非常に暗い、いやな記憶ですね。妙な、現世にいたたまれないくらい動物的な生存関係、そういうものに訴えてわれわれをこわがらすのであって、ポーの恐怖小説みたいな知的なコンポジションはない。だからこの小説の恐怖の質というものはあまり高いものでない。しかし高いものでないからこそ、こんなに深く、妙に心にねばりついて入ってくるのだ。この作者は小説の技巧としては非常にうまい。伏線も終りのクライマックスを気づかせないように引いておいて、あとになるとその一つ一つが生きてくるようになっているが、さて自分の文学の値や質がどういうものであるか、ということを知っているかどうかには、一片の疑惑がないわけでもないね。

武田　いま、伝統と現代文学の問題が非常に問題になっているので、木下順二さんは劇の方でそれをやり始めているし、評論家の中でも山本健吉さんなんか個人的な近代観で文学をやっていくのは危いのじゃないかという問題を持ち出しているわけですね。そこまですぐに問題を持っていかなくてもいいのだが、とにかくこの作品は根本は民話のすごみというものをワクにして、その中でおもしろく事件を展開させていっている。この老婆が早く死にたがっている、早く楢山に登りたがっているという考え方、それがこの小説を美しくしているのであって、もしあれが泣き叫ぶような側に立っていたら、この小説は全然成立できなかった。つまり人間の美しさというものが、今非常にあいまいになってきている、そういうことを肯定的に書くことがほとんど不可能になってきている。この作品では早く楢山に登りたいということを素直に主張する人物を出すことによって、それに成功しているか、ということは批評家諸氏に大いに論じてもらわないと、ぼく自身でもいいとか悪いとか言えないのですが。

るほど、主人公の無抵抗の抵抗のような美しさがしみわたってくる。この美しさは何であ

る。いかなる残忍なこと、不幸なこと、悲惨なことでも、かえってそれがひどくなればな

伊藤　これは石川達三の自由の問題とも関係があると思うな。つまり民俗学で調べてだんだんわかってきたことが材料で、ぼくらの二、三代前までは何でもない、当り前のこととして行われていたこと、それが明治以後ヨーロッパ的な人間の考え方を取り入れて、ぼくらは忘れていたのだけれど、この作品を読むと、ああこれがほんとうの日本人だったという感じがする。ストイックというか、個人よりも家族を大事にするというか、それとも家族よりも伝統の規律に自分を合致させることによって生存の意義を味わう人間がいるというか、そういうことを改めて考えさせられる。つまり近代文学の中での、人間の考え方ばかりが、必ずしもほんとうの人間の考え方とは限らないということです。僕ら日本人が何千年もの間続けてきた生き方がこの中にはある。ぼくらの血がこれを読んで騒ぐのは当然だという感じがしますね。

武田　この作品は会話も動きも非常に象徴的ですね。

伊藤　そうですね。

武田　若い孫の夫婦がお婆さんに早く行ってしまえと言っている、あの何ともしょうがな

いやつら、あれが最後に坐っていて、どてらを着ちゃっているし（笑声）、もう主人になっちゃっているということ、ちょっとあそこはリアリティがあるね。

三島　あるね、あそこは。

武田　実際、実に簡単なことであるといえばいえるかもしれないけれども、伝説やこまかい研究があれば、それに乗っかって出てきたものかもしれないが、とにかく最後までお婆さんが全然尽す方の側に廻って、片方は全然改心しないで、それでしかも主人になっちゃうというようなところね。

三島　ぼくは、武田さんの言われる美しさはよくわかるが、自分の感覚としては、これを読んで、ちっともそこまでいかない。何かじめじめした、暗い沼の底に引きずり込まれるようで、たとえば鷗外の『阿部一族』なんかは美しさというものが書かれているし、美しいのだけれども、ぼくの個人的な感覚かもしれないが、何かこわいというか、「説教節」や「賽の河原」や「和讃」、ああいうものを読むと気分がずっと沈んでくる、それと同じ効果を感じる。つまりこの登場人物は全部秘密を知っているわけです、ことに別れの宴会で死に方を教える連中なんかは秘密を知りつくしているのだから、そういう人間の裏の心理を想像するとこわくなるのです。自分の肉親を自分で殺した連中がどてらを着て、毎日平気で村の生活をしているということが非常におそろしくて……。

武田　耐えがたいな。

三島　そう、とても耐えがたいんだ。

伊藤　ぼくは田舎で貧しい農漁村に育ったけれども、そういう農漁村の年寄りたちの生き方、考え方を延長していけば、あそこに達する気がしますね。たとえば年をとって中風になったものを物置小屋に入れておいて、かろうじて生きていけるだけの世話しかしない、そういうものと全然無縁じゃない、だからおそろしいという感じがするな。

三島　どうもふだん自分はヒューマニストというのを甘っちょろいと思っていたけれども、やはりこういうものを読むと、自分はヒューマニストだと思うね（笑声）。

武田　婆さんをおぶっていく息子ね、あれは結局いわゆる普通のヒューマニズムの代表者なんだよ。あれがだからどうしようもないわけだよ。しかし非常によくわかるんだ。わかるけれどもおとなしいんだ。ほとんど何もしない。ただおぶえといわれて、おぶってやって、悲しむだけなんだな。それと、そういうことを全然感じない、家をのっとってしまうやつ、それからそういった運命にさからって泣き叫びながら、同じ運命に陥っていくほかのお婆さん、お爺さん、そういうものが集められて効果をあげている。

三島　そういう意味で象徴的ですね。これはシング*の『海に行く騎者』*のおふくろの心理などに近いところがある。それからガルシア・ロルカの芝居にもちょっと近いものがあるな。やはり後進国だな（笑声）。ただぼくはちょっと一片の疑惑が残る、文学の質の問題がどうしても残る。

武田　それはわかるね。

三島　何かもうちょっとこの恐怖感が濾過《ろか》されていたら、どんなものになっていたろうか、こわがらせないだろうけれども、もっと美しいものが出てくるのじゃないか。『阿部一族』とか、そういう硬質なものが出てきたかもしれない。これは何か不定形で、どろどろしたものがあって、とても脅やかすんだ（笑声）。

武田　そう、武士道がないからね。

伊藤　僕はこれを読んだときに思い出したのは、折口さんの『死者の書』*だな。あれもすごい。あれも近代リアリズムに反撥する作品で、質からいうとこれよりずっと高いけれども、昔の人は死んだ人をこういうふうに思っていたのだろう――神になって、どっかの山にいて、そうして生命があって、危険が来たり何かすると、ほえたり、うなり声をあげたり不満を表明する。そういうつまり神として墓の中にいるので、われわれが今感じているような生と死、死者と生者の区別と違うんだな。このおばあさんは、自分が死ぬとわかっているけれども、死ねば神様のところに行くという安心感がある。そういうリアリズムに対する反撥で、絵の方でいうと抽象画のような効果を出している。

武田　ブリューゲルみたいな感じですね。

伊藤　初め読んだとき、この人はこれ一つしか書けないのじゃないかと思ったが、一つしか書けなくても、なかなかの作家ですよ。

三島　僕は当選に全然異論はないけれども、いやな小説だね（笑声）。好感が持てない。
武田　それはなかなかおもしろい意見だ。
三島　日本に生まれたことがいやになりますね。
武田　ギリシャ的なものじゃないね。
三島　ギリシャ人も残酷だけれども、こういうようなものはない。
武田　どっかで美しい女にめぐりあうとか、太陽の光に一回ぐらいはあうということがありますね、ギリシャには。
三島　やみの世界だね。母胎の暗い中に引き込まれるような小説だね。
武田　『太陽の季節』*なんかはこういうものを忘れられる非常に恵まれた世界の中の飛躍であり反抗であったわけだ。三島さんはいやだと言ったけれども、そのいやなものを忘れてはならないのだぞというものが、この作者が意識しているといなとにかかわらず、今出てくれたということをぼくは歓迎するんだ。
三島　それはそうですね、非常に適切ですね。
武田　そうすれば、すべてあの「太陽の季節」的なものについての、教育問題なんかいかに底の浅いところで論争されているか、ということがわかってくると思うんだ。
伊藤　これを発表しても、不道徳なものだという読者や、批評家は出てこないと思うんだ。『太陽の季節』だと不道徳だとか何とかいうけれども、残酷を不道徳といえば、これの方がずっと残酷だし、不道徳だ。『夜と霧』*を僕は読んだけれども、『夜と霧』と同じような質なんだ。元来人間にはそういうものがあって、『夜と霧』では機械的、組織的に現われてきただけであって、昔から人間はこうしてやってきたんだ、「太陽の季節」なんか、子供のときからみなやっていることなんだ。それをみなびっくりして、現在の目の先の道徳だけで反撥している。こういう作品だって、もしこれと同じことを戦時中に日本人がやったとして書かれたら、あるいは今日本人がやっているとして書けば、きっとまたいきり立つと思う。実に文芸批評という名目で行われている批評も武田君の言った通り、浅いし、社会道徳家の批評も浅いと思いますね。

編集部　ほかに印象に残った作品について御批評下さい。

三島　僕は「神童」ですね。「神童」はいやでない小説なんですよ。そりゃいろいろ親子関係があり、おふくろが死に、おやじが泣くんですが、「楢山節考」と違って根源的ないやなものという感じを与えない小説だな。これにも机の下に子供がもぐりたくなるという根源的な記憶というものがちょっと出ている。それはこの小説の中で非常に大事なモチーフではあるんだがいやな感じはしませんね。文章も的確です。しかし僕は第三の新人の弱さを感じた。あの小市民生活を裏返せばこういうことになる。ただ観点をかえただけじゃないかと思う。

伊藤　僕は非常に、よくなり得る作品を方々でむだにしていると思う。たとえば着物を庭へぱっと散らかす場面は一つのシーンとして扱うべきでなくて、あれ自体をテーマとして扱って、あれに対抗するようなテーマをもう一つ二つ抜き出して、目立つように並べればいいんだが、それを消すような途中の叙述が多過ぎるのじゃないかと思ったな。

三島 それはどの小説にも言えることだ。せっかくいいモチーフをつかんでいてもそれが生かせないのは「デイリー・ライフ」という小説があったけれども、あれは終りの方に自分が駅のベンチに腰かけていると前に灰皿がある。その灰皿と自分の間の距離がどうしても埋められなくて、それが「デイリー・ライフ」だということになっている。そこから小説が始まればいいテーマなんだが……、テーマの生かし方がちょっと安易じゃないのかな。

伊藤 安易ですね、全体として。

武田 「神童」は少年の批判を、つまり批評的な文章をそのまま描写の文章と密接に結びつけていて、それがかなり軽妙に鋭くできている。その点で感心したが、発展がない。しかし大へん才能はあると思ったな。

それから生産に従事している人、海員とか労働者の作品が、「出船」と「ワクのある一職場の物語」と二つありますね。僕は「ワクのある一職場の物語」というのは割合おもしろいと思った。生産に従事している人の率直なおもしろさというものを感じたな。この二つは、文芸的な意味では練れていないし、このままでは困るが、十七編の中にこの二つが出てきたことはおもしろいと思ったな。

「不吉な物語」これは評判は悪かったけれども安部公房の系統ですね。あまりうまくなかったが。それからおとなしい日常生活を描いた作品は「となりの客」と「白い日記」、これは女の作品だけれども、日常的なものを非常に丁寧に描写している。「看守朴書房」というのはダイナミックな、朝鮮的というより僕はむしろ中国文学という感じがした。

三島　さっきの「出船」だけれども、伊藤さん、武田さんはいろいろ民主主義文学の系統のものをお読みになってますか。

武田　ええ読んでます。

三島　会話なんかどうですか。われわれにはちょっと新鮮だが、普通には浪花節的といわれそうな会話は民主主義文学に出てきますか。

武田　割合少いので、その意味ではこの二編ともおもしろいのです。

伊藤　なるほどそうかもしれない。民主主義文学とかサークル活動をちゃんと通過した作品には何か一種のマナリズムがあって、こういうおもしろさをみな消しちゃうんだ。

三島　「出船」には野田という男がいて、「おれがどろぼうなら、取られた方はべらぼうだ」と言うのですが、恋愛論なんかもそういう表現でやってのけて、なかなかうがったことを言う。こういうボキャブラリーで最後までそのままいけばおもしろいと思ったが、終りになるとたんに公式語をしゃべり出してしまう。

伊藤　作者が自分の体験の中でぐるぐる回りしているんだ。葉山嘉樹*などの場合はそういう乱暴な小説を書いても、たとえばそのときその船は室蘭を出て、あの海の中で樽のようにゆれながら嵐の中を進んでいる。さてその船の中では、というような客観性があった。

三島　「出船」の中で港の朝なんかちょっと好きなんだ。朝のカンカンと音が聞えてくるところなんか好きだな。

伊藤　それから船全体がイモムシみたいで、そうしてそれにアリがたかっているというのですが、あれももう少し形をかえて書けば、リアリティがはっきりして、おもしろいんだ。

武田　僕が割にうまいと思ったのは「瘢痕」です。何でもないようにして死んでしまった若い男女の話、消えちゃう話、あれは西洋文学的なものをまねしたものとしては非常にうまい。内容的にいうと何ともいえない弱々しいものだが、技術的とか文章とか、相当うまいと思うな。

三島　ただああいう冷静な傍観者的な知的文章と猟奇的な三面記事的内容といかにも合わない、スタイルが全然合っていないような感じがした。あれがもう一ひねりあれば——たとえばラフォルグ*の小説みたいなスタイルで、人間消滅事件を書けば別だけれども。

伊藤　一般に文壇的な、今風な小説技巧を持っていて、それをたよりにして書いているという小説は割合少かった。文芸雑誌の小説と違いますね。

三島　そのかわり中間小説があるでしょう。「空の蝗」なんかその限りにおいては、うまいんですよ。

伊藤　ちょっとあれは中間小説として通用するようなところがあるね。

三島　りっぱに商品価値がある。

伊藤　「沃地」は割合今様の小説の書き方から書いている。そういう点ではかなりうまいけれども、やはり決定的な効果には全然達していない。「となりの客」もかなり今様じゃないですか。

三島　そうですね。「となりの客」の方はちょっとハイブロウを気どっているけれども。

僕が自分で順位をつけたのをちょっと申し上げたいのですけれども、「楢山節考」が一位で、「神童」が二位、その次が「看守朴書房」、それからその次が、ちょっとむずかしくなるのだけれども「出船」とか「雲に乗った女」とか、そんなところですね。「看守朴書房」を僕が買うのは、手拭が白鳥のようだったというところがちょっといいと思った。

伊藤　白鳥に執着するところですね。

三島　汚濁の中ですっと白鳥が現われるところがいいんだ。それから放浪の部分もちょっと文章が放浪していて魅力がある。ただおしまいの方の大韓民国に疑惑を感ずるというところ、あれは小説ではなくて作者の解説になってしまう。

伊藤　「雲に乗った女」というのは、会社の部長と妻君と秘書の話だけれども、これも中間小説だね。

三島　ただ、夫が工事場にうずくまっていると、奥さんが動物的な愛情を感じたというところなんかちょっと買うんだ。

武田　ちょっとリアリティがあるよ。

三島　「空の蝗」なんか、図式的にはうまいけれども、そういうものがない。図式的にうまいものが方々にあるんで、たとえば「汚れた足跡」なんかも責め道具がなかなかうまく並べてある。忠ならんと欲すれば孝ならず、孝ならんと欲すれば忠ならず、実にうまくできているけれども、ディテールにきめてがない。

伊藤　書く人が、内容がわかっている人はききめのあるディテールを落していく。自分で何を書いているかわからない人は、ききめが方々にたくさん出てくる。ですからそういうききめの出ている人の方は、われわれの方から見るとうまいようだけれども、それも意識したききめではなくて、計算外のききめにわれわれがたぶらかされるおそれもある。だからむずかしいな。

三島　「白い日記」なんかでも、六甲山にさっと日が沈むところなんか、ちょっといいんだけれども、おしまいに「婦系図」が出てくるのでがっかりする。

伊藤　あれは身の上相談を受けたという出だしはいいと思ったが、ただあとになると主人公に乗り移ってしまうという点、あれは矛盾ですね、ぶっこわしだ。「それでも地球は廻っている」という双子の話。非常に下手だけれども、着想はおもしろい。ちょっとポーの『ウィリアム・ウイルスン』*的だけれども、それを現代風に生かしてみたやり方ですね。

三島　話がだんだん奥に行ってダイナミックになる効果が出ている。だんだんテンポを早めて行っている。そういうところはうまいですけれども……。たびたび言うことだけれども、大事ないいテーマをキャッチしていながら、それが抜けて行くというのはさびしいな。「バロン・バロング」なんか、無実の男がいて、無実なくせに罪の回想に苦しむようになる。自分でやったことではないのに殺したときの場面が浮んで来る。あそこを一つの中心に書けばユニークな小説なんだけれども、それがすっと済んじゃうのだ。変な女が出てきて恋愛感情を抱いちゃったり、おしまいには変な神様が出て来たりしてね。

伊藤　自分の見つけたテーマの意味とか効果を知らないのだね。それでそのまわりばかり書いて、そのものがだんだん奥にひっ込んじゃって消えてしまう。何も、美点が大して多くなくていいんだ。その点を生かして強調して、それで仕事をすることです。

三島　みんなしろうと娘ばかりですね。自分は口の大きいことばかり気にして、目の美しいことを知らなかったりね。

伊藤　大部分の人は自分の美しいところを知らないで、人のお化粧ばかりまねして、今これがはやるからというので、今様のお化粧でつくって自分をこわしてしまう。高等学校の生徒を書いた「沼」、あれもおもしろいけれども、集中できなかったのだな。

三島　いろいろな青年を書いていろいろな社会を暗示しようとしたところがいけない。初めの主人公に近いような男を中心に書けばいいのだけれども、色気が多過ぎる。それにせっかく高校生を書いていながら、みずみずしくないね。

伊藤　小説を書くことをあんまり恐ろしいと思ったら、応募する気にもならなくなるかもしれないが、文学というのは、おもしろい話を書けばいいというような、単純なものではない、ということは考えてもらわなければいけないな。

武田　今度の応募小説を読んで、日本文学を一生懸命勉強していただきたいという感じがしたね。できたものに対するおそれというものがないと思うな。

伊藤　日本文学でなくても、たとえば『クレーヴの奥方』*というものを一つよく読んでみるとか、それがいいと思ったら、何べんも読んでみて、その急所がどこであるかということを理解して、それにひっかけて考えるということが必要だね。そういう何かの決定的な影響を受けた作品にぶつかりたいと思っていたのだが、それがなかった。「楢山節考」がなければ困ったところだ。とにかく三人が一致して推せる作品があってよかった。ほっとしましたよ。

三島　僕はこの選は非常に気持よくやれましたよ。小説の選というものが、メッテルニヒ*の勢力均衡策のような感じでは困るからね。選者に共通点があれば、選者の方も応募する人もありがたいし、当選する人もありがたい。あの人がノーといったから、俺はイエスというのが選者の間にあるのでは困るね。

武田　それは困るね。

三島　やはりそういう寄せ集めの選というものは信用できないな。その意味できょうは非常にフェアーな選ができたと思う。

『海に行く騎者』　一幕悲劇。夫や息子たちを次々に海に奪われる年老いた母親を描く。

ガルシア・ロルカ（一八九八―一九三六）　スペインの詩人、劇作家。内戦勃発直後、フランコ側に射殺された。

『死者の書』　折口信夫（一八八七―一九五三）の小説。一九三九年連載、四三年青磁社刊。大津皇子の魂がよみがえる場面から始まる。

『太陽の季節』　石原慎太郎（一九三二―　）の小説。一九五五年「文學界」に発表、第三十四回芥川賞。戦後世代のドライな風俗と青春を描き反響を呼んだ。

『夜と霧』　オーストリアの精神医学者フランクル（一九〇五―九七）の著作。一九四七年刊。自身の体験をもとに書いたナチスの強制収容所の記録。

葉山嘉樹（一八九四―一九四五）　プロレタリア文学作家。『海に生くる人々』など。

ラフォルグ（一八六〇―八七）　フランスの詩人。自由詩を創始して象徴主義に貢献。

『ウィリアム・ウイルスン』　一八三九年刊。ドッペルゲンガーを主題とした短篇。

『クレーヴの奥方』　ラ＝ファイエット夫人（一六三四―九三）の小説。一六七八年刊。近代フランス文学における心理小説の伝統を創始。

メッテルニヒ（一七七三—一八五九）オーストリアの政治家。正統主義と大国の勢力均衡を原則としてヨーロッパの再編成を図りウィーン体制を樹立。

深沢七郎氏の作品の世界

伊藤　整

深沢七郎氏の最初の著作集であるこの本には、「楢山節考」、「東北の神武たち」、「揺れる家」の三作が載っている。これまでに発表された氏の作品の全部である。

「楢山節考」は、「中央公論新人賞」の第一回当選作として、一九五六年十一月号の同誌に発表された第一作であり、「東北の神武たち」は同誌の一九五七年一月号に、「揺れる家」は同年二月号の「新潮」に発表されたものである。第一作の「楢山節考」は、単に新人賞の当選作として問題になったのではなく、この年発表された日本の小説の中でも、そのオリジナルな題材、オリジナルな手法という点で、文壇のみでなく、広く読書人たちの注目の的となった。

私は、武田泰淳、三島由紀夫の二氏とともにその新人賞の選考委員をしていたので、この作品を原稿で読んだ時の印象をこの機会に語っておきたい。戦後、幾つかの文学賞や新人作品募集の企てがあり、私はその二三に関係しているが、募集に応ずる作品というものは、大体千篇一律のものである。そのあるものは流行作家のスタイルと題材へのあらわな追随ぶりを示したものであり、あるものは体験のきびしさや特異さをそのまま自己満足的に書き下した独り合点のものである。

この新人賞の予選を通った十数篇の作品は、千二百篇の中から選み出されたものであるだけに、一篇ずつを見れば、さすがにそれぞれ際立った特色を見せてはいたが、読み通すと、やっぱり前に述べたような欠点を少しずつ持っていた。そういう作品を何篇か読んだあとで、私は武田、三島の二氏が特に推しているものと言われたこの「楢山節考」を読んで、そのオリジナリティに驚きを感じた。これなら立派なものだ、多分これを越す応募作品はない、と思い、非常にうれしかったことを記憶している。そのあと更に幾篇かを読んだが、予想のとおり、私の考は動かなかった。

新人という名で現われて来る作家のものは、私は、読む度に、この作は誰の影響を何パーセントと誰の影響を何パーセントぐらい受けていると断定できる、と考えている。勿論、先輩作家の影響を受けることは、悪いことでなく、大部分の芸術家の通る道である。それは多くの場合、正しいものの見方や書き方の効果を手に入れる近路なのであって、それを避けることのみを考えることは、かえって芸術家の成長を害するものだ。むしろ、先輩の作った効果の取り入れ方によって作家は本当の自分を発見できるのだから、影響の取り入れ方が立派であれば、その人はすでに芸術家だと言っていいのである。

だが深沢七郎氏の「楢山節考」に関する限り、私は、はっきりとどの作家の影響があると指摘することができなかった。このことは私を驚かせるに足りた。後に当選祝賀会の席上で氏が語るところによると、谷崎潤一郎氏の作風に愛着を持っているとのことである。しかしそれも、そう言われて見てはじめて、創作態度の根本になにか谷崎氏に近似したものが感じられる、という程度のものである。

更に深沢氏は、自分はよその刺戟の影響を受けやすい性質なので、本はあまり読まない、と言った。また氏の創作の体験は十年ほどになるが、文壇的に作品の発表をあせったことはないらしいことを後に人から聞いた。これ等の言葉は、氏の作風から言って、真実のものであろうと、うなずかれるところが多い。また氏は、音楽家であり、スペインあたりの民謡ものを好んで弾く、ということである。今後も庶民の生活を描きたい、という希望も氏の語ったことである。

これ等の、言葉少なに語られたことから、現文壇に全く類似性のない氏の芸術の特質の拠って来るところを、私はおぼろに推定できると考える。

本書に載っている三つの作品を通読すれば明白なことであるが、深沢氏の創作方法の特色は、その記述方法が具体的印象を人に与えるように描かれていながら、その具体性は、写実そのものでなく、体験そのものから来るナマの印象の明確さでなく、人の心に入りやすい一種のリズミカルな造型性を持っていることである。描かれているものの一つ一つは、人の手で何年も何十年も愛撫されて、その持ち主の心が染み込んでしまった木彫りか焼きもののようなものとして、読者に受けとられるのである。人物の表情、人柄、舟や建物や立木や切り株など、みなこのような描き方によって提出される。読者は、何の抵抗もなく、氏の描くものが自分の心の中に滑り込むように感ずる。

このことは、多分、深沢氏が、心の中で自分の作品の世界を、長い時間をかけて育て、それと馴染みになり、人物の一人一人を自分に同化させるという正しい創作方法を行って来ていることを語っているものと思う。もともと芸術作品は、そのようにしてある作家の心に芽生えてから、何年もの間、育ち、変化し、醱酵《はっこう》するのが本当なのである。しかし、現代の社会においては、作家たちは、生活的に多忙だし、ジャーナリスティックに発表に追われているから、作品のイメージを、角がとれ、艶が出るまで心の中で愛撫し、育てることができない。そのために、現代の作家は、逆の手法で、ドギッさや、角々の鋭さや、未整理の混沌とした感じや、題材のなまなましさ自体を効果として生かさねばならなくなっている。

しかも、深沢氏のように、イメージを心の中で愛撫し、育てると言っても、感受性の強くないものや、持続性のない人間には、出来ないことだ。長い間考えて醱酵させるということは、自己の世界を、他から隔てて、強く生かして行ける精神力のある場合に限られる。その点で、一見弱々しく内攻的に見えるこの作者は、強烈な芸の魂を持っている人と推定される。

更に、氏の職業である音楽は、随分氏の創作方法に影響を与えているらしい。近代の日本の小説の文章としては、深沢氏ほど、同じ言葉、同じイメージを反復して使っている人はいなかった。「楢山節考」ではおりん婆さんは、機会あるごとに楢山詣りに行かねばならぬという気持をくり返して生活をそこへ集中的に持って行っているし、「東北の神武たち」では、おえいという三角屋敷の後家は「西の方へ行き」、また「飛ぶように東の方へ帰る」ということがくり返して描かれる。

言葉やイメージの反復の音楽的なリズムをこんなに意識して使った人はない。たとえば第三作の「揺れる家」において、少年が舟の胴の間に下りる音は「どーん」であり、最後の場面でも「どーん」と飛び下りている。また釣舟屋の芳ちゃんは、きまって「手で頭にポマードをつけて、新聞でふいてぽーんと舟の方に投げる」人間として反復して描かれる。いままでの文壇常識にはなかった方法である。

反復によるリズミカルな表現ということが全く在来の作家に行われていなかったわけではない。私自身が何度か前にほかの文章で書いたように、志賀直哉の「城の崎にて」には、生物の死の場面の描写の反復がある。また深沢氏の方法に近いものとしては谷崎潤一郎の「母を恋ふる記」の中に三味線の音がたしかテンプラクイタイという擬音で反復されていることも思い出される。また三角屋敷のおえいの行動は、宮沢賢治の「雨ニモマケズ」の「東ニ病気ノコドモアレバ」等の詩句のリズムと似ている。また堀辰雄の後半生の小説は、意識的に「ライトモーチフの反復」として書かれている。宇野浩二の「思ひ川」その他にも同じような反復表現の傾向が見てとられる。椎名麟三の「永遠なる序章」にも多少パタンの反復があり、一つの手法になっている。それ等の例があるにしても、何れも深沢氏の作品ほど、言葉自体、または人物描写そのもの（たとえば釣舟屋の芳ちゃんのようなもの）を同じ形で、模様のように小説の中で反復した作家を私は知らない。

この深沢式反復表現が全部成功していると私は言うのではないが、これが一種の日本の散文表現の革命的試みであることは否定すべくもない。なぜかと言うと、日本の近代小説の方向は、江戸時代までの七五調式な語数リズム感を原則とする模様化に抵抗して、近代精神としての写実尊重思想で一貫しているからである。「城の崎にて」などは、生物の死というテーマの反復はあっても、その描写筆致は徹底的な写実である。即物的写実性とか具体性尊重の傾向は、単に文学だけの問題でなく、絵画、科学など全体にわたっての日本の技術の近代化の方向であったのだから当然である。

しかし写実思想の行きづまりはヨーロッパでも日本でも、いま二十世紀の中頃になって共通に起っている。多くの説明を待つまでもなく、絵画の変化のみを考えても分ることである。近代社会の組織や秩序が一定化して来て、人間は同じ仕事、同じ考え方の反復をして生き、生活自体が模様化していることがその真の原因らしい。そういう時代には、リズムに合致した芸が、写実的な芸よりも効果を発揮するのだ。そういう社会では巧妙にくり返される反復表現が、どのような写実よりも我々に実在を感じさせることになる。それが芸の基本方法の一つである。たとえば、アメリカの現代小説では、「老人と海」その他でヘミングウェイが言葉と動作の反復で強い効果を挙げ、フォークナアの諸作にも、またコールドウェルの「神の小さな土地」等にも、極めて緩慢な方法でこれが使われている。更に、これ等の作家に影響を与えた決定的なものと思われるものは、ジョイスの「ユリシーズ」の中のオーモンド・ホテルの場の音楽的効果である。それ等からも深沢氏は学んだのかも知れない。

深沢氏の方法は、しかし、多分氏のもう一つの職業である音楽から移し植えられたものであろう。一定の情感を持続し発展させて効果を摑むために、あるメロディーを反復して使うというのが音楽の基本の方法である。もし氏がもっと文壇追随的に、文学青年的に生きていたならば、こういう音楽の方法を自作に取り入れる余裕はなかったであろう。またそうでないにしても、もし氏が多読家であって、自分のイメージの培養よりも、他人のイメージを追うことに性急な人間であったとしても、この方法は育たなかったであろう。この作者の文体の新しい点は、音楽の効果を、そのまま散文の効果として生かす方法を発見したことである。多分、この作家が関係している舞台芸術の中での、オペレッタ類のものが、このようなパターンの模様的使用法をこの人に暗示したのではないか、とも考えられる。氏が音楽家としてすぐれているかどうかは分らないが、とにかく音楽や舞台芸術の方法の韻律的なものを、散文に移し生かしたところの芸術家であることは確かだ。

しかしこの作家に、写実的なところが無いのではない。深沢氏の写実思想は、写生文の形をとらない。素朴な事実の認識の仕方、という形をとって、氏のリアリズムは現われ、それが我々を驚かせる。「楢山節考」の自分の死が役に立つという信念がそれの典型であるが、その外に、不用になった嫁をすぐよその後妻にするとか、老婆や後家のセックスは青年のセックスの解放に役立たせ得るとか、舟の中の二畳間に男二人女一人がいればどういうことが起るかという推定、それから死んだ老婆の着物がすぐに孫の嫁に使われるなどという考え方がそれである。これ等のことは、所謂《いわゆる》ヒューマニズムという近代ヨーロッパ風の人間尊重思想に心を包まれている一般の文士も勿論扱ったことだが、しかし、条件に負けたからやむを得ずに起ったこととしてのみ描き勝ちである。それを何でもない当然のこととして素直にアッサリと描くことで、その事実の新鮮さを生かすのが氏の特色である。

以上の三つ、創作準備としてのイメージ培養期間の長さと文壇からの隔離性、書き方としての反復的リズムの利用、またリアリズムとしての裸の素朴な認識法、これが深沢氏の作家としての基本の方法である。これは、成功した作とそうでないと見られる作とに共通した特色だから、この作家が方法論的に意識している部分である。この三つの組み合せが巧みに行われた時に、「楢山節考」のような佳作となっている。そして私の推定では第一のものが欠けると、次の二作のように、方法としては面白いが、効果に決定的な力が現われない、という結果が生れる。もし、現代ジャーナリズムの要求する短期多産のやり方に氏が捲《ま》き込まれれば、氏は、第一の方法が役に立たなくなって、第二と第三との組み合せでのみ仕事をしなければならなくなり、そこに作家としてのこの人の危機が生れると考えられる。だから深沢氏は面白い作家だが、現代ジャーナリズムにスポイルされる危険の最も大きい作家である。第二と第三の傾向が指示する悪い方向とは、メロドラマティックな創作の模様化であり、剝き出しの事実の与えるショックを刺戟として表面的に利用する点である。河盛好蔵がこの作者にメロドラマ的才能があると指摘したのは、その点のことで、言わばリズミカルな面白さをくり返すことになる危険の指摘であろう。

深沢氏の方法の成功した「楢山節考」については、多くの評家がその特色を色々な言葉で述べている。選後評の座談会の中で、武田泰淳が「この老婆が早く死にたがっている、早く楢山に登りたがっているという考え方、それがこの小説を美しくしているのであって、もしあれが泣き叫ぶような側に立っていたら、この小説は全然成立できなかった。つまり人間の美しさというものが、今非常にあいまいになってきている、そういうことを肯定的に書くことがほとんど不可能になってきている。（中略）いかなる残忍なこと、不幸なこと、悲惨なことでも、かえってそれがひどくなればなるほど、主人公の無抵抗の抵抗のような美しさがしみわたってくる。」と評している。これは間接に述べられた近代的ヒューマニズムへの疑問であり、そのようなものとしてこの作品を評価しようとした言葉である。

三島由紀夫の次の言葉は、この作品の効果が伝説的民話の力に類したものとして認めながらも、近代精神の秩序づけを経ていない点を弱点として見ようとしている。「何かじめじめした、暗い沼の底に引きずり込まれるようで、たとえば鷗外の『阿部一族』なんかは美しさというものが書かれているし、美しいのだけれども、ぼくの個人的な感覚かもしれないが、何かこわいというか、「説教節」や「賽の河原」や「和讃」、ああいうものを読むと気分がずっと沈んでくる、それと同じ効果を感じる。」

山本健吉は、この作家が明確な方法論を持っていず、「楢山節考」の与えた効果は方法論を通ったものでないことが弱点であるとしながらも、「深沢氏は私の推測によれば、少年時代に見た姨捨山のお伽噺以来、この老婆のイメージを温めていた。伝説や民話は、厳密に言えば神話ではないが、日本の庶民たちのあいだでは、古くから神話の代用をつとめたものであり、そのような意味で、おりんは一種の神話的人物と言ってもよく、それだけに彼女の心情はわれわれの奥深く棲っているものである」という点でこの作品の成功を認めている。

この三人の評者の言葉に、それぞれの違いはあっても、現代日本の文学の方法が、大体においてヨーロッパ風の近代の考え方に基づいているために、民話系統の人間のとらえ方をその方法では生かすことができなかった事実、そして「楢山節考」はそれを美事にとらえて作品化したものとして、木下順二の「夕鶴」とともに特記されるべき異色ある作品であることは、確認されたものと言っていい。私自身には、この作品には、特に長い年月をかけて養われた表現効果が感じられた。私の第一印象も、その点で、この作家はこれ一作の人かも知れぬということにあったが、特にこの作を推称した正宗白鳥も同じような意見を述べていた。この作家が意識的に使っている方法が音楽的な効果であることを私は前に述べたが、方法が方法として役に立つところは一般に比較的に浅い部分に留まるもので、芸術の深部の問題は培養される生命的なものである。だから、その点まで方法的でないことをもって、あまりこの作家を責めるべきでないと思う。題材の培養期間が十分でない場合、この作家が表現効果の測定意識に多少不足するところがあるにしても仕方のないことである。心内でイメージを培養するという、方法論よりももっと根本の作家資質が、明らかにこの作家に備わっていることを私は特にここで述べておきたい。

「楢山節考」が卓越した力を持った作品であることは広く認められた。そして評者の多くは、第二作、第三作を、それに較べて低評価しているのが現状である。しかし、私はこの文章の前半で述べたように、この作者は成功作と否とにかかわりなく、現代の小説についての新しい書き方を提出しているという点に、三作とも共通した問題があると思う。

もしも第二作と第三作にはなくって、「楢山節考」のみにある問題を、方法論的に考えるとすれば、私にとって、それは次のようなものとなる。近代文学の中には、日本にもヨーロッパにも、死の意識による生命の認識という方法がある。しかし死の意識を、他者への愛という認識と結びつけて犠牲の意識に変えることは、一般の近代人においては禁忌されることとである。たとえば戦時中の特攻隊飛行機の兵士に強制された意識のようなものは、近代日本の中に残留した原始的な生命無視の思想として強く否定されている。しかし、ユダヤ教の中にある犠牲の意識は、キリスト教のイエスの十字架の意識として、人間愛としての犠牲の形に変化して、現実に近代ヨーロッパの中で生きている。これは死を単純な人間の無とせずに、他人の生命の実在の根拠として有に転化させる構造となるであろう。死を、自己の消滅でなく、他者との愛の関係の中に織り込むことによって、有に転化させることは、人間の世界の根本にある要請かも知れない。山本健吉が深瀬基寛のエリオットの「荒地」解釈を引用しながら、「深瀬基寛氏の註釈によれば、「善悪の差別意識を失った人間の生は、〞生――における――死〞であり」、「死することによって生きるより外に人間の道はないというこの詩のモチーフを予表したもの」と言えるであろう」と述べていることは、私のほぼ同意するところである。我々の祖先は、たしかに犠牲による死を契機として他者と愛の連繫を持つ方法を知っていた。多分それは三島由紀夫の指示している仏教的なものとして我々の中にもかつては存在していた。だがその契機は、いまキリスト教として生きているものの外は、全部否定的な評価を受けている。近代人としての我々は、自己の死を愛のつながりとして生に転化させる契機を失っている。しかし、それは近代意識の真中にある虚無というべきものであって、我々はこの虚無の中に居心地悪く留まっているのみだ、ということを考えずにいることはできないのである。

昭和三十二年一月

土の匂いのする文学

《対談》
石坂洋次郎
深沢七郎

書きたかったのはこれだった

石坂　深沢さんは、直接農村の生活を経験されたことがあるんですか。
深沢　はあ、農家に中学の一年の時預けられて……。
石坂　里子というような形ですか。
深沢　いいえ。小学校の六年の時教わった先生が、とても熱心な方でして、私の兄も教えていただき、上の学校に入ったんです。私も受からないと思ってたのに、中学に入ることができたんですが、入ったとたんに終いから二、三番目の成績でした。それじゃ落第するっていうんで、その先生の家に預けられたわけです。先生の家は農家でして、私はそれまで片田舎の町で育ったんですけれど、初めて農家の生活を送ったんです。

石坂　何年ぐらいですか。

深沢　一年ぐらいでした。私は家で一番我儘だったもんですから、その我儘を直してくれといって、おやじが頼んで、先生が引き受けてくださったらしいんですね。

石坂　お生れになった町は、大体農村の中心都市といった町ですか。農村の気分はなんとなくわかっていたわけですか。

深沢　ええ、そうです。

石坂　実は私は東北地方の生れでして、生れたところは弘前市なんですが、やはり農村の中心都市なんです。私は農家の生活を直接体験したことはないのですけれども、私の小さいころは、まだ町のおかみさんたちが内職に手機《はた》を織っていたころでした。あなたのお生れになった町では、そんなことはありませんでしたか。

深沢　家ではしなかったけど、預けられたところでは機を織っていました。

石坂　で、私の母はそれを買い集めまして大きなフロシキに反物を包んで、農村に行商に出かけて行ったんですよ。長いときは一週間も農村に行ってましたね。そして、母から聞かされる話は農村の話ばかりで、主として農家がいかに貧しいかという話でしたね。それに、町そのものが農村の中心都市で、百姓がしょっちゅう町に出て来ていますから、自分は直接農家の生活を体験しないでも、大体農家の生活の気分はわかっていました。それがやっぱり私の精神形成といいますか、そういうことに非常に大きな影響をもたらしたんでしょうね。私は『楢山節考』を読んだ時に、おれは何十年もかかって、『若い人』とか『石中先生行状記』とか、中間小説などいろいろ書いてみたが、実際に自分がなんとか自分のからだから引き出したいと思ったのは、これだったという気がいたしましてね。それだけに非常に感動もしたし、親近感も抱いたのです。だから、深沢さんはおそらく、なにかの形で直接農家に生まれないにしても、農村の生活の気分をよく知っている方に違いない、と私は考えていました。

深沢　それは友だちが農家の人だったからよく遊びに行ったりして……。家中でぼくだけです。

石坂　『楢山節考』の中に扱われている人物、事件というものは、自分が農村について友だちなり、あるいは親戚の人から見聞したことがいくらかでも入っていますか。たとえばおりんというおばあさんが出てきますね、そのほか年寄りを山に捨てに行くというようなことは、農村の人たちから聞いた話とか、あるいは書物で読んだこととか、どういったことからあの話のヒントを与えられたんですかね。

深沢　年寄りが冷遇されているということは身に感じていました。

石坂　町で暮らしておられても？

深沢　町でも農家でも年寄りっていうものは、非常に冷遇されているということは、いつもいやな感じがしたんです。それから、あの中に出てくる人は、直接そういう人があって書いたんじゃなくて、みんなこんなような気持だろうなと思って書いたんです。

石坂　いちばん初めにあれをお書きになったのは何年ごろですか。

深沢　あれは去年の二月ごろ書いたんですけど、その前に姨捨《おばすて》の駅なんかを演奏会の時に二、三回通ったんですが、その時に年寄りは捨てられるのだなァと思って通りました。

石坂　そうですか。農村の生活がたいへん貧しい。貧しいために年寄りが冷遇されている。こういう事実を見たり、聞いたりする人はたくさんあるわけで、作家でもそれを取り上げた人はないわけではないんでしょうが、今まで農村の貧しさを取り上げた小説の場合は、大体作者が、たとえば伊藤永之介*さんの場合のように、社会主義的な目を通して貧しさを描いていると思うんですよ。そうしますと、読んでいるわれわれのほうも、なるほどなァと思って、安心はして読めるけれども、何か物足りないものがある。あなたの『楢山節考』から受ける感動は、社会主義という目を通して農村を描いたものでは与えられない。深沢さんのは批判などしないで、農村の生活そのものに入っていって、多少デフォルメした民話風な扱い方で描いたところが、今までの日本の文壇にはなかったと思うんですね。そういう農村の扱い方は、ぜひなければならなかったものですが、文壇の人は気がつかなかった。

深沢　私が意外に思ったことは、作品を書く前に農村の生活とか、年寄りがいじめられているとか思いましたが、書く時はそんなことを考えずに芸術家の端くれが書いたとでも思ってくれるかなと思ったが、なんだかソクラテスのような思想家が書いたように、あんまり思想、思想といわれるんで、びっくりしました。作品を書く時はすっかり忘れちゃっていたんです。

初心失うべからず

石坂 それがよかったんでしょうね。初めに考えられたことが完全燃焼して、それが『楢山節考』という作品で昇華した形で出たわけですね。私は農村ということをしばしば言いましたが、まあ『楢山節考』は農村というよりも人間のぎりぎりの生き方を追求した作品でしょうね。しかもほんとうに、日本という環境の中から生れた作品だと思います。日本的ということになると、永井荷風とか谷崎潤一郎とか川端康成とかの作品も、すぐれた感性の裏付けをもってると思うんですが、どれも非常に洗練されていて都会的ですね。一般庶民の暮らしの底には、もっと素朴で、暖かいものが流れているはずです。私は——あれを読んで、いろいろ感じたことがあったが、私的なことでは「初心失うべからず」という言葉などを思い出し、職業作家としての自分のあり方を痛切に反省させられたりしました。作家として、深沢さんが『楢山節考』で触れているもの——あの世界から浮き上ってしまうようでは駄目だ、などと考えさせられたわけです。同時に私は深沢さんもそんな意味でも、職業的な作家にならないほうがいいのじゃないかという気持をもちましたね。

深沢　まあ、印刷のほうで最低生活――食ってだけはいけると思います。だから、小説で非常に重荷を負ったような気がして……。

石坂　反響が大きかっただけに、重荷を負わされたようなことになっていると思いますね。

深沢　もっといいものを書きたいなァという意欲はうんと出てきましたけれども……。やっぱり今までみたいに一年に二つくらい、短編を書いて、ほんとうに道楽にしていきたいと思ってます。

石坂　『東北の神武たち』――私は東北地方の生れで、次男ですから、農家に生れていれば、まさに神武ですがね、（笑声）あれは『楢山節考』を発表されてから、あとで新たに書かれたものですか。なんか雑誌のゴシップでは行李《こうり》に一ぱい書き溜めたものがあったということですが、そういうものでも活用したのかと思いましたが……。

深沢　今まで三つ、四つあったのはみんな焼いちゃったんです。焼くのが好きなものですから、自分の書いた原稿を焼くのはおもしろいもんですからね。

石坂　今までお書きになったものは、百枚内外の短編ばかりですか。

深沢　そうです。丸尾長顯先生は今度は短いものを書かないで、長いものを練習したらどうかといわれましたので、書いてみようかなと思います。

石坂　ひまは十分にありますか。

深沢　時間は今年になってから、ちょうど小説を書くような時間だけなくなっちゃいました。

私の文学修業

深沢　私は「中央公論新人賞」の批評を読みましてね、三島先生がいやな小説だな、とおっしゃったんですね。それで、私も、ぼくは汚いようなことばかりで、いやな男だなアとつくづく思いました。三島先生はギリシャには太陽が出るというような救いがある、というようなことをおっしゃいましたが、やっぱり小説にはそういうものがいいんだなアと思いました。だから、なんだか第二作目にはお月さんを出したいように思ったんです。スペインのジプシーは結婚式は満月にやりますからね。月とジプシーは離れないものだから、お月さんでも出るようなところを書きたいなと思った。三島先生にいやな小説だといわれた時はさみしくなりました。

石坂　三島さんがいやな気持がしたというのは、あの作品にほんとに心を揺り動かされたということでしょう。今度の『金閣寺』を読んでも、三島さんの行き方は深沢さんとは対蹠的な、正反対なものの考え方を身につけた方で、それだけにあなたの純日本的な素朴な作品を見た時に、反撥も感じたろうし、同時に参ったという気持があったんじゃないですかね。それがいやらしいという言葉で出てきたと思うんですよ。

深沢　そうですか。私は三島さんていう人はきれいな人だなと思いました。それにひきかえ、ぼくはいやな男だなと思いました。

石坂　『楢山節考』と『東北の神武たち』をくらべての問題ですが、やはり片方は死という問題に触れているだけに、私は『楢山節考』の方により強い感銘を覚えました。構想もあのほうがよく立っていると思いましたね。『東北の神武たち』もぼくは非常におもしろく読みましたが、あれを読んだ時に、傾向は違うんですけれども、川端さんの「掌篇小説」の中のお信地蔵とかいう小説を思い出しました。神武でもって性の満足ができない青年たちがたくさんいて、風紀が乱れている村で、お信さんという後家が、青年を毎晩一人ずつ自分の家に呼んでやる。すると、村の風紀もよくなって、後家さんが死んでから、お信地蔵という地蔵さんを建ててやったというおとぎばなしですが、それをふっと思い出しましたね。

深沢　恋愛なんかみんなが書いているから、もう処理してしまったような気がして、恋愛を全然入れない小説を書こうと思いました。恋愛なんか、今さら私が出る幕じゃないと思っていましたから。

石坂　小説など、若いころに外国の作家とか日本の作家とか、いろいろお読みになったのですか。

深沢　あんまり読んでないんです。
石坂　そうですか。でも日本の作家のものはいくらか読んでいたんでしょうね。
深沢　谷崎先生のものなど……。『春琴抄』がいちばんよかったと思います。石坂先生の『若い人』は読みたいなと思ったけど、なんだかこわいような気がして読まなかったです。あんまり評判がよかったから……。
石坂　ぼくは谷崎さんのものでは『少将滋幹の母』が一番好きです。
深沢　私の一番親しくしていた人が『若い人』っていうのはいい、と非常に褒めて、それに私が反撥みたいなものを感じて……すみませんでした。
石坂　どういたしまして。（笑声）あの作品は中学生か、高校の初めくらいの人たちが読むと、おもしろいらしいんですね。今でも相当に読まれているらしい。人間、一生のうちのハシカみたいなもので、あの年頃には、ああいう作品をおもしろいと感ずる時期を通り過ぎるものらしいですね。
深沢　その友達は二十四、五のときでしたけども、憎らしいほど褒めて、なんとなく憎らしいなァという感じがしたんです。
石坂　学校では作文なんかお好きでしたか。
深沢　作文はきらいでした。詩や短歌を作っては破いたりしていました。
石坂　自分の家庭とか、親戚にでも、あるいは先輩の方に、誰か文学の好きな人はいらっしゃいませんでしたか。

深沢　文学の好きな人はずいぶんいました。私は小学校の時に忍術の本を読み、それからすぐ『椿姫』〔小デュマ〕を読んだんです。その次に『マノン・レスコオ』〔プレヴォ〕を中学二、三年のころに読み、それからトルストイの『復活』を読みました。中学を卒業した時にドストエフスキーの『罪と罰』を読みました。二十五、六歳のときに『虐げられし人々』を読んでとてもいいなと思いました。『カラマゾフの兄弟』とかチェホフの短篇集などはそれから読みました。そのほうはかなり遅れています。二十九か三十歳のときです。ずっと小さいときには、小説を書きたいな、と思ったことがあったような気がします。一番初めの小説の題は「二つの主題」というのです。大東亜戦争の始まる前だったと思うんですが、それを丸尾先生に見ていただきました。

石坂　丸尾先生とは同人雑誌かなんかで？

深沢　終戦後すぐに『文藝春秋』の研究会員募集を見まして、「二つの主題」を送りました。ちょうど鎌倉の作家が分けて読んでおられて、私のを読んでくださったのが丸尾先生でした。家に非常に長い手紙をくださいました。こういう親切な人だったら、今度書いて送って、批評していただこうかと思いました。そのうち、来る手紙がみな、あなたは作家になりなさい、と書いてあったから、家のおふくろなんか、えらいひどいことをいう人だ、そんなことをいってみんなに勧めるんじゃないかと思っていたらしかったです。たまに新聞の連載小説を読みましてね、こんなものを書く人は骨と皮ばかりの人たちなんだろうといっていました。（笑声）私が小説なんか書いていると、よせよせといいました。丸尾先生からお手紙をいただいて、作家になりたくてもなかなか先生につけないという話を聞くのに、この先生はずいぶん親切だなと思いました。親切というより、ちょっと変わってるなという気がしました。ただ私としては作家になろうとは思わなかったし、またなれるとは思っていませんでした。

石坂　お母さんは生きておられますか。

深沢　一昨年七回忌をやりました。父は母より十五年ばかり前に死にました。

石坂　あなたの発表された作品をお父さんにも、お母さんにも読んでもらえなかったわけですね。

深沢　そうです。小説なんか書いてると、おこられちゃいました。

ギターから学んだもの

石坂　ギターはいつごろからお始めになったのですか。

深沢　ギターもギター弾きになろうと思って習ったんじゃなくて、甲府の町の古道具屋さんに古いギターが一つ飾ってあったのを生まれて初めて見まして、ああいう楽器を持ちたいなと思ったんです。中学の試験に合格したというわけで、おやじが買ってくれました。ちょうど一日か、三日が入学式でしたが、十五日のお祭りに買いに行ったんです。そのときの古ギターに教則本がついてあって、十四円五十銭だったけれど、十二円五十銭にまけてくれたんです。それで一人でぽつぽつ弾いていました。当時はまだ、「酒は涙か」というのははやらなかったんですが、五人兄弟でして、兄貴たちは「酒は涙か」がいいぞといってました。それが中学の五年頃です。私の家は印刷屋でしたが、父は山梨県ではじめて乗合自動車をやり出したんです。甲府と石和の間でしたが。運転手など多勢出入りしていました。その家で、兄貴が「酒は涙か」のレコードをかけて、こんな歌があるんだといって、聞かされました。それから、昭和六年頃スペインの女のギタリストのグラダノスが来ましたね。あれをラジオで聞いてびっくりしたんです。本格的なクラシックギターを初めて聞いたのです。グラダノスはあとで知ったのですが、本場のスペインでも、舞姫で、ギターはプロフェッサーだったんですね。そして、今度はああいうギターを弾きたいなァと思いました。ちょうど中学を出まして、たまに家の仕事を手伝って、ぶらぶらしていました。東京のおじさんがそのころ家に来て、一緒に東京へ遊びに連れて行ってもらいました。銀座の十字屋へ行ったらグラダノスの弾いた本を売っていまして、それを買ったけど、とても弾けなかった。今度は東京に出たくてしょうがなかった。ふだんあまりつき合っていなかったけど、ギターを一年間習わせてもらいに行きました。やっとグラダノスの弾いた曲を弾けるようになった。そして、ちょうど昭和十四年に自分の第一回のリサイタルをやりました。

石坂 どこでですか？

深沢 明治生命の講堂です。あのころはあすこばかりでした。東京では、リサイタルを五、六回やりました。戦争後は二十七年か、八年に一回やりました。その時に丸尾先生が来てくださったのです。丸尾先生には二十一年からつきました。先生は、「なんだ、ギターをやっていたのか。ぼくはちょっと弾ける程度かと思っていた」とおっしゃいました。それから丸尾先生にギターで舞台に出ろといわれました。

石坂 深沢さんにお会いする前、あなたがギターのような西洋音楽を一生懸命おやりになって、そういう方が最も日本的な『楢山節考』のような作品をお書きになったので、なんかわれわれの持っている文壇的な常識からいくと、判断つきかねるような気がしました。全然ちがった性質の仕事を二つ一時にやっていられるような気がしたんです。これはまあ、僕の方が卑俗な偏見にとらわれているわけなんですが。……二つのお仕事、ちがった気持では大変ですね？

深沢 ぼくは――スペインの作曲家アルベニスの曲ばかり弾いていましたから、アルベニスのものはうまいなァといわれました。アルベニスっていうのは、とても東洋的な感じがして、日本の曲を弾いているような気がしましたから、外国の曲だと思っていなかったのです。

石坂　深沢さんを前においていっては失礼ですが、今まで小説を書いて認められるようになる人は、無名な文学青年時代に貧乏な生活を長くつづけて、それからなんとか浮び上ってくるという経路をたどるのがほとんど九九パーセントといっていいわけですね。それをあなたは舞台に出て専門家としてギターを弾いていらっしゃる。そういう人が作品を書くとしたら、非常にハイカラな、西洋的な作品を書きそうな気がするんですが、まるで反対の最も日本的な小説を書くというのは、なにかたいへん変わっていることでもあるし、同時にまたたいへんいいことでもあるという感じを受けましたですね。そういうことが私にもはっきりわからない。

深沢　丸尾先生は私の書いたものをキザだといつもいわれました。ぼくもキザな人間だと思いました。

石坂　キザとは思えませんがね、ぼくには。ああそうか、丸尾さんに見てもらっていた頃の作品ね。

深沢　ええ。キザなのがたくさんありました。キザなところがわかったのが、先生についてから四五年たってからですからね。こういうところがぼくはいけないんだなと思いました。この間、楽譜が必要で田舎から行李を送ってもらったら、その中からさっきの「二つの主題」が出てきたんです。それを読んでみたら、キザでロマンチックで、憎らしくなっちゃいました。

石坂　やっぱり農村を書いたものですか。

深沢　自分のことを書いたものなんですけれども……。

石坂　今までの三つの作品を見ると、お金持の人よりも、貧しい人たちのほうが書きやすいですか。書きたい気持があるんですか。

深沢　私はお金持が大きらいですから。

石坂　『楢山節考』でも『東北の神武たち』でも作者としてのあなたの愛情のようなものが、どの人物にも行き渡っているように思いますね。それで題材が常識的な意味では不健全なものであっても、作品にそういういやらしいものがなく、生かしていってると思いますね。「二つの主題」というのは、音楽の題名のような感じですね。

深沢　そうです。自分の愛するギターを買うまでの気持を書いたものです。

石坂　それで、今でも専門の作家の生活に入りきろうという気持は、別にないわけなんですね。

深沢　ええ。今まで書きたいなと思っていたことがありますから、それはなるべく早く書いちゃって、やめたいと……。

石坂　いやしかし、書きたいものを一つはき出してくれれば、またどうしても書きたいというものが、あなたの中に溜ってくると思いますがね。

深沢　そうでしょうか。

文学と音楽

石坂　深沢さんね、音楽と文学との関係はどうですか。

深沢　今まで書いたものの題が、「アレグロ」とか、「アンダンテ」という題ばかりで、丸尾先生からも、どういうわけでこんな題ばかりつけるのだ、もっと別な題をつければいいじゃないかといわれました。

石坂　それが『楢山節考』のところで、急にはっきりした小説的な題になったというわけですね。私も慶応でマンドリンをやりました。クラブに入りまして、演奏旅行に方々歩きましたがね。勤めるようになってから、その暇がなくなってやめてしまいました。

深沢　ぼくもマンドリンを少しやりました。

石坂　だから、私のはいくらかハイカラぶったところがありますよ。『若い人』とかね。だから、深沢さんも当然そういうふうにあるべきだと思っていたんですが、出てこられたのがだいぶ年をとっておられるせいもあるんでしょうが、西洋音楽と小説で書かれているものが、どういう関係にあるかということがわからないような気持でいましたね。あなたの胸の中にあるもやもやしたものを音楽で表現しようとお思いになりませんか。作曲とか……。

深沢　作曲ではアルベニスにかなわないと思っているから……。それから、どうも音楽で表わしきれないところがあるからなんです。

石坂　自分の気持を音楽だけでは表わしきれない、文章でないと表わせないものがあるんですね。

深沢　音楽は自分のギターがいちばんいいと思っているから、ラジオをきかずにいました。だから、「二十の扉」*の聞き方を知らなかったくらいです。友達の家に行って、「二十の扉」を知らないといったら、とぼけているとずいぶん恥をかいたことがあります。

石坂　ぼくはジャズがわりに好きなんですが、あなたはきらいですか。

深沢　この間——といっても二、三年前ですが、クラシックを聞いていたら退屈しちゃったんです。あれエ、ぼくはいつのまにかミュージックをやっているうちに、ジャズが好きになっちゃったんだな、クラシックの人間だと思っていたのに、ジャズの人間になったのかなアと思ったら、ちょっとさみしく思いました。

石坂　小説のほうの作風からいうと、音楽でいえばクラシックの作風なんでしょうけれどもね。

深沢　それから、私、申し遅れましたが、『万葉集』が好きです。

石坂　万葉のどういうところが好きですか。

深沢　柿本人麿よりも額田女王《ぬかだのおおきみ》の歌のほうが好きです。いちばん好きなのは、名前ははっきり覚えてないけど、「敷島の大和の国に人さはに満ちてあれども藤波の思ひまつわり若草の思ひつきにし君が目を恋ひや明かさむ長きこの夜」とか、「敷島の大和の国に人二人ありとし念《も》はば何かは嗟《なげ》かむ」……ちょっと違っているかもしれません。

石坂　『万葉集』の中には農民の生活も入っていますね。東歌なんかですとね。

深沢　だから、「あかねさす紫野ゆきしめ野ゆき野守はみずや君が袖ふる」……これも女王の歌ですけれども、農村というか、野原の景色などいいと思います。

石坂　あなたはああいうきれいな感じの景色が好きなんですね。『万葉集』を非常に愛読したということですね。

深沢　でも三回ぐらいしか読んでいませんよ。

石坂　三回読めばたいへんな勉強です。「楢山節」という歌はまだ聞いてはいませんが、あの歌詞はほんとうに歌になりきっていると思いますね。なまじっかにつじつまを合せた歌詞ではなくて、飛躍したような感じであって、しかもよく感じが出ている。あれにふさわしい歌になりきってるんじゃないですか。

結婚について

石坂　たいへん失礼なことをお尋ねしますが、奥さんはあなたが小説を書かれたことについて……。

深沢　まだ一人です。

石坂　そうですか。神武ですか。（笑声）それは一定の主義・方針でもあって、神武の位置におられるのですか。それともただなんとなく……。

深沢　別に独身主義というようなものじゃないんです。のんびりしているうちに三十を過ぎちゃって、三十二、三になったら、めんどくせエから、ほんとにほれ込まなきゃもらわないぞと思うようになったんです。三十一、二まではあわてましたけれどもね。変な縁談がいろいろありましてね。田舎におりますと、子供が二人あるからどうか、という縁談もありました。全然知らない人がそんな話を持ってくるんです。売れ残りばかり持ってくるんですね。（笑声）

石坂　別に女がきらいということじゃないんですね。今度は有名になられたから、奥さんになりたい人は出てくると思いますよ。

深沢　はア、今度は範囲がうんと広くなりました。（笑声）

石坂　つまらないものにひっかからないように、嶋中〔鵬二〕さんによく見てもらわないとだめですよ。（笑声）

深沢　作家の奥さんはみじめじゃないんですか。お金とかなんかじゃなくて、生活様式がとても……。普通のサラリーマンとか、商店の奥さんより、精神的につらいところがあるんじゃありませんか。

石坂　しんは疲れるでしょうね。そのかわり、だんなさんの仕事がうまくいけば、普通のサラリーマンとか、商人と違って、創作なんですからね、創作の苦しみを分かち、喜びを味わうことができるでしょう。苦しいだけに、報いられる面がないわけではないでしょうね。どうですか、戦争中は兵隊の経験は？

深沢　この間、井伏先生とも話したんですが徴兵検査で丙種だったんです。二度目に一緒に受けた人たちは、再検査をされ丙種の人は第二乙種となって出征したんです。私はもう一つ落されて丁種になった。戦争前ですから字《あざ》まで入れて三千戸ぐらいのうちで、三人ぐらいしか丁種はいなかったんです。私はほんとうにからだが弱かったから、家でもしたい放題にさせました。

石坂　私も徴兵検査は丙種なんです。兵隊の経験はありませんが、徴用されて、一年ぐらい南方に行きました。軍隊生活の経験はやはりありませんでしたね。私もからだが弱かったのです。今は少し太りましたがね。

しかし、今まで独身生活を続けてきたら、一人の生活でも、そう不自由は感じないで、暮しておられましょうね。深沢さんはいくつですか。

深沢　四十三歳です。

石坂　それじゃ結婚なさるなら今のうちだな、最後のチャンスですよ。(笑声)話は違いますが、ヌードをやる女優さんは、それぞれ先に行って結婚して仕合せに堅気になっていますか。

深沢　歴史がそんなにないから、ヌードで先に落着いたことは見たことがないな。結婚して舞台を去っていく人はありますけれどもね。先生はヌードがお好きですか。

石坂　やっぱり好きですよ。きれいなヌードを見ると気持がいいですからね。

深沢　私も大好きです。私が何か芸術に磨かれたとしたら、ああいう世界で年中鼻先に突きつけられて……。

石坂　毎日突きつけられて、麻痺しているんじゃないですか。

深沢　いいえ。やっぱりぱっと応えるところがありますね。力強いですよ。ベッド・シーンなんかはとても力強いものを感じますね。

石坂　舞台に出ているあなたがそう感じるのは、たいへんなもんだな。(笑声)

深沢　楽屋受けは客受けとは違うんですね。客がなんとも思わないで見ているところでも、楽屋であすこはいいなといい出すと、みんな一致しますから。それでいて、客受けはあまりしないんです、そこは。

石坂　深沢さんはこのように率直なお方だし……。やっぱり私が今考えるのは、なんらかの形で、深沢さんが『楢山節考』で掘り起して見せてくれた、ああいう世界ですね、私たちの父祖代々背負ってきている宿命というか、運命というか、私たちの背中に深くおおいかぶさっているもの。――それを、私は私流のやり方で、作品の中に生かしていきたいと思いますね。

伊藤永之介（一九〇三―五九）　多く東北の農村の生活を描き、独自の農民文学を開拓。

二十の扉　一九四七年から六〇年まで放送されたＮＨＫラジオのクイズ番組。解答者が司会者に様々な質問をして二十問以内に正解を出す。

舞台再訪《楢山節考》

深沢七郎

私はこの土地へ何年ぶりに来たのだろう。いや、何十年ぶりに来たのだろう。拙作「楢山節考」は姥捨《うばすて》の伝説から題材を得たので信州の姨捨山が舞台だと思われているようだが、あの小説の人情や地形などは、ここ山梨県東八代郡《ひがしやつしろ》境川村《さかいがわ》大黒坂《おおぐろさか》なのである。もちろん現在のここの風習ではなく、もっと以前のこの土地の純粋な人情から想像してあの小説はできたのだった。だから「楢山節考」に出てくる言葉——方言は信州ではなく甲州弁である。私の生れたのも同じ東八代郡の石和町だが、地形的にかなり離れていて、はじめてこの村を訪れたのは終戦当時だった。この村へ、いとこが嫁に来たので私も遊びに来たのだった。戦争中の長いあいだ食糧不足がつづいて「農村へ嫁に行けば米のめしが食べられる」と、たしか、そんな食糧の魅力で縁組がきまったのだと覚えている。

今のひとには想像もできないだろう。戦争中は「食べる」ことはそれほどの魅力があったのである。そのころ私がこの村に遊びに来て、何日も泊めてもらったりしたのも「米のめしがたべられる」という魅力があったからだとおぼえている。その泊めてもらっているうちにこの村の人達の生活に接して、それは、教育とか、教えられたとかいう細工を加えられた人間の生きかたではないもの、いかにして生きるべきかを自然にこの村の人たちは考えだしていると私は気がついたのだった。真似ではなく、自然に発生した——土から生れたとでもいうべき人間の生きかたなのだと私は知った。そんなこの村の人たちを私は好きになってしまったのだった。小説を書く者はだれでもその小説の主人公を好きなのである。

悪人が出てきても悪に対する理解を抱いて書いているはずである。私がこの村の人たちが好きになったのは、生きていくぎりぎりの線上にわいた人情、風習——それこそ、原始の味も残されていると気がついたからである。

私はいまここへ、二十五年ぶりに来た。トタン屋根の上にのせられた風を防ぐ石、わら屋根、その半分は瓦屋根に変えられている家もあったり、なによりも驚くのは大黒坂の大きな坂道がアスファルトの舗装道路になっているのである。そこには、新しいようだが古いものを忘れない、残している、いや、しみついているのを私は見逃すことができない。なんともいえない新しさと古さなのだ。

もう十四年も前のことである。その年の二月の寒い夜だったと覚えている。この村に来たときの想像から書こうと思っていたのを、私は書きたくなったのだった。それ以前、私は「笛吹川」という小説を書くつもりでいたがその夜、ふっと書きはじめたのが「笛吹川」ではなくて「楢山節考」だったのである。小説に出てくる楢山節の歌詞などもずっと前から出来上がっていたのだった。

　さて、その夜、私は小説を書きはじめて、すぐにつまずいてしまったのだった。それは楢山節の歌詞はできているが、そのどれもが替え唄となって小説には使われるのである。つまり、元唄がなくて替え歌ばかりができていたのだった。それで、私は元唄を作らなければならないことになってしまったのである。

　妙なことだがこの元唄を作るのがむずかしく、その夜は元唄を作るだけで終ってしまったのだった。その夜、おそくまでかかってでき上がったのが「楢山まつりが三度くりゃヨ、栗のたねから花が咲く」というのである。元唄だから、もっとも当り前らしい歌詞、どこにでもあるような歌詞なのである。

　第一稿は二週間ぐらいで七十枚ででき上がって、書きかえすと百枚近くになったと思う。終結が二つもできてしまったので、一方だけに書きかえて、つまり、でき上がるまでには三回書き直したことになるのだが、たしか八十八で仕上がったと思う。八十八は米のことを意味するから、よく覚えている。それまで、私はときどきしか小説は書かなかった。ときどき書いて、すぐ破ったりして、それが私の楽しい暇つぶしだったのである。なにか書きたくなって頭の中がいっぱいになってしまう。書けば、なんとなく頭の中がすっきりして、汚いはなしのようだが排泄《はいせつ》作用と同じではないかと私は思っている。ことに私は小説を書くときビートルズのレコードを聞きながら書いたりする癖がある。

　当時、日劇のミュージックホールにギターをひいて出演したりしたこともあったので「楢山節考」の第二稿だか三稿だかはミュージックの楽屋で書き直したのだと思っている。劇場の楽屋はどの部屋にも有線で舞台の様子がマイクから響いているのである。出演者たちはそれで自分の出番を知ることができるしまた舞台の様子がそっくりわかるのである。私はそんな騒々しい舞台裏で小説など書いたり直したり、構想を練ったりしたのである。私はいつでもミュージックにはつきまとわれているようである。その当時はビートルズなどではなく、ウエスタンか、マンボ、ビギンなどだった。自分の部屋にいても私はよく楢山節をひいていた。小説は出来てはいないが歌詞と曲だけは先にできているからである。もちろん小説の構想ができているから歌もうたったりひいたりできるのである。小説を書いているとまず頭が疲れてくる。何かのミュージックを聞いていれば頭の疲れなど全然出て来ないのである。それよりも、悲しいところを書くときなどは作者の心が悲しんでは低級な悲しさになってしまうのだと私は思っている。とにかく私はミュージック——それもリズムのハッキリした曲を聞く習慣になっているのである。

　さて、私はこの大黒坂へ来て、ここに私の血縁の老婆を訪れた。前に書いた嫁に来ているいとこの母親である。おそらく十年ぶりに会ったのかもしれない。八十四歳だから歩くときは両手に杖をつかんでいるが目も耳もはっきりしていて顔つやなども老人とは思われない。老人だから宗教にこっていて威勢よく私に入信をすすめるのである。「私は楢山教です。教主ですからダメです」と私は真っこうからはねつける。そこで私は老婆と丁丁発止と論争をしてしまった。その途中「私はここへけんかをしに来たのではないか」とさえ思ってしまうほどになってしまった。私の楢山教というのは「死んでも戒名もいらない。花も線香もいらない」という簡単な信仰なのである。そんな口論を黙々と聞いているこの農家の主人カネモトさんに、私は聞かれるのが恥ずかしくなってしまった。おそらく、私たちの口ぎたなさを驚異の眼で見ていたことだろう。こそこそと逃げるような思いで私は大黒坂から帰りみちについた。

どこでも、いつでも、生きていることの不思議さ、疑問にだれでもとらわれているのだろう。いろいろな宗教が八百屋の店先に並べられた野菜のかずのように出回っている。私は楢山教というのを選んだのだろう。こぬか雨が降っていて霧だか雲だかわからないような大黒坂のアスファルトの坂道である。

本書は単行本『楢山節考』（一九五七年、中央公論社）をもとに独自に編集したものです。

初出　Ⅰ楢山節考（『中央公論』一九五六年十一月号）東北の神武たち（『中央公論』一九五七年一月号）揺れる家（『新潮』一九五七年二月号）白笑（初稿執筆時期は一九四六年頃と推定、発表は『深沢七郎選集3』一九六七年、大和書房）戯曲 楢山節考（『婦人公論』一九五八年臨時増刊号）　Ⅱ第一回中央公論新人賞 受賞の言葉／新人賞選後評（『中央公論』一九五六年十一月号）深沢七郎氏の作品の世界（単行本『楢山節考』）土の匂いのする文学（『中央公論』一九五七年四月号）舞台再訪《楢山節考》（『朝日新聞』一九六七年十一月二十七日）

底本　楢山節考／東北の神武たち／揺れる家（単行本『楢山節考』、ただし七二・七三頁の楽譜は初出誌のもの）白笑／戯曲 楢山節考（『深沢七郎集1』一九九七年、筑摩書房）舞台再訪《楢山節考》（『深沢七郎集8』一九九七年、筑摩書房）それ以外は初出誌より収録

解説

小山田浩子

ナラヤマブシコウ、という音の響きを子供の頃既に聞いたことがあったのではないか。その漢字変換も意味も知らないまま、ただ、ヤマブシ、のところは山伏だと思っていた。十代になって、それが楢山節考という漢字表記で、姥捨てを題材にした小説の題名だと知った。姥捨て、そういう陰鬱であろう人道的であろう小説は別に読みたくないなと思った。「こころ」のように教科書に収録されていたわけでも、小林秀雄のように入試過去問で見かけたわけでもなかったので、読まないまま大人になった。初めて読んだのはごく最近の話だ。人から絶対読んだ方がいいと文庫本を手渡された。その背表紙は茶色い黴《かび》のようなもので汚れていて、何だか嫌だなあと思いながら読み始めた。数行で動揺した。動揺しつつ読み進め、最後に載っていた楢山節の楽譜に呆然とした。その時読んでいた新潮文庫版では楽譜に但し書きとして「フラメンコ風に」とあった。楽譜の読めない私は、その譜面がどういう音楽を形成するのか全くわからなかったが、少なくとも、小説を読みながら何となく思っていた楢山節は決してフラメンコ風などではなかった。フラメンコ風の曲なのだとしたら、それはどんな歌で、いやそもそもそんなことより、私が今読んだのは一体何だったのだろう。確かに姥捨ての話ではあったが想像していたのとはかけ離れていたし、今まで読んだことのある小説とも何だか違った。しかし、異様に面白いということはわかった。

それから今に至るまで、深沢七郎の小説、随筆、どれを読んでも呆然とさせられる。困惑さえする。同時にこの上なく面白くもある。二〇一二年が歿後二十五年の節目だったりしたこともあり、ここ数年で作品がどんどん復刊・文庫化された。それまでは全集や絶版書籍を当たらねば読めなかったものも多かったのでありがたい話だった。今回のこの『深沢七郎初期短篇集』もまたありがたい刊行で、初の著書『楢山節考』に収録されていた表題作（しかもこちらには初出も初出、雑誌発表時の、今まであまり目にすることのできなかった楢山節楽譜が掲載されている。こちらには「フラメンコ風に」という文言はないのだが……）、「東北の神武たち」「揺れる家」に、初期作品「白笑」、「戯曲　楢山節考（三幕）」、さらには「楢山節考」が第一回中央公論新人賞を受賞した際の選考委員（伊藤整、武田泰淳、三島由紀夫）による鼎談、デビュー翌年に行われた石坂洋次郎との対談なども入っており、いわば深沢七郎が世に出た当時の衝撃を追体験できる一冊になっている。

この本を読んで、それまで深沢七郎の作品について感じていた困惑について改めて考えてみたのだが、それは言葉、特に登場人物の思考、感情を表す言葉にあるのではないだろうか。人は言葉で考える。言葉でしか考えられない。しかし、本当はその奥に、言葉以前の、無意識というか、刺激に対しての脳の反射的な反応や本能、そういうものによる感情や感覚がある。それは痛いとか暑いとか、表現するならばごく簡単な言葉によってしか表し得ない一方で、完璧に言葉に置き換えることは不可能なほど複雑で個人的なものだ。言葉によって表される思考と、その奥にある言葉にならない感情とは、互いに矛盾することもあるし比較的滑らかに対応している場合もあるだろう。感情を脳内で言葉にしたとたん、それが自分を裏切っているような気持ちになることも珍しくない。何だか違うんだけども、どうにか言葉にしないと先に進まないから無理やり言葉にしているのである。語彙《ごい》が多かったり内省的だったりすれば当然思考は豊かに饒舌になるだろう。が、語彙が少ない人や心内で自分を語らない人が感情に乏しいかといえばもちろんそうではなく、思考と感情の交感がうまくできていないというだけだ。言葉は豊穣、その思考は叙情にあふれている上に論理的だがその奥にある感情はごく貧弱という人もあろうし、その逆もあるだろう。

「楢山節考」は、老人が一定の年齢になると楢山という山へ捨てられる風習（＝楢山まいり）のある貧しい農村が舞台となっている。今冬楢山まいり予定のおりんは、自分が出立する際に村人に振る舞うどぶろくを用意し、残される家族が食べる食料も貯めこみ、丈夫な歯を折り、楢山まいりの日に雪が降ることを願いながらその日を心待ちにしている。おりんの言葉はとても単純だ。実際に口に出す言葉も心内で考えている言葉も、乏しいとさえ言えるほど簡単だ。「倅はやさしい奴だ！」「わしの目の黒いうちに、よく見ておこう」彼女の単純な言葉を信じるならば、おりんは楢山まいりを心の底から楽しみにしているように読める。一方で、自分が楢山へまいる日には雪が降って欲しいと願うのは、雪が降ってそれだけ早く、楽に死ぬことを望んでいるからにほかならない。死ぬことへの恐怖がほの見える。しかしそのおののきは言葉を尽くして表現される方へ向かわない。いろいろなものが渦巻いているかもしれないおりんの心の奥にある感情は、読者にほとんど見えない。小説作者という者は、しばしばそういうおののきのようなものを何とか表現しようと言葉を尽くしたりするものではないかと思うのだが（それは登場人物に語らせるだけでなく、彼らの見るものを選択して描写すること、あるいはその動作をコントロールすることなどによって）、深沢七郎にはそういう意志が全くないように思えてしまう。ただただおりんが楢山まいりの日、つまり自分が野ざらしになりカラスに食われて死ぬ日を楽しみに待っているという行為だけが、小説内にはそびえ立っている。

「東北の神武たち」も同様だ。神武とは家を継ぐ長兄と区別するためにひげをぼうぼうに生やしていなければならない農家の次男、三男らのことで、彼らは妻帯することも独立することも許されず、ひたすら畑の雀を追うなどの野良仕事に従事せねばならない。ある後家が夫の遺言によって村じゅうの神武を一晩一人ずつ自分の寝床に招かねばならなくなる。それを知った神武たちは色めき立ち、中でも利助は自分の番を指折り数え、後家のところに出かけていくほかの神武を毎晩盗み見ねばおれないほど興奮するのだが、どういうわけか彼のところにだけは招きが来ない。利助は半狂乱になる。可愛がっていた馬に暴力をふるい自分の家の畑を荒らす。彼の言葉もまた、非常に単純だ。どれも行き当たりばったりだし語彙も少ない。神武たちが寝床へ招かれていると知って「そうか、そうか」と大きく頷く。また、自分が後家に除け者にされたと知っても「そうか、そうか」と思う。そして、そんな利助を憐れがって、村のお婆さんが自分が相手になってやろうと申し出た時もまた、「そうか、そうか」と首をがくがくさせる。もう、何が「そう」なのかわからないまま、利助は小説内で何度も何度も「そうか、そうか」と繰り返す。利助は自分が抱いている感情を言葉を尽くして表現することができない。しない。ただもう、首をがくがくさせることしかしない。利助に対して、我々は彼の心の奥を補完することなどできない。ただ一緒に首をがくがくさせることしかできない。

　彼らの言葉の単純さに呼応するように、ほかの部分の文章も一見すると平明である。もちろん、読めばそれが充分練られ効果的に組み合わされていることは明白で、伏線も緻密、登場人物たちへの視線は冷徹で容赦なく、決して無造作に書かれているわけではない。しかし「山と山が連っていて、どこまでも山ばかりである。」という教科書でなら悪文と言われそうな「楢山節考」冒頭や、細かいことはどうでもいいのだと言わんばかりに異なった漢字表記が混在しぶつ切りのように歌の説明が挿入され全く同じ表現が何度も繰り返される文章は、ことさら無造作で野蛮なたたずまいをしている。そんな文章と、自分自身の感情を謳いあげてはくれない登場人物たちの素朴な言葉とが相まって、小説自体がまるで野放図なものであるかのような、いわゆる文学的な作品からかけ離れたものであるかのような顔つきで読者に近づきずるりと引きこむ。読者が我に返ると、自分が今読んだものが一体何なのか、それをどう分類したり名づけたり感動したりすればよいのか、皆目わからない。小説を読んで生じたはずの何かを言葉にしようとすれば絶句する。呆然とする。この、ほかに類を見ない読書体験、今までの読書経験が無に帰するような、その心許なさこそ深沢七郎の怪しさであり深い魅力だ。この感覚を言葉にしようとしてもどんどんずれていって、思考がフリーズする。その奥の感情がぐらぐらする。真っ直ぐ立っていられないような、強烈な磁場、あるいは気体の発生する洞のようなものの存在を感じる。何かが必要以上に濃密なのに別の何かは致死レベルに希薄で、それに身を浸している間は法悦を感じるのだが気づくと何だか息も絶え絶えになっている。指先など軽くしびれている。今の経験は何だったのか……その困惑はまぎれもなく魅力的なのだが、恐ろしくもある。

おそらく、「楢山節考」の選考委員らも、この困惑の前に立ちつくしたのではないか。深沢七郎の小説と（デビュー前からの師である丸尾長顕を除けば）最初に接することとなった彼らの鼎談は、どこか歯切れが悪いように読める。「変なユーモアの中にどすぐろいグロテスクなものがある。（三島）」「主人公の無抵抗の抵抗のような美しさ（武田）」、「ああこれがほんとうの日本人だったという感じがする（伊藤）」などと高く評価し、その価値を近代ヒューマニズムへの疑問などに帰着させながらも、その先にあえて進もうとせず、三島由紀夫は「僕は当選に全然異論はないけれども、いやな小説だね（笑声）。」と言い、この発言に武田泰淳は「それはなかなかおもしろい意見だ。」と漏らす。また、選考委員でもあった伊藤整による単行本の解説「深沢七郎氏の作品の世界」も本書に所収されているが、その中では「現文壇に全く類似性のない氏の芸術の特質の拠って来るところ」について、「創作準備としてのイメージ培養期間の長さと文壇からの隔離性」「反復的リズムの利用」「リアリズムとしての裸の素朴な認識法」「民話系統の人間のとらえ方」……等との分析がなされており、それはもちろんそうかもしれないと頷けるものではあるが、そのもっと奥にあるはずの、わけのわからなさ、深沢七郎の磁場のようなものには触れられていない気もして、読者としてはこの解説を読んでもあまり安心させてはもらえない。石坂洋次郎との対談でも、二人の会話は嚙み合っているようないないような、「焼くのが好きなものですから、自分の書いた原稿を焼くのはおもしろいもんですからね。」「それから、私、申し遅れましたが、『万葉集』が好きです。」などという深沢七郎の発言には、何だか裏がありそうでしかしなさそうで、多分本人を前にすると、作品を前にした時のような（それ以上かもしれない）磁場が生じてしまうのだろう。深沢七郎自身の筆による「第一回中央公論新人賞　受賞の言葉」も「舞台再訪《楢山節考》」も、面白いし真面目なさりげない書き方なのだが人を食ってもいて、やはり恐ろしい。ぐらぐらする。

深沢七郎は一九八七年に歿した。彼がデビューしてから亡くなるまでの三十年間、彼が発表した作品、それによって起こった出来事、ラブミー農場に今川焼の店、などについて、それがどんなに独特で時に衝撃的でかつ人を善きにつけ悪しきにつけ惹きつけずにおれなかったのか、現代の読者は歴史的事実として知っている。それは、デビュー時に既に出来上がっていた深沢七郎の強烈な磁場のせいだったのだろう。もし何かの間違いで私と深沢七郎とが同時代を生きていたら、と想像する（正確には深沢七郎と私の年表は三年と少し重なっているらしいのだが）。もしどこかですれ違うようなことがあったら。万が一その肉声を聞くようなことがあったら。まかり間違って目でも合ってしまったら。多分私の体は痺れてしばらく口もきけなくなってしまうだろう。何かを書くなんてことは当分できなくなってしまっただろう。そういう意味では、もう彼のいない、その磁力が本の中に閉じこめられている世界でこの文庫本をめくって、困惑しながらもありがたがっていられるめぐりあわせを、（『深沢七郎初期短篇集』文庫本解説なんて仕事を引き受けてしまった身のほど知らずな）私は私自身のために安堵するべきなのかもしれない。それがどんなに恐ろしくても、そのページをめくることは無上の喜びなのだから。

（おやまだひろこ、作家）

本文中に現在の人権意識に照らして不適切と思われる表現がありますが、本作品の文学的価値と刊行当時の時代背景、また著者が物故していることを考慮し、原文のまま収録しました。なお旧漢字は新漢字にし、あきらかな誤植と思われるものは修正しました。

中公文庫

楢山節考《ならやまぶしこう》／東北《とうほく》の神武《ずんむ》たち
——深沢《ふかざわ》七郎《しちろう》初期《しょき》短篇集《たんぺんしゅう》

2014年 9 月25日　初版発行
2020年 2 月29日　再版発行

著　者　深沢《ふかざわ》 七郎《しちろう》

発行者　松 田 陽 三

発行所　中央公論新社
〒100-8152　東京都千代田区大手町 1-7-1
電話　販売 03-5299-1730　編集 03-5299-1890
URL http://www.chuko.co.jp/

ＤＴＰ　柳田麻里
印　刷　三晃印刷
製　本　小泉製本

©2014 Shichiro FUKAZAWA
Published by CHUOKORON-SHINSHA, INC.
Printed in Japan　ISBN978-4-12-206010-4 C1193

定価はカバーに表示してあります。落丁本・乱丁本はお手数ですが小社販売部宛お送り下さい。送料小社負担にてお取り替えいたします。

●本書の無断複製（コピー）は著作権法上での例外を除き禁じられています。また、代行業者等に依頼してスキャンやデジタル化を行うことは、たとえ個人や家庭内の利用を目的とする場合でも著作権法違反です。

各書目の下段の数字はＩＳＢＮコードです。978－4－12が省略してあります。

中公文庫既刊より

ふ-2-5
みちのくの人形たち
深沢七郎
お産が近づくと屏風を借りにくる村人たち、両腕のない仏さまと人形――奇習と宿業の中に生の暗闇を描いた表題作をはじめ七篇を収録。〈解説〉荒川洋治
205644-2

ふ-2-6
庶民烈伝
深沢七郎
周囲を気遣って本音は言わずにいる老婆（「おくま嘘歌」）、美しくも滑稽な四姉妹（「お燈明の姉妹」）ほか、烈しくも哀愁漂う庶民を描いた連作短篇集。〈解説〉蜂飼　耳
205745-6

ふ-2-8
言わなければよかったのに日記
深沢七郎
小説「楢山節考」でデビューした著者が、武田泰淳、正宗白鳥ら畏敬する作家との交流を綴る文壇日記。巻末に武田百合子との対談を付す。〈解説〉尾辻克彦
206443-0

ふ-2-9
書かなければよかったのに日記
深沢七郎
ロングセラー『言わなければよかったのに日記』の姉妹編（『流浪の手記』改題）。飄々とした独特の味わいとユーモアがにじむエッセイ集。〈解説〉戌井昭人
206674-8

あ-69-3
桃仙人　小説 深沢七郎
嵐山光三郎
「深沢さんはアクマのようにすてきな人でした」。斬り捨てられる恐怖と背中合わせの、甘美でひりひりした関係を通して、稀有な作家の素顔を描く。
205747-0

あ-69-1
追悼の達人
嵐山光三郎
情死した有島武郎に送られた追悼は？　三島由紀夫の死に同時代の知識人はどう反応したか。作家49人に寄せられた追悼を手がかりに彼らの人生を照射する。
205432-5

あ-69-2
西行と清盛
嵐山光三郎
歌に生きた西行、権力に生きた清盛。二人は北面の武士で同い年の同僚だった。歌を介し生涯交わり続けた、同じ花弁の裏表のような二人を描く時代小説。
205629-9